Reincarnation to the World of "ERO-GE"
The Story about Lazy Aristocrat Who Struggle for Resist His Destiny
1
エロゲ転生
運命に抗う金豚貴族の奮闘記
名無しの権兵衛
Author Nanashinogonbee
星夕
Illustration Hoshiyu

『早速聞きたいのだけど、貴女の目で直接確かめた
レオルド様について聞かせてくれるかしら？』
イザベル
シルヴィア・
アルガベイン

やっと……
貴方に会えた
運命48
DESTINY FORTY EIGHT

レオルドの意図を察したギルバートとバルバロトは
同調するように自身を貶めるような発言をする。
シェリアは三人を馬鹿にしたつもりはないのに、
誤解を招いてしまったと焦るが心配はない。
焦るシェリアの姿を見たレオルドが
からかっているのだろうと二人は察して
同調しただけである。
からかわれている本人からすれば堪った話ではないが。
レオルド・ハーヴェスト
「悪い悪い。機嫌を直してくれ」
シェリア
「知りません。レオルド様なんて！」

エロゲ転生
運命に抗う金豚貴族の奮闘記
1

名無しの権兵衛

Reincarnation to the World of
"ERO-GE"

1

The Story about Lazy Aristocrat
Who Struggle for Resist His Destiny

CONTENTS

プロローグ

真っ暗な部屋の中で一台のモニターだけが光を放っている。そのモニターの前にはヘッドホンを着けた男が椅子に座って、マウスをカチカチと鳴らしていた。

やがて、マウスの音が消えてパソコンの動作音だけが残る。しばらく経ってから、ずっと黙っていた男が凝り固まった身体をほぐすように背を伸ばしながら大きく息を吐いた。

「ん、ん〜〜〜！　終わった〜〜〜！　話に聞いていた通りの大作だったな〜！　まあ、シナリオは微妙なのがいくつかあったけど、個人的には好きな作品かな」

男がそう言って評価するのは、先程まで遊んでいた十八禁のゲーム、所謂エロゲである。

ついさっき男はゲームに用意されていた全てのシナリオ、全てのヒロインを攻略し終えたところだ。

これでやっと眠れると男は、フラフラとした足取りでベッドへと近付く。一応、ゲームをしている最中は食事に睡眠といった休憩をきちんと挟んでいたが、終盤にかけては休憩を挟む事なく、ずっとゲームで遊んでいたから体力の限界であった。

男は布団の中に潜り込むと、すぐに眠りに就いてしまう。

それからしばらくして、男は夢を見る。夢の内容は良く分からないが、目の前に拳が迫っている事が確認できた。

「ぶひぃっ！！！」

強烈な痛みが頬に走る。殴られた衝撃でその場に倒れ込んだ。

（え？ 何、何が起きたの？ なんで俺は殴られてんの!?）

自分が何故殴られたのか、さっぱり理解できない男は周囲を見回して状況を確かめようとする。

その時、今も混乱している男に一人の男が近付く。殴られて混乱している男が近付いて来る男に気がついて顔を上げる。

すると、そこには真っ赤な髪につんつん頭の男が憤怒の表情を浮かべて、殴られた男を見下ろしていた。

（だ、誰？ もしかして俺を殴ったのはこいつか!?）

殴った相手は分かったが殴られた原因が分からない上に、どうやら話は終わっていないらしい。何故ならば、彼はまだ怒っているのだから。

「よく聞け！ 二度とクラリスに関わるな！ そして、俺達の前から消えろ！」

「は、はひぃ……」

あまりの剣幕に殴られて地べたに座り込んでいる男は情けない声を上げる。

（なんで、俺こんなに怒られてんの……）

「ふん！」

怒り狂っている赤髪の男は座り込んでいる男の返事を聞いて、怒りを収めると鼻を鳴らして男の前から立ち去る。

これで、やっと自分の置かれた状況が確認できると座り込んでいた男は立ち上がる。改めて周囲を見回すと、見た事もない服装に身を包んだ少年少女達が自分を囲んでいた。

（なんぞ、これ……）

しかも、よく見てみるとライブ会場のようになっていて観客席に沢山の人がいる。冷静に見ても異質な光景である。

ますます混乱してしまう男は一旦、冷静になろうと深呼吸する。

（落ち着け、落ち着け俺。まず、なんでこんな事になってるかだ。今日あった事を思い出してみよう）

状況を整理する為（ため）に、一日の記憶を呼び覚ます。

まず、男は殴られる直前まで何をしていたかを思い出した。

（うーん、確か俺は一部の界隈（かいわい）でエロゲ超大作と呼ばれている運命48（ディスティニー・フォーティーエイト）をプレイしていた）

男が言う運命48とは老舗エロゲ会社が歴史に名を刻むほどの傑作を作りたいと挑んだ結果生まれた十八禁ゲームである。

驚くべきなのは四十八人のシナリオライターに四十八人のイラストレーターを起用して

作られた事だ。昨今のソシャゲブームに乗っかった上に莫大な制作費には消費者達も驚愕に言葉が出なかったほどである。

　さらに言うと、有料ＤＬＣで追加シナリオに攻略ヒロイン増加という事まで行い、最終的には六十四人ものヒロインを攻略できた。

（発表された時は驚いた。有名なシナリオライターに神絵師で当時は大盛り上がりだった。でも、俺は学生だったから買う事ができなかった。社会人になって初任給で買った時は嬉しかったな～）

　物思いに耽る男だが、今は関係ないと切り替える。

（そうだ。俺は運命48を長期休暇を利用して徹夜でプレイしてたんだ。有料ＤＬＣも購入して六十四人もの物語をクリアしたところで、眠ったんだっけ……）

　ようやく回想が終わる。男は一つの答えに辿り着いた。

（これ夢だ！）

　そうだと分かれば話は早い。目を覚ませばいいだけの事だ。

　早速、男は頬を抓るが目を覚まさない。そもそも、殴られた時点で気付くべきだ。ここが現実なのだと。

「レオルド・ハーヴェスト！」

　唐突に大声が響く。ビクリと男が肩を震わせた。それは何度も聞いた事のある名前だからだ。

だって、その名前は——

「俺がレオルド・ハーヴェスト……ッ！」

——運命48に出てくる、かませ犬キャラなのだから。

よもや、Ｗｅｂ小説でよく読んでいた異世界転生を自分がするとは思いもしなかった事であろう。

（待て待て!!　レオルドは序盤で主人公のジークフリートに決闘を挑んで負けた挙句、学園退学並びに辺境へ追放される！　しかも、攻略ヒロインによってはラスボスになるけど、全ルートで死亡が確定しているんだぞ！　し、死にたくねえ！！！）

心の中でどれだけ叫ぼうと現実は非情である。動かないレオルドに怒鳴り声が響く。

「何をしている！　レオルド・ハーヴェスト！　決闘に負けたのだから、速やかに自室へと戻りなさい！」

「は、はい……」

抗う気力はない。今はこの現状をどうするべきかと考えるだけだ。異世界転生するなら、やり直しのきく赤ん坊の頃からしたかったとレオルドに転生した仙道真人は肩を落としながら会場を後にした。

第一話 ✧ 終わってから始まる物語

（どうしたものか……）

自室へと戻った仙道真人ことレオルドはベッドに寝転びながら考える。

真人の時に運命48を完全クリアしているから全てのシナリオは頭に入っている。だからこそ、死亡が確定しているレオルドになった真人は頭を悩ませるのだ。

この先、どうやって生きていけばいいのか全く分からないのだ。どうせ死ぬのだから、好き勝手生きたいという気持ちもあるが、レオルドには一つ不安な要素がある。

「世界の強制力があるのかな……」

Ｗｅｂ小説で何度も見かけた言葉、世界の強制力。死ぬはずだった運命に抗おうとしたら、世界が死なせようとしてくるのだ。

自分も例外ではないとレオルドは思っている。だから、余計に悩んでしまう。

「いっその事、今死ぬか？　はっ、無理だな。そんな度胸はない」

自暴自棄な事を呟くものの実行する勇気はレオルドにはない。ゴロゴロとベッドの上を転がり、何も考えが浮かばないで時だけが過ぎていく。

そして、どれだけの時間が過ぎたかは分からないがレオルドはベッドから降りる。

自室に備えられた姿見で真人はレオルドの身体を見た。

「イラスト通りの身体だな。まん丸の顔に、ぷにぷにのお腹。金の豚とはよく言ったものだ」

レオルドになった真人は知っている。レオルドは公爵家という身分の高い人間であると同時に自尊心が強く傲慢な性格をしている。

そのおかげで傍若無人の限りを尽くして生きてきた。しかも、才能に胡坐をかいて剣の鍛錬や魔法の修行などを怠り、ぶくぶくと太っていた。そのせいで、陰では金髪だから金の豚と呼ばれていたりする。

「はあ……」

溜息を吐き、椅子に腰掛ける。天井を見詰めながら、レオルドは自身の性能について思い出す。

「決めた……決めたぞ！　俺はなんとしてでも生き延びてやる！　世界の強制力がなんぼのもんじゃい！　こっちはラスボスになれる力を秘めてるんだぞ！！！」

手を上に突き出して虚空を掴む。レオルドは知っていた。自身に秘められた可能性を。

そして、真人が持つ知識を駆使して生き延びる事を決意したのだった。

さて生き延びる事を決めたレオルドだったが、どうしても確かめなければならない事がある。

それは自分がレオルドなのか真人なのか。それともどちらでもないのかという事だ。

（う～ん。俺って転生というよりは前世を思い出したパターンに近いんだよな。でも、俺は死んだわけじゃない。眠って目が覚めたらレオルドだったたっていうパターンだ。だったら、俺は真人の記憶と人格がレオルドに宿ったっていう事でいいのか？　昔の事を思い出すと二人分の記憶がある感じだし。ちょっと混乱するけど、レオルドだっていう認識の方が強い。まあ、この身体はレオルドのものだから当然なんだが。でも、性格は以前と違って真人に近い。つまり、俺はレオルドと真人が混ざり合った結果生まれたって事でいいのかな？　その方がしっくりくるし。それでいいか。というわけで、改めて俺は新生レオルドという事にしよう）

　それでいいのかと突っ込みたくなるが本人がそう言うのだから、それでいいのだろう。

　この日、新たな人格が宿ったレオルド・ハーヴェストが誕生した。異世界の知識を得たのだから、それはある意味転生と言っても間違いない。

　レオルドになった真人が一大決心をしている頃に、ハーヴェスト公爵家にレオルドが決闘に敗北したとの一報が届いていた。

「それは真か？」

「はい。学園の方には確認を取っています。さらに言えば大衆の面前で決闘騒ぎを起こし、闘技場を占拠して大観衆の下で行われたと」

「……分かった。学園には私が直接出向く。至急、連絡を取ってくれ」

「は！」

現ハーヴェスト家当主、ベルーガ・ハーヴェストは、レオルドが決闘に敗北したという報告をした男を下がらせると、頭を抱えた。

ベルーガが頭を抱えるのも仕方がない。決闘とは王国法で存在しているのだが、負ければ生殺与奪の権を勝者が握る事になる。幸いな事に今回は相手がレオルドの死を望んでいない。

もしもレオルドに死ぬよう命じられたら、ベルーガは何もできずに息子を殺されるしかなかった。

「はあ……学園に行けば少しは落ち着くだろうと思ったが見当違いだったか。いや、私が甘やかし過ぎたのが原因だな。いずれは立派になってくれると信じていたが……」

最初の子供だという事で蝶よ花よと甘やかしてきた。そのおかげで、現在のレオルドが誕生してしまったのだから、責任を感じてもおかしくはない。

自分の息子なら、いずれ自身の過ちに気がつき更生するだろうという希望を抱いていたが、今回の件で身に染みて分かった。

今後は厳しく躾けなければならないと。

ベルーガは手元にある呼び鈴を鳴らす。すると、ベルーガの仕事部屋を一人の老執事が訪ねてくる。

「お呼びでしょうか、旦那様」

「ああ。実は頼みたい事ができた」

「坊ちゃんの事でございましょうか？」

「察しがいいな。その通りだ、ギルバート。頼めるか？」

「断る理由がございません」

「いつも助かる」

「とんでもございません。私はハーヴェスト家に仕える執事ですから」

　老執事が部屋を出ていくと、入れ替わるようにして女性が入ってくる。ベルーガの妻であるオリビアだ。

「あなた。先程、耳に挟んだ事なのだけれど」

「ああ。分かっている。レオルドの決闘についてだろう」

「はい……レオルドはどうなるのでしょうか？」

「幸いな事に決闘した相手が求めた事は二つだ。一つはレオルドの婚約者であるクラリス嬢と関わらない事、それから決闘した相手ジークフリート君の前から消える事だ。だから、レオルドには学園を自主退学させる」

「よかった……それだけで済んだのですね」

「本当にな……すまないな、オリビア。私がもっと厳しく教育しておけばこうはならなかったのに」

「そう仰らないで。私も甘やかしてばかりでしたから、二人の責任ですわ」

二人して謝るが、二人にとっては初めての子供だったという事もあり沢山の愛情を注いで育てたのだ。

だから、甘やかしてしまった。そのせいで、破綻したような性格になってしまったが、二人だけが悪いわけじゃない。

甘やかしてくれるという状況に甘んじていたレオルドにも非はある。

「それで、レオルドを自主退学させた後はどうするおつもりですか？」

「うむ。その事なんだが、我が領地にある辺境の都市ゼアトに向かわせる」

「大丈夫なのですか？　今は魔物も大人しく隣国とも友好を結んではいますが、ゼアトは辺境の要ですよ？」

「その点は心配ない。ギルバートをお供につけるからな」

「まあ！　ギルが一緒なら安心ですわ」

安心だと言うが、レオルドは死ぬ。確定事項なので、いくら優秀な部下がいようが防げない。もちろん、二人はそんな事知るわけがない。

「後日、学園にレオルドを迎えに行く。これから、しばらく大変になるだろうが手伝って欲しい」

「私達は夫婦なのですから手伝うのは当然です」

「ありがとう。君と結婚できてよかった」

「私もです、あなた」

しばらく、惚気ていたが扉をノックする音が聞こえて気を取り直す。

「すまない。仕事のようだ」

「ええ。分かりました」

オリビアが退室して、入れ替わるように部下が入室する。

「報告があります！」

「聞こう。何かね？」

「国王陛下より至急王城に顔を出すようにと……」

「情報が出回るのは早いか。まあ、レオルドが仕出かした事を考えれば当然か」

「べ、ベルーガ様……」

「大至急、王城に連絡せよ。ベルーガ・ハーヴェストは陛下にお会いすると！」

「はっ！」

敬礼をした部下が出ていくと、ベルーガは背もたれに体重を預けて天井を仰ぐ。

「ふう。次から次へと……クラリス嬢へのお詫びに伯爵家への謝罪。ジークフリート君にもお礼をしなければな。そして、今回仕出かしたレオルドへの罰。問題が山積みだな」

思わず愚痴を零してしまうが、今は誰もいない。仮にいたとしても公爵家の当主に面と向かって叱れる者は片手で数えるくらいしかいないだろう。

ベルーガはレオルドの尻拭いの為、書類を纏めるのであった。

レオルドの決闘騒ぎから、三日が経過していた。その間にレオルドは、本当にここが運命48の世界なのかを調べる為に、学園にある図書室に入り浸っていた。

三日前は決闘に敗れ、レオルドに真人の記憶が浮かび上がり混乱していた。その後、自室に戻りレオルドは記憶を頼りに運命48について考えていたが、よくよく考えれば荒唐無稽な話だ。

いくら、運命48に出てきたレオルド・ハーヴェストと同姓同名であり、見た目もそっくりだとは言ってもここが運命48の世界と断定などしてはいけない。

ただ、レオルドには真人の記憶に加えてレオルドとしての記憶も存在した。

三日前に決闘した相手はジークフリートで間違いなく、決闘に及んだ理由もクラリス嬢の扱いにジークフリートが激昂してレオルドに突っかかったからだ。

この点だけで言えば、運命48のシナリオ通りであるから運命48の世界と言っても過言ではない。

だけど、それだけでは納得できないレオルドはこの世界についての知識を得る必要があると判断した。

勿論、レオルドとしてのこれまで生きてきた記憶が存在するわけだから今更ではあるが。

それでも、もう一度知らねばならないとレオルドは図書室に入り浸るのだ。

「……あー、ダメだ。否定したかったけど、調べれば調べるほど運命48の世界だ。歴史、地理、人物、それら全てが一致している。やっぱり、ここは運命48の世界なんだろうな……」

レオルドは先日生きる事を誓ったが、早くも心が折れそうになった。

もしかしたら、この世界はただ運命48に似ているだけで別世界かもしれないという淡い期待があったからだ。

その期待も音を立てて砕けた。

しかし、だからと言って完全に希望が絶たれたわけではない。レオルドには今真人としての記憶も存在しているのだ。

真人の記憶には運命48のシナリオが全て揃っている。

つまり、未来の事が分かるのだ。ならば、いくらでも死の未来を回避する事は可能なのだ。

だが、やはり先日に思い浮かんだ世界の強制力が最大の障害とも言える。

シナリオを改変すれば世界に多大な影響を与える事になる。数多の作品をプレイしてきた真人は過去を変えてはいけないと知っている。

だけど、レオルドは死にたくないのだ。たとえ、世界を改変してでも生きたいとレオルドは思っている。

ならば、やるべき事は一つ。

対策を練る事だ。真人の記憶を使えばいくらでも対策を考えられる。それに加えて、レオルドは攻略ヒロインによってはラスボスとして主人公に立ちはだかるポテンシャルを秘めている。

つまり、真人の人格が宿った今がチャンスなのだ。

輝かしい過去の栄光時代に戻るとレオルドは奮起する。

真人は知っている。運命48の設定資料を読んだから。

レオルドは過去に金獅子(きんじし)と呼ばれた神童である事を。

レオルドはハーヴェスト公爵家に生まれて、甘やかされて育った故に性格が破綻してしまったが、幼少期は純粋な子供であった。

我儘(わがまま)や癇癪(かんしゃく)を起こしていたが、ごく当たり前の子供と同程度であった。

だが、他の子供とは一線を画すところがあったのだ。

それは武術の才能。

貴族の子であるから、幼少時より武術、魔法、礼節、経済学、帝王学といった学問を学ばされる。

それらの中で、レオルドが最も得意としたのが武術と魔法であった。

魔法についてなのだが、この話をするにはまず運命48の世界について語らなければならない。

運命48は十八禁のエロゲではあるが、シミュレーションRPGである。エロ要素も沢山含んでおり、エッチに関するパラメーターが存在したりする。

当然、シミュレーションRPGなので戦闘に関するパラメーターも存在するがエッチのパラメーターに比べるとお粗末な出来である。

世界観はよくありがちな中世ヨーロッパで、貴族社会が存在している封建制度の世界だ。三つの大陸が存在しており、レオルドがいる大陸は元の世界で言うユーラシア大陸である。運命48の地図だとグレイダ大陸となっている。

このグレイダ大陸には人間と魔物しか住んでいない。野生動物もいるが、数は少ない。魔物の餌になるから。

魔物と野生動物の違う点は、魔物は魔力を宿している事と捕食の為に襲うのではなく殺す為に襲う事である。野生動物は魔力を宿しておらず、捕食する為には殺すが、それ以外では滅多に他の動物を殺すような事はしない。

残り二つの大陸には、人間ではない別の生き物が存在している。アルドア大陸にはエルフ、ドワーフ、獣人といったファンタジー定番の種族が生息している。元々、グレイダ大陸にも存在していたが、人間の浅ましい欲に耐え切れずに別の大陸へと移動した。

最後の大陸は人外魔境の巣窟となっている。一度、踏み込めば生きては帰れないと言われるクローズ大陸。

ちなみに運命48の最後に追加されたシナリオには邪神が存在しており、クローズ大陸の最奥にいた。

有料DLCによって増員された六十四人ものヒロインと結ばれるハーレムルートに突入

すると挑む事ができるが、難易度は極悪だった。

レベル最大にしてパラメーターを最大値まで強化していても攻略法を間違えれば勝てない敵だった。製作陣がこれでもかと言うほど嫌な要素を盛り込んで、尚且つ運要素まで必要とされていたからだ。

さて、話がずれてしまったが魔法についてである。

まず、魔法とは運命48に存在するファンタジー要素の一つである。所謂、物理法則を無視した奇跡の技術だ。

この世界には魔素と呼ばれる物質が空気中に含まれており、人は魔素を体内に取り込み魔力へと変換して魔力を消費する事により魔法を行使する事ができる。この辺りについてはフィクションなのでと製作陣にあっさりと片付けられたのでフワッとした説明になっている。

さて、この魔法なのだがレオルドは平均よりも多くの魔力を扱う事ができるので他者よりも強力な魔法を行使できる。

だから、レオルドは同年代の子供達よりも強かった。

そして、武術にも才能があって国で行われている武術大会少年の部で最年少優勝者になった経歴がある。

しかし、そのせいで増長してしまった。ただ、鍛えれば世界最強とまでは行かないが五指に入る実力を持っていたと公式の設定資料に記されていた。

現在は残念ながらご覧の有様で、レオルドは豚になっている。おかげで、折角の才能も腐ってしまっている。

「まずはダイエットからだ！」

さて、レオルドがダイエットを決意している頃、物語が進行していた。

レオルドの父ことベルーガは国王からの呼び出しにより、王城へと赴いていた。既に、レオルドの決闘騒ぎは王国中に広がっており、城内を歩くベルーガにもその噂が耳に入っていた。

様々な噂が飛び交っている。曰く、婚約者を無下に扱い、部下に襲わせた。

曰く、公爵家という身分を笠に教師を脅して成績を改竄した。

曰く、決闘に敗北した時、豚のように鳴いたとか。

ベルーガの耳に入ってくる噂には、頭を抱えたくなるが一部を除いてほぼ事実である。

とは言っても、ベルーガも何もしていないわけではない。諜報員を使って噂を確かめて、真実と知っている。

故に噂を聞いた馬鹿な貴族がどれだけベルーガへ皮肉を言おうともベルーガは動じなかった。

そうして、ついに謁見の時が訪れる。ベルーガは呼び出された理由を理解しており、どういう対処をするかを決めている。この謁見は言うなれば意思確認と言ってもいい。

豪華絢爛という言葉が相応しい玉座の間。その玉座に腰を下ろすのは、アルガベイン王国六十四代目国王アルベリオン・アルガベイン。齢四十にして尚老いる事のない端整な顔をしている。

流石は四十八人のイラストレーターが手掛けた人物と言える容姿の持ち主だ。見た目と政治に極振りなので、戦闘面では紙装甲であり一撃で死ぬ。

ただし、懐刀とされている近衛騎士がいる。ここでは、名前を挙げる事はないがアルガベイン王国最強とだけ言っておこう。

国王の眼前に辿り着いたベルーガは片膝を突いて、忠義の姿勢を見せる。

「面を上げよ」

「はっ！」

下を向いていたベルーガは国王の言うとおりに顔を上げる。ベルーガが顔を上げたところで、此度の謁見についての理由が述べられる。

「ベルーガ・ハーヴェスト。この度呼び立てたのは他でもない、汝が息子レオルド・ハーヴェストが王国法の下、決闘にて敗れた件についてである。既にこの件については当事者達、レオルド・ハーヴェスト、ジークフリート・ゼクシアにて解決されている。勝利者であるジークフリート・ゼクシアはレオルド・ハーヴェストに対して二つの要求をした。一つ目は、レオルド・ハーヴェストと婚約関係にあったクラリス・ヴァネッサとの接触禁止。

二つ目は、先に述べた二人との接触禁止により学園を退学。以上、ここまでよろしいか？」

「はい。間違いないかと」

玉座の間にいた宰相が声高らかに説明した。既に一部の者を除いて知られている情報なので、玉座の間に集められた貴族はあまり動揺しない。

全てを把握しているベルーガは慌てる事なく、淡泊な返事をした。宰相はベルーガの言葉を聞いてから、一歩下がる。

ここから先は国王の仕事だ。ここは王国であり、王制であるので、国王が全ての裁決を下す。今回の件についてはベルーガに責任はない。親なのだから責任を負うべきではと思われるのだが、決闘は当事者達の間でしか責任が発生しない。

なぜならば、勝てば全てを手に入れ、負ければ全てを失うのが決闘だからだ。

だが、それでもベルーガは公爵でありレオルドも同じ家系である為(ため)、格下であるゼクシア男爵家の嫡男に負けたのを見過ごす事はできない。

貴族社会の上下関係はとても厳しい。それに亀裂を入れるような真似(まね)を晒(さら)すわけにはいかないのでレオルドには罰が必要なのだ。

つまり、これからベルーガは親として、そして公爵家の人間としてレオルドに罰を下さねばならない。それをこの場で示すのが、今回ベルーガが呼ばれた理由であり責務でもある。

「ハーヴェストよ。此度、お前の息子が仕出かした罪は重い。どう責任を取るつもりだ？」

国王の重たい言葉がベルーガにのし掛かる。しかし、ベルーガは最初から答えを用意している。なので、後は多くの貴族が見詰める謁見の場で大々的に宣言するのみ。

「我が不肖の息子、レオルドには次期当主の資格を剥奪並びに辺境の地へと幽閉する事を罰とします」

この決定は実質、公爵家からの追放という意味を成す。これがどれだけ重たい罰なのかをレオルドは分かっていないが、貴族からすれば死よりも重い恥辱である。

名誉や栄光、名声に富といったものが全て無くなるのだ。すなわち、貴族にとっての社会的な死を意味する。

「そうか。では、次期当主をどうする?」

「その点についてはご心配に及びません。次男であるレグルスに決めています」

「ほう。噂は聞いておる。バカな兄に似ず、優秀な弟だと。して、それは真（まこと）なのだろうか?」

「親の欲目抜きにしても、とだけ」

「であるか。しかし、残念よな。お前の息子は武勇に優れた神童と持てはやされておったのに、このような結末を迎えようとは……」

「恥ずかしい限りです。私の教育が間違っていたのでしょう」

「どうであろうか。お前の息子レグルスはレオルドとは違うのであろう?　ならば、レオルドに原因があったのだろう」

「それならば、尚更(なおさら)恥ずかしい限りです。息子の本性を見抜けなかったのですから」

「人間、誰しも間違いはある。さて、レオルドの処罰についてはこれにて終(しま)いとしよう。最後にハーヴェストよ、二度は無いぞ？」

「はっ！　陛下の温情に感謝を!!」

　これにて謁見は終了である。集まっていた貴族も解散して、用意されていた部屋へと戻っていく。同じく、ベルーガも自室へと戻り、椅子に腰掛けて休む。

　しばらく休んでいるところに客人が訪れる。ベルーガも予想していたのか、控えていたメイドに指示を出して扉を開けさせる。

「先程ぶりだな、ベルーガよ」

　訪れてきたのは国王本人であった。

　プライベートな訪問なので、ベルーガはメイドを下がらせてアルベリオンと二人きりになってから口を開いた。

「今回は手間を掛けさせてすまなかった」

「気にするな。私とお前の仲だ。それよりも、お前こそ平気か？」

「気が気じゃなかったさ。決闘で負けたと聞いた時は髪の毛が抜け落ちたほどさ。ああ、息子は死んだんだって」

「それに関しては運がよかったな。ジークフリートが死ねと命じていたら、その時は本当に終わっていたぞ」

「本当に感謝しかないよ、彼には」

「その事についてはこれで終わりにしよう。少し、愚痴に付き合ってくれ」

「いくらでも付き合おう」

プライベートで仲の良い二人は、時間を忘れるほど仕事や政治についての愚痴を言い合った。だが、その顔は晴れやかな笑顔であった。

久方ぶりに会う友人との話は愚痴だとしても楽しいものなのだ。


王城での謁見から戻ったベルーガはレオルドを学園から呼び戻し、レオルドの処分を本人に下す。

「お前の追放処分が決まった」

「え……!?」

驚いているがレオルドは、この後の展開を知っているので演技をしている。

「お、お待ちください、父上！　何故、私が追放処分なのです！」

「お前は自分が何をしたのかすら理解できていないのか？」

(分かってます。公爵家にあるまじき失態を晒したからです。他にもたくさん悪い事してるからな～……救いようがない屑なんだから当然の判断だわ)

「仰る意味が分かりません。私は何も問題など――」

（ここまでは原作通りの展開です！　知ってます！　この後、パパンがブチ切れるんですよね！）

「愚か者めがぁっ！　どれだけ私を失望させるつもりだ！　お前は決闘に負けた上に恥を晒したのだぞ！　それだけではない。これまでお前は何をしてきた？　ああ、言い訳は結構だ。既に調べはついている。お前がこれまで行ってた悪行の数々についてはな。息子だからといって甘やかし過ぎた私にも非はあろう。だがしかし、それを差し引いてもお前の所業は見過ごせん。故にお前の次期当主としての座を剝奪し、辺境の地へ幽閉する。二度と私の前に現れるな！」

「そ、そんな父上……」

踵を返してレオルドの前から去ろうとするベルーガ。しかし、ここで簡単に帰さないのがレオルドなのだ。

去り行くベルーガを慌てて追いかけるレオルド。その手を摑もうと手を伸ばすが、普段運動していないレオルドに機敏な動きは厳しすぎた。

転げたのだ。盛大に、そして情けなく。

「ぷぎぃっ!?」

ベルーガの耳に届いたのは豚の鳴き声に似たレオルドの声。何かあったのかとベルーガが振り返ると、そこには豚が一匹寝転がっている。

「……お前という奴はどれだけ、どれだけ私を怒らせれば気が済むのだ」

声が震えている。ベルーガはワナワナと震えて怒りを抑えているが、いつ爆発してもおかしくはない。

(確か、この後起きようとして後ろに転ぶんだよな。まあ、この体形に体重ならあり得る話だ)

レオルドは原作を再現する為に、ベルーガの怒りが頂点に達する前に慌てて立ち上がろうとして後ろに転ぶ。コロリと可愛(かわい)らしく転ぶレオルドを見たベルーガは怒り爆発。

「ふざけているのかっ！　追放処分では生温(なまぬる)い！　この場で切り捨ててくれるわ！」

(ひえ～～！　ガチ切れしたパパンめっちゃ怖い！)

「気を確かに、旦那様。なんの為にこれまで耐えて来たのですか」

怒りの頂点を迎えて暴れ出すベルーガを執事のギルバートが止める。

(ギルバートもめちゃくちゃ強いんだよな。ただ、俺に殺されたけど)

今にも殺されそうだというのに呑気(のんき)な事をレオルドは考えていた。

ギルバートは原作だと、レオルドに殺される。実力で言えば、ギルバートの方が強いのだがレオルドはギルバートの孫娘を人質に取り殺害するのだ。

流石は屑。やる事が外道である。

ちなみにギルバートの孫娘は運命48(ディスティニー・フォーティーエイト)のヒロインではない。所謂(いわゆる)、サブヒロインである。だが、ビジュアルが良いので人気キャラの一人でもある。

目の前で暴れ出しそうなベルーガを必死に抑えるギルバート。それを見て、レオルドはリアルで動いてると感心していた。

（はっ！　しまった。呆けてる場合じゃないな。喚き散らしながら、無様に逃げないと）

二人のやり取りに気を取られて自身の役割を忘れていたレオルドはようやく我に返る。

普段、温厚な父親が歯を剝き出しにして憤怒に顔を染めている様子を見てレオルドは怯えて声を荒らげる。

「う、うわあぁぁあぁあぁぁぁぁああ!?」

醜く太った身体のどこにそんな力があるのかと聞かれるくらいに、二人の前から脱兎の如く逃げ去る。

無様に喚き散らしながらレオルドが二人の前からいなくなった。二人は演技を止めて、先程の情けない姿をこれでもかというくらい見せ付けてきたレオルドについて話す。

「我が息子ながら、本当に情けない……」

「流石に今のは擁護できませんな。私の息子だったのなら、首を刎ねていたところです」

「恐ろしい事を言うな。ギル、本当に更生できそうか？」

「我が人生最後の大仕事となりましょうが、必ずや」

「寂しくなるな。私が引退するまでいてくれるものだと思っていたのに」

「これぱかりは仕方がありません。では、レオルド様を捕獲した後、お会いしましょう」

「ああ、頼んだ」

ベルーガが最後の一言を発した瞬間、ギルバートが消える。

かつて、大陸に名を轟かせた伝説の暗殺者だったギルバート。歳を重ねて老体になれど、その技は未だ衰えず。

自室へと戻っているレオルドは部屋の隅に布団を被って隠れている。

「このあと、ギルが迎えに来るんだよな～。そんで強制的に荷物を纏められて、あれよあれよと辺境の地へ強制連行。せめて！　せめて、双子の弟と妹に会いたかった！」

レオルドは心情を曝け出すものの、それが叶わないと知っているので嘆く以外できない。しかし、今は会えずともいずれ会う事になるだろうと素早く切り替える。

「……来たか」

地味にではあるがレオルドは魔法の鍛錬に励んでいた。たった三日ではあるが、探査の魔法を習得していた。

かつて神童と呼ばれていたレオルドに真人の現代知識が加わったのだから、鬼に金棒である。

「失礼します。レオルド様」

ギルバートがレオルドの部屋に来訪する。

ここから、生き残る為の戦いが始まろうとしている。

それはそうとしてお腹が空いたので何か食べ物を下さいませんか、と言いたいレオルドは必死に空腹に耐えていた。

レオルドの辺境行きがあれよあれよと進んでいる時、学園の方ではレオルド退学の話で盛り上がっていた。

調子に乗っていたレオルドは数多くの悪事を働いていたから、多くの学生から嫌われていた。

反抗しようにも公爵家という立場の人間だから誰も反抗できずにいたので、今回の件は学生達にとっては最高の話題なのだ。

しかし、中には喜べない者もいる。それはレオルドに付き従っていた者達だ。

今回はレオルドのみが学園を退学となっているが、レオルドに従って悪事を働いていた学生達は後ろ盾が無くなったので次は自分達も危ないのではと危惧している。

「どうする、これから？」

「どうするもこうするも俺達は悪くないんだ！　全部、レオルド様の所為にしとけばいいんだよ！」

などと言っているが自ら進んで悪事を働いた者達もいる。レオルド一人に全ての罪をなすりつけようとするが、果たして上手くいくかは分からない。

一方でレオルドとは別の意味で有名になった者もいる。運命48の主人公にして、レオルドとの決闘で勝利したジークフリート。

彼は今学園中で噂されている。おかげで、質問攻めされるのだが毎回とある女子生徒に助けられている。

「はいはい。これ以上はジークが困るから、ここらでお終いね」

ジークフリートを囲んでいる生徒達を掻き分け、手をパンパンと軽く叩いて囲んでいた生徒達を解散させるのは、運命48のメインヒロインが一人、エリナ・ヴァンシュタイン。

エリナはレオルドと同じくアルガベイン王国の公爵家である。

ただし、レオルドとは違い多くの者から慕われている。

「大変ねー。貴方も」

「助かったよ、エリナ。でも、もう少し早く助けてくれないか？」

「何言ってるのよ。これでも早い方よ。あの人数を掻き分けて通るのは苦労するのよ？」

「む、そうか。なら、言い直そう。助けてくれてありがとな」

「どういたしまして」

笑い合う二人に周囲の人間は色々と考察する。一体どういう関係なのだろうかと。

そんな二人の間に割り込むように一人の女子生徒が現れる。

「ごめんなさい。私の所為でジーク君に迷惑を掛けちゃって……」

「謝る事なんてないさ！　悪いのは全部レオルドだから、クラリスが謝る必要なんてない！」

「でも、私の所為でジーク君は決闘する羽目になったんだし、やっぱり私の所為だよ」

「もう！　クラリス。貴女のそういうところはダメよ。ジークの言うとおり、全部レオルドが原因なの。そもそも、あいつが貴女に酷い事をしたのがいけないんだから」

　謝ってばかりのクラリスをジークとエリナは慰める。そんな二人の甲斐もあってクラリスも落ち着いた。

　三人が絡むのは原作通りで、最初に主人公であるジークフリートが出会うのはエリナだ。エリナとは学園を受験する時に仲良くなっている。流石はエロゲの主人公である。

　エリナは受験前から話題の人となっていたが、ジークは知らなかった。容姿端麗に頭脳明晰な上に公爵家のご令嬢ときた。噂にならないわけがない。魔法の才にも溢れているので、神に愛されているかのような存在だ。実際に原作者に愛されているわけだが。

「それよりもレオルドが退学になったって本当か？」

「ええ、本当よ。噂になっているけど事実で間違いないわ」

「そうか……悪い事をしちまったな」

「何を言ってるのよ！　あんな屑は退学になって当然よ！　むしろ、私は貴方がレオルドと決闘すると聞いた時はついにあの豚が死ぬのね――って思ったんだから」

「流石に俺は殺さないさ。そこまで憎い相手でもなかったし」

「ジークは知らないんだろうけど、決闘で勝った場合なんでもしていいのよ。例えば、レオルドを処刑する事だってできたんだから」

「物騒な事を言うな!?　てか、決闘で勝ったらそんな事できるのか？」

「国で決められている法だから可能よ」

事実である。だが、ジークに限った話ではない。大半の生徒が知らないのだ。

そもそも決闘など滅多にしないのだから、知らないのも無理はない。

「なら、クラリスに決めてもらえばよかったな」

「わ、私？　決闘で勝ったのはジーク君だよ!?」

「いや、確かに俺が戦って勝ったけど、被害にあってたのはクラリスだろ？　だから、クラリスが望むようにしてあげればよかったなって」

「別にいいよ。私はもう何の関係もなくなったから、それだけで十分だよ」

「優しいわね、クラリスはー！」

そう言ったエリナがクラリスを抱きしめる。庇護欲を刺激するクラリスにエリナは我慢ができなかったようだ。

「まあ、あの豚にクラリスは勿体ないのよ。豚は豚らしく豚と結婚でもしてればいいのよ」

「随分な言い様だな～。昔、何かあったのか？」

「ほら、一応豚でも公爵家でしょ？　多少の交流はあったのよ」

「あー、そういう事か」

原作でもその辺りについては言及されている。エリナとレオルドは過去に何度か社交界で会っているが知人という関係である。

かつて神童と呼ばれた頃のレオルドを知っているが、聡明なエリナは子供の頃からレオルドの人間性を見抜いていたので知人という関係から進展させなかったのだ。

「この話は終わりにしましょ。今度、授業で行われる野外研修の話でもしましょう」

「そうだな。いつまでも同じ話題じゃ飽きるしな」

「私、野外研修で野営をするって聞いたんですが――」

こうして運命48の世界は進んでいく。レオルドが退場した舞台はどのような展開を見せるのかは神のみぞ知るところだ。

もちろん、レオルドも関わる事ができればどういう展開になっていくのか分かるが辺境に飛ばされるので関与できないのであった。


辺境行きが決まったレオルドはギルバートの手助けにより準備を終えていた。

しかし、ここでレオルドにピンチが迫る。それは今後の展開が分からないという事。

どうして分からないかといえば、運命48はジークフリートが主人公の物語であるからして、描かれる視点はジークフリートのものなのだから。

レオルドとなった真人は確かに未来を知ってはいるが、それはジークフリートの視点から見た未来である。

ゆえに、レオルド当人になってしまった今、結末以外ほとんど知らないと言ってもいい。

時折第三者視点で物語が語られる事もあったが、レオルドに関しては最初の追放シーンしかない。

つまり、今のレオルドをどういう風に演じればいいのか分からないのだ。

今までは原作通りの台詞(せりふ)を吐いておけばどうにかなっていたのに、とレオルドは内心ぼやく。

「それではレオルド様。準備が整いましたので、早速出発しましょう」

「う、うむ」

なるべく、今までの傍若無人なレオルドのように振舞っているつもりだが失敗している。

レオルドは理解していないがギルバートは大層驚いていた。顔にこそ表れていないが内心ではひっくり返りそうな勢いである。

(素直に了承した!? 馬鹿な。癇癪(かんしゃく)を起こして逃げ出すものだとばかり思っていたのに……先日、旦那様に叱られたのが影響しているのか？)

色々と考えてしまうギルバート。それも仕方のない事だ。長年仕えてきたギルバートはレオルドの性格を熟知している。

そのレオルドが、これから辺境に送られるというのに、癇癪も起こさず素直に返事をしたのだ。

流石にギルバートが邪推するのも無理は無い。

早速やらかしてしまったレオルドは、自身の失敗に気付かないまま、ベルーガが用意した馬車に乗り込む。

レオルドの体重によって軋（きし）んだ馬車だが、公爵家だけあって頑丈なつくりをしている。

それを軋ませるレオルドの体重にも驚きではあるが。

馬車の中にはギルバートとギルバートの孫娘であるメイドのシェリアがいる。レオルドは二人と対面するように座る。

レオルドはシェリアを見て興奮してしまう。何せ、画面の向こう側にしか存在しなかった美少女が手の届く目の前にいるのだから。

自然と鼻を鳴らしてしまう。

「ぷっきっきっき……」

気持ちの悪い笑い方をして、鼻息まで荒くするレオルドを見たシェリアは既に限界である。今すぐにでも馬車から飛び降りて逃げ出したい気持ちで一杯だ。

仮に馬車から飛び降りて大怪我（おおけが）を負ったとしても、目の前にいる醜悪な豚に仕えるよりは大分マシなのだとシェリアは思う。

チラリと祖父であるギルバートを見上げるシェリアだが、祖父はレオルドの一挙一動をじっくりと観察していた。

「レオルド様」

「きっきっき——な、なんだ？」

レオルドは声を押し殺して笑っていたつもりなのだが丸聞こえであった。

そんなレオルドにギルバートが声を掛ける。

突然声を掛けられた所為で焦ったような返事をしてしまうレオルド。

「これから向かう場所については覚えておいででしょうか？」

「む？　ゼアトという辺境の都市だろう。それがどうしたというのだ？　まさか、俺を馬鹿にしているつもりか!?」

（レオルドならこれくらいは言うよね！　間違ってないよね！）

心配そうに心の中で確認するレオルドではあるが、もう間違っている。

本来のレオルドであれば質問された時点で怒鳴り散らしている。素直に答えたりしないのがレオルドという人間なのだ。

「いえ。確認をしたまでです。失礼をお詫(わ)び申し上げます」

「ふんっ！」

「ぷっ……」

ギルバートの謝罪にレオルドが鼻を鳴らしたのだが、鼻を大きく広げて鳴くものだから、その様が豚に見えてしまい、思わず吹き出してしまったシェリアは慌てて口を塞ぐ。

しかしもう遅い。レオルドはシェリアが笑ったのを見逃さなかった。流石にこれは不味(まず)いと、ギルバートはシェリアに謝罪をさせようとしたが、レオルドの方が先に口を開いた。

「今、笑ったか？」

「す、すみません！　主(あるじ)であるレオルド様に対して、とんだご無礼を――」

「良(よ)い。気にしていない」

（よくよく考えてみれば、俺って生き残るのを目標にしてるんだから、元のレオルドを演じなくていいよね。これからは新生レオルドなんだから）

「へ……？」

間の抜けた声を出してしまうシェリアだが、その横では目を見開いて驚愕するギルバートがいた。かつて、伝説の暗殺者として恐れられた男が初めて見せた顔である。

（馬鹿な！　レオルド様なら今の笑いで首を刎ねていてもおかしくはなかった。一体、何があったというのだ……）

最早ギルバートにも理解できない事態となってきた。

ベルーガから下された最後の大仕事と言ったが、もしかしたらとんでもない事になるかもしれないと、ほんの僅かであるが心躍るギルバートであった。

一方でシェリアは、許された安堵感よりも、レオルドの取る態度が聞いていた話と違い困惑していた。

もしかしたら、周りで言われているほど悪い人ではないのではとレオルドを一瞥する。

すると、偶然レオルドもシェリアに目を向けていたから視線が重なる。

ニチャアと不気味な笑みを浮かべるレオルドに、シェリアは自身の純潔は遠くない内に奪われるのだろうと絶望してしまう。

対してレオルドは、シェリアの反応を見て紳士的な対応ができたのではないだろうかと喜んでいた。

残念ながら、己の絶望的な未来を悟ってしまい、達観するに至ったシェリアを見て都合良く勘違いをしているだけなのだが、それは知らない方が幸せというものだ。

運命に抗(あらが)い、生き延びる事を誓ったのに以前までの屑(くず)人間であったレオルドの真似(まね)をしていたのは間違いだったと頭を抱えるレオルド。

しかし、凹(へこ)たれてはいけない。必ず、死亡フラグをへし折る為(ため)にも、真人(まこと)の記憶を使いレオルドの本来持つ力を取り戻すのだと奮起する。

「レオルド様。ゼアトに到着しました」

「ん、分かった」

馬車が止まり、目的地であるゼアトに辿(たど)り着いた事をギルバートがレオルドに報告する。

レオルドは素直に返事を返して、馬車の戸を開けてゼアトを見詰める。

（ふぉおおおおお！！！　画面の向こう側に見た光景が今目の前に！　なんて素晴らしいんだ。シェリアの時とはまた違う感動だ）

レオルドはエロゲでプレイしていた頃の記憶を思い出し、目の前の光景に感動していた。

ゼアトは運命48(ディスティニー・フォーティーエイト)の説明だと国境付近に建造された砦(とりで)と小さな町といった場所だ。

特にこれといった名産はなく、砦以外は注目するものはない。真人の記憶でもゼアトは砦以外見るものは無かったようだ。

イベントで砦を訪れたりしたが、町は素通りしていたので詳しくは知らないレオルドはどのような町並みなのか楽しみにしている。

早速、町を見て回ろうとするレオルドだがギルバートに止められる。

「レオルド様。どこへ行かれるつもりですか？」

「町を見て回ろうと思うのだが、何かあるのか？」

「これから、我々が過ごす屋敷へと向かいます。馬車が止まったのは、我々が今後生活していく町を一度見ておく為です」

「分かった。なら、屋敷に案内してくれ」

相変わらず素直に言う事を聞くレオルドに不審な気持ちが拭えないギルバート。

一方でレオルドは今後どのようにギルバートやシェリアと接したらいいかを悩んでいた。

町から少しだけ離れた場所にある大きな屋敷。馬車から降りたレオルドは屋敷を見上げて、真っ青に顔を染める。

（ここは⁉　レオルドが何度か最期を迎えた場所だっ！）

レオルドは運命48の全ルートで死亡している。ラスボスになる事もあるが、ラスボスになると別の場所でジークフリートと雌雄を決するようになっている。

しかし、今レオルドが見上げている屋敷は多くのルートでレオルドが最期を迎えている場所なのだ。

暗殺、毒殺、謀殺と多岐に渡るレオルド死亡のオンパレード。

その現場が目の前にあるのだから、未来を知っているレオルドが真っ青になるのも仕方が無い事であった。

「どうかしましたか、レオルド様？」

「い、いや、なんでもない。それより早く屋敷の中を見せろ」

「どうぞ、こちらです」

ギルバートに中へと案内されるレオルドだが、やはり自分が最期を迎えるかもしれない屋敷に入るだけあってギクシャクとした動きになっている。

おかしな様子のレオルドを見たギルバートは、首を傾げてしまうが逃げ出さないところを見る限り大丈夫だろうと判断した。

さらに後ろではシェリアがおかしな動きをするレオルドを見て必死に笑いを堪えているところだった。

レオルドはギルバートとシェリア二人に案内されて自室へと入る。既に服や下着といったものは取り揃えられており、いつでも生活ができそうに整えられている。

豪勢なベッドに寝転がり、天井を見上げてレオルドは今後の方針を立てる。

（まずはダイエットから始めよう。次に魔術についての勉強と武術の鍛錬だな。レオルドの記憶もあるから、二つについては特に苦労しなさそうだ。まあ、ギルバートに頼めばなんとかしてくれるだろうな）

やる事は沢山あるが、ここから先は未知の領域である。

未来で死ぬ事は分かっていても、その道程は不明なのだから。

　それでも必ず生き残ってやると誓ったのだから、まずはギルバートやシェリア達に協力を仰ごうとするレオルド。

（しかし、いきなりダイエットしたいから手伝ってくれなんて言ったら怪しまれるかな？　でも、食生活とか見直そうとしたらメイドや執事に頼った方が貴族らしいよね！　怪しまれたら、ジークに殴られた影響ですとか言って押し切ろう！）

　原作を再現した今となっては今更感が凄まじいのだが、原作通りに進ませない為には実行しなければならない事だ。

　善は急げとレオルドは呼び鈴でギルバートを呼び出す。

　呼び鈴が鳴って一秒も経たないのにギルバートはレオルドの部屋を訪れた。

「お呼びでしょうか？」

（早いな、おい！　呼び鈴鳴らして一秒経ったか経たないか程度で来たぞ！　伝説の暗殺者凄すぎ！）

「ああ。ギルバートよ、俺は痩せたい。だから、手を貸して欲しい」

「……今なんと仰られましたか？」

「歳で聞こえなかったか？　痩せたいと俺は言ったのだ」

「坊ちゃま……」

（ええええええ!?　なんで泣くの！　しかも、坊ちゃまって昔の呼び方やん！　何か感動する要素あった!?）

レオルドには到底理解できないが、ギルバートはレオルドの更生を命じられていた。きっと、生涯最後の大仕事になるだろうとギルバートは覚悟をしていた。なのに、まさかの転生で人格が変わっていた。ギルバートの覚悟は無駄に終わったが、嬉しい事に変わりは無かった。

かつて神童と呼ばれていた頃のレオルドが帰ってきてくれたのだと盛大に勘違いしているギルバートは感動に涙を堪えきれなかったのだ。

「手を……貸してくれるな？」

「勿論ですとも。このギルバート、坊ちゃまが理想のお身体を手に入れるまで身命を賭しましょう」

（重――――い！　重たいよ、ギル！　この数秒で何があったの！　貴方に何があったっていうのおおおお！）

「そうか。ならば、付き合ってもらうとしようか」

「はっ！」

突然の心変わりにギルバートは何の疑問も抱く事なくレオルドに協力する事になった。

そんなギルバートに若干引きつつも心強い味方を手に入れる事ができて喜ぶレオルドであった。

その日の夜、ギルバートは昼間にあった出来事を公爵家当主でありレオルドの父親であるベルーガへ向けて報告書に纏めていた。

その内容は、レオルドがダイエットを決意した事と、言動や態度に変化が見られるといったもの。

最初は疑問に感じていたが、どうやら決闘に負けて心境に変化があったのではとレオルドにとって都合のいい勘違いをギルバートはしていた。

おかげでギルバートからの疑惑は晴れていた。

「まさか坊ちゃまがダイエットをしたいなどと。旦那様もこの事をお読みになれば目を疑うでしょうな」

この報告書を読んで驚くベルーガの姿が容易に想像できるギルバートは小さく笑った。

「さて、これくらいでいいでしょう」

レオルドと一緒にゼアトに送られたギルバートに課された使命は二つ。レオルドの更生と監視。

一つ目はレオルドの中に真人の人格と記憶が混ざったので、もう更生する必要は無い。

二つ目は、やはり過去の所業があるのでゼアトでも悪事を働かないかを監視する必要があるのでギルバートは目を光らせておかなければならない。

ただ、レオルドは既に更生というより転生しているので悪事を働く事はない。

だから、ギルバートのやる事はレオルドのダイエットの手伝いとベルーガへの報告だけである。

報告書を纏めたギルバートは筆を措き、屋敷の見回りへと赴くのであった。

「はあ～、こんな大きな屋敷を私とお爺ちゃんだけで回すなんて無理だよ～。こっちに着いたら臨時で人を雇うって聞いてたけど、雇い主がレオルド様じゃな～」

使用人の部屋で盛大に愚痴を零すシェリア。誰も聞いていないからといって大胆に主の悪口まで言っている。

ただ、彼女の言い分は正しいので否定する事もできない。

レオルドは屑なのでメイド達にはよく陰口を叩かれていた。

シェリアは聞くだけで被害にあった事はない。それもそのはず。シェリアにレオルドの毒牙が向かないようにギルバートが仕向けていたからだ。

しかし、今回の辺境行きではレオルドの世話をするメイドが一人もいなかったのでギルバートはシェリアを連れて行く事になったのだ。

半ば強制的に連れて来られたシェリアはあまりいい気分ではなかった。元々、聞いていた通りの人ではないと思いたいのだが、馬車での様子を見る限り噂は本当だったのだと落胆している。

メイドを食い物にしている。

平民の美しい女の子を攫っては自身の性欲処理をさせている。

婚約者を他の者に犯させて楽しんでいる。

などなどの噂だ。

実際は違う。手を出そうにもベルーガの監視が厳しかったのでレオルドは手を上げる事はあっても手を出す事はなかった。

ただ、運命48でジークフリートが攻略に失敗するとレオルドにヒロインを奪われるといったバッドエンドは存在している。シェリアがそれを知る由も無い。

そして、現在のレオルドは生き残る事に必死なので女に現を抜かしている暇は無い。

なので、シェリアの心配は全くの杞憂なのだがシェリアが気がつくまでは時間を要する事は間違いない。

「今日、夜伽に呼ばれるのかな……うぅ～、嫌だ！　初めては好きな人とって決めてるのに～」

使用人が使うベッドの上でバタバタと足を動かして悶えるシェリア。本人は確定だと思っているがレオルドにその気は一切無い。

シェリアが落ち着きを取り戻した頃、ギルバートとレオルドはこれからの事について話をしていた。

「坊ちゃま。まずは痩せる前に屋敷を管理する為に人を雇いましょう」

「うむ、そうだな。当てはあるのか？」

「町で募る予定でございます。料理人、使用人を最優先に集めましょう」

「ちょっと待て。まさか、屋敷にいるのは俺とギルとシェリアだけか？」

「はい。申し訳ありませんが」

（分かっていたが人望なさすぎだろ……一応は公爵家の長男なんだから、形だけでもいいから来てよ……ちょっと凹むぞ）

「そうか。まあ、仕方の無い事だな。今までの俺を見れば分かる」

「坊ちゃま……」

（だから、なんでこの程度で目を潤ませるんだ！　伝説の暗殺者どこいった！）

「人員の募集はお前に任せる。俺は一先ず……何をすればいい？」

「そうですな。まずは軽い運動から始めてみましょうか」

「ふむ。具体的には？」

「屋敷の周りを歩いてみるのはいかがでしょうか？」

「なるほど。ならば、俺が歩いてる間に人員の方は頼むぞ」

「お任せを！」

やる気を見せるギルバートはレオルドと別れてシェリアを連れて町へと赴く。

一人になったレオルドはギルバートが言ったとおり屋敷の周りを歩く。ただ、歩くだけなのだがレオルドにとっては娯楽と化していた。

「すげ～。こんな風になってるんだ～」

画面の向こう側にあった世界が今や現実になっているのだから見るもの全てが新鮮なのだ。

学園では余裕がなかったから、あまり楽しめなかったがこれからは楽しく過ごせそうだとレオルドは小躍りするのであった。

しかし、豚がいきなり小躍りするものだから膝が悲鳴を上げて崩れ落ちたのは言うまでも無い。


レオルドが膝を痛めて転げまわっている頃、ギルバートとシェリアは町で人員を募集していた。

「ほう。それでは貴方の特技をお聞かせ願えますか？」

「はい。私は――」

既に多くの者を集めて面接を行っているギルバートは次々と合否の判定を下していく。シェリアが呼び寄せ、ギルバートが見極める。

ただ、やはり辺境の町だけに若者が少ない。若い者は王都に憧れて町を離れてしまう為だ。

しかし、文句は言っていられないのでできる限り手を尽くした二人。

集まった人数は十人だけ。しかし、この十人はギルバートの面接に見事合格した精鋭と言ってもいい。

ギルバートとシェリアを含めた十二人で屋敷に戻る事になる。

「戻ったか」

ただ屋敷の周りを歩いていただけなのに満身創痍（まんしんそうい）のレオルドが十二人の部下を迎える。

「坊ちゃま！　そのお怪我（けが）は!?」

「気にするな。転んだだけだ」

「しかし、どう見ても襲撃にあったかのようなお怪我ですぞ！」

ギルバートの言うとおりレオルドはズタボロで屋敷に揃（そろ）えられていた新品の服も破れてしまっている。

まあ、理由はレオルドが小躍りしたのと転げ回った所為（せい）で服がはち切れただけなのだが。

流石（さすが）にそんな事を説明する勇気はないレオルドは必死に誤魔化す。

「くどい。何もないと言っておる。それよりも、さっさと仕事に就け」

「っ……承知しました。坊ちゃま」

レオルドはギルバートに背を向けてさっさと屋敷の中へと入っていく。ギルバートは後ろに控えていた者達を引き連れてレオルドを追うように屋敷へと入る。

屋敷へと連れて来られた者達はギルバートから仕事を割り振られ、制服を受け取ると早々に仕事を始める。

だが、料理人以外は特に仕事はない。何故ならば、レオルドが住む事になったのでベルーガが予め屋敷を清掃させていたから。

おかげで、使用人達は手持ち無沙汰だ。

しかし、時間ができたおかげでシェリアは後輩となる女性達に指導を行う。

それに付け加えてレオルドの悪評と悪口を教えるので勘違いが広まってしまった。

自室へと戻ったレオルドは疲れた身体を癒そうとベッドで横になる。

しかし、そんな甘い考えはすぐに吹き飛ぶ。

「坊ちゃま。何をしていらっしゃるので？」

「ギ、ギル!?　何故勝手に入ってきているんだ！」

「勝手に部屋へ入った事は申し訳ありません。しかし、坊ちゃま。俺は痩せたいと仰ったはずなのに、何故休憩なされているのですか？」

「疲れたからだが？」

「それではダメです。坊ちゃまはただでさえ人の五倍は動かなければいけませんから」

「ま、まだ初日ではないか……多少は――」

「甘えは許しませんぞ？」

恐ろしく素早い動きで迫るギルバートに、レオルドは恐怖を抱いた。

ここで口答えをしてもいいのだが、ギルバートの言い分は確かに理解できるところである。

故にレオルドは、地獄の鬼も裸足(はだし)で逃げ出すようなしごきが待っていると知らずに返事をした。

「分かった。では、頼むぞ、ギル」

「お任せあれ！」

(んひいいいい！　なんか凄(すご)い気迫なんですが？　背中からオーラのような物が立ち上ってるんですが気のせいですよね？)

見間違いではない。

レオルドは伝説の暗殺者を呼び覚ましてしまったのだ。

最早(もはや)、レオルドが安息の日々を迎える事は決して無い。

「ぐぼふぉっ！」

レオルドの分厚い脂肪に覆われた腹部にギルバートの鋭い蹴りがめり込む。堪(たま)らず、レオルドは後ろに倒れて腹部を押さえながら痛みに苦しむ。

(違う！　俺が求めてたものと全然違う！)

呼吸もままならず息苦しさに涙目のレオルド。

心の中で不満を言うが、現状が改善される事はない。

元々、レオルドは真人(まこと)であった頃の現代知識と経験を元にダイエットを試みようとしていた。故に食生活の改善、適度な運動で痩せるだろうと軽く見積もっていた。

何せ、レオルドは何と言っても育ち盛りの十五歳なのだから新陳代謝がいいのだ。

なので、暴飲暴食を控えて適度な運動さえしていれば痩せるに違いないと甘く考えていた。

しかし、ここで大きな誤算が生まれる。適度な運動をギルバートに任せてしまった事だ。

これによってレオルドとギルバートとの適度な運動という名の地獄の鍛錬が始まってしまった。おかげで、今はギルバートと組み手を行っている最中だ。

「休んでる暇はありませんぞ。さあ、早く立って構えるのです」

(鬼かっ！！！　まだまともに呼吸もできないんだぞ！)

レオルドの心情など知らず、ギルバートはレオルドに立ち上がるよう促す。だが、やはりレオルドは立ち上がらない。

「この程度で音を上げるのは早いですぞ」

そんな風に言われたらレオルドとしては立ち上がるしかない。プライドだけは一丁前にあるのだから。

「ぐ……っ！」

「さあ、続きを始めましょうか」

再び構えるギルバートに釣られてレオルドも構える。そうして、またレオルドにとっては地獄のダイエットが始まる。

二人の組み手を屋敷の中から見守り続けるシェリアは呆れるように愚痴を零す。

「ここに来て一週間もよく続けるよね～。最初は一日で音を上げるんじゃないかと思っていたけど、案外根性あるのかな？　まあ、私もデブなままのご主人様より痩せたイケメンのご主人様が断然良いから頑張って欲しいな。最近、ちゃんと顔を見るようになったから分かったけどレオルド様も痩せたらイケメンなの間違いないから応援したくなっちゃう」

途中からは願望丸出しではあるが、シェリアからの評価は変わりつつあった。

喜ばしい変化ではあるがレオルドが知る事はない。やはり、使用人と主人という立場なのでシェリアが直接伝える事はしないから。

されど、シェリアの評価が上がれば自ずと他の使用人達からの評価も上がる。

既にシェリアの話を聞いて警戒していた使用人達も、ここ一週間のレオルドを見て認識を変えている。

噂とは違う、と。

レオルドにとって大変喜ばしい事なのではあるが、やはりレオルドの耳に届きはしない。

それでもレオルドの努力は実を結んでいる事だけは確かである。

「ぶひぃいいいっ！！！」

「その叫び声はどうにかならんのですか……」

　ギルバートとの組み手で大きく吹き飛んでいくレオルドは豚のように叫ぶ。こればっかりは、どうしようもないのでギルバートも困ったように溜息を吐いてしまう。

　この一週間、レオルドのダイエットを行っているが毎回豚のように鳴いている。なんとか改善できないものだろうかとギルバートは毎日頭を悩ませている。

　しかし、一向に改善しないレオルドを見ていると無理なのではないだろうかと不安になってしまう。だが、それでも廃嫡されたとは言えハーヴェスト公爵家の長男であるのだから恥を晒すような真似はできない。ならば、ここは恨まれたとしても矯正しなければとギルバートは心を鬼にする。

「いつまで寝転がっているつもりです。まだまだ行きますよ！」

（勘弁して！　もう意識が飛びそう！）

　どれだけレオルドが悲鳴を上げようとギルバートが許すはずもなくレオルドとの組み手は続いていく。

　何度も、地面に倒れるレオルドをギルバートは容赦なく叱咤する。

「まだです！　まだ立ち上がれるはずです！」

「く……こ……のぉ……」

「そうです！　その意気です！！！」

　立ち上がるのはできても組み手を行う事はできないレオルド。既に傷だらけで着用している服も穴だらけ。

それでもギルバートは許してくれずレオルドへと近付き拳を振るう。

構えていないレオルドはそのまま殴られると思いきや、ギルバートの拳を避けて一歩踏み込んでみせる。

ただ、それだけでは足りない。ブヨブヨの腕を伸ばしてギルバートに拳を叩き込もうとするが届く事はない。

レオルドの腕を軽く払うギルバートは、豚のような巨軀であるレオルドを吹き飛ばすほどの回し蹴りを叩き込んだ。

「ぶっひいいいい！！！」

ライフルから放たれた弾丸の如く回転しながらレオルドは吹き飛ぶ。ズザザッと頭から地面に突っ込んで止まると、完全に意識を失ってしまう。

この一週間で毎日のように見られる光景である。最後はギルバートの強烈な一撃でレオルドが意識を失って幕を閉じるというものだ。

「また……か」

目を覚ますとレオルドはいつものようにベッドに寝かされていた。

ギルバートとの組み手が終わると、いつもこうだった。最初は今着ている服から下着まで穿き替えさせられている事に羞恥心を抱いたが、もう慣れてしまった。

貴族とはこういうものなのだと。

レオルドがゼアトでダイエットを始めていた頃、王都に住んでいるベルーガの元にギルバートからの報告書が届いていた。

早速、ベルーガは報告書を読んでいく。どんどん読んでいく内にベルーガの眉間に皺が寄っていく。それもそのはず。報告書に書かれていたレオルドの変化についてベルーガは信じられなかった。

「レオルドがダイエットを始めた？　態度や言動にも変化が生じただと⁉　まさかギルが耄碌したか？　いや、そうだとしてもこれは流石に……。しかし、ギルがこうまで言っているのだから本当なのか？　う～む。ここはギルを信じるとしよう」

嘘のような内容ではあるが信頼の置けるギルバートが言うのだから間違いないのだろうとベルーガは信じる事にした。

それにレオルドが何かしたとしても、あのギルバートが後れを取るはずがないとベルーガは信じていた。

報告書を読み終えたベルーガは妻であるオリビアにレオルドがダイエットを始めた事を伝えた。

「まあ、レオルドがダイエットを⁉　それは良い事ね！」

ベルーガからレオルドがダイエットを始めた事を聞いたオリビアは嬉しそうに喜んでい

た。

　レオルドがゼアトに行ってからオリビアの表情はどこか暗かったので、久しぶりに喜ぶオリビアを見てベルーガは笑みを零した。

　その翌日にベルーガは仕事の為に王城へと向かう。王城で仕事に励んだベルーガは友人である国王アルベリオンの元へと向かい飲みに誘う。

「陛下。このあと、一杯どうですかな？」

「堅苦しいのは止せ。今はプライベートだ」

「まあ、そう言うな。お前は王で私は臣下だ。一応の礼儀は必要だろう？」

「その割にはすぐに口調が素に戻っているぞ」

「ははっ。それよりも、一杯どうだ？」

「そうだな。今日はもうやる事がないから付き合おう」

　それから二人は部屋を移動して、落ち着いて飲める場所へと向かった。

「ところで珍しいな。ベルーガの方から誘うなんて。何かあったか？」

「ああ。実はレオルドについてなんだが」

「何かしたのか？　まさか、ゼアトで早速問題でも起こしたか！」

「いいや。そうじゃない。むしろ、喜ばしい事なんだろうが……少々信じられない事でな」

「ほう？　面白そうな話か？」

「まあ、聞いたら笑うぞ」

「それは是非とも聞いてみたいものだな」

「実はレオルドがダイエットを始めたらしい」

アルベリオンはベルーガの発言を聞いて、ほんの数秒固まるとプッと吹きだして大笑いする。

「ぷっ、ははははははははははは！　ダイエット？　あのレオルドがか!?　はははははははは！　何の冗談だ。今の今まで馬鹿ばかりやってきたのに、今更ダイエットとは笑わせてくれる。散々、お前達が注意をしたのにもかかわらず全く聞き入れなかったレオルドがダイエット……はははははははっ！！！　これほど愉快な話はあるまいて！」

「私も最初は目を疑ったさ。だがな、ギルが嘘をつくはずがない。だから、信じてみる事にした」

「何？　ギルバートからの報告だったのか？」

「ああ。だから、嘘ではないと思う」

「そうか。ならば信憑性はありそうだな」

「まあ、そのせいで少し頭を悩ませている。どうして、今更なのかとな」

「ふむ、確かにな。今まで誰が何を言っても聞き入れなかったのに、急に心変わりとは怪しいな」

「そう思うのだが、ギルの報告では怪しいところがないと言うんだ」

「ならば、今後もギルバートからの報告を待つしかないか」

「そういう事になる」

「では、続報を期待しておこうか」

そう言って笑うアルベリオンはグラスに残っていた酒を飲み干した。


ベルーガが帰り、アルベリオンは自室へと戻ろうと廊下を歩いていた。すると、前方から第四王女であり娘のシルヴィアが姿を現す。

先程までお酒を飲んでいたせいでアルベリオンは少々酔っていた。とは言っても足元はしっかりとしており、会話も普通にできる。多少顔が赤く染まっており、面白い話を聞いたので上機嫌になっているだけだった。

「おお、シルヴィアか。このような時間にどうした？」

「いえ、少々夜風に当たっていただけですわ。それよりも、お父様は随分と機嫌がよろしいようですが、何か良い事でもありましたの？」

「んふふっ！」

アルベリオンは先程の会話を思い出して笑ってしまう。その事に首を傾げるシルヴィアに、アルベリオンはどうして笑ったのかを教える。

「いや、すまん。先程の話を思い出してしまってな」

「いえ、構いませんわ。それよりも先程までは確かハーヴェスト公と談笑なさっていたのでは？」

「うむ。ベルーガと少し飲んでいてな。そこで面白い話を聞いたのだよ」

「面白い話？　お父様がそこまで言うのですから、私も興味がありますわ。ぜひとも教えてくださいまし」

「ああ、いいぞ。実はな、あのレオルド・ハーヴェストがダイエットを始めたそうだ」

「へ？　あのレオルド・ハーヴェストがですか？」

　信じられないといった顔でシルヴィアはアルベリオンに聞き返す。

「そうだ。決闘に負けてゼアトへ幽閉される事になったレオルド・ハーヴェストだ」

「まあ、それは、なんというか、その……おかしな話ですわね。今まで誰が何を言っても自分を変える事のなかったレオルド・ハーヴェストが今更ダイエットなど……」

「そうだろう？　まあ、長続きするかは分からんが面白い話ではあると思ってな」

「ええ、本当にそう思いますわ」

　これは調べてみる必要があると判断したシルヴィアは自室へと戻り、自身の専属メイドであるイザベルにレオルドを調査するように命令を出した。

「イザベル。私が貴女をレオルド・ハーヴェストの元に潜り込めるように手配しますので、貴女は動向を調査並びに私へ報告なさい」

「は。ご命令のままに」

「うふふ。一体どういう風の吹き回しでしょうか。レオルド・ハーヴェスト、何を企んでいるかは分かりませんが私が化けの皮を剝いであげましょう」

レオルドの与り知らぬところで一人の女性が動き出した。彼女はシルヴィア・アルガベイン。運命48ではサブヒロインであったが、それはゲームでの話。この現実世界で彼女はどのような事を成すのか。それはレオルドにも分からない。

第二話 ✧ 知らないイベント

辺境の町ゼアトに来てから一週間。あっという間に過ぎたが、レオルドにとっては濃密な毎日となっている。

ただし、今のところギルバートと組み手を行うだけで他には何もしていないのだが。

「時に聞くのだが、俺はギルとダイエットしかしていないがそれでいいのか？」

食事中に、ふと気になった事をなんとなく聞いてみるレオルド。ダイエットの為に考案された食事を取りつつ、側に控えているギルバートに問いかけた。

「坊ちゃまは何の役割もありませんので、特に仕事はありません」

「そ、そうか……」

（グサッと心に刺さる一言だな、おい！　何の役割もないって……でも、よく考えれば面倒くさい仕事をしなくていいって事だよな。それはそれでラッキーか）

実際、レオルドは公爵家の嫡男ではあるが既に次期当主の座を剝奪されており、何の権力も持っていない。ただ、公爵家の一員なので庶民と比べたら違いはある。

しかし、ゼアトでレオルドができる事はない。領主である父親ベルーガが政務を仕切っているのでレオルドが手を出せる事は一切ない。

だから、現世でいうニートといっても過言ではない。

さらにゼアトは辺境の要なだけあって駐屯している騎士団も屈強な者ばかりが揃っている。魔物の駆除や、盗賊、山賊といった対処も完璧にこなしているので治安も良い。故にレオルドができる事は何もない。

一応、現代知識で内政に経済などで革命を起こそうかと考えたが、そもそもここは現代日本が作り上げたエロゲの世界なのでレオルドが持つ現代知識はあまり役立たない。使えると言っていいのは、せいぜいエロゲの攻略知識くらいだろう。

しかし、ここはゲームの世界とは言っても現実である。既にゲームと現実の区別は実証済みで、ステータス画面は存在しない。

パラメーターが分からないけれど、キャラの特性は覚えているのでレオルドは自分がどのように鍛錬を積めばいいか分かっている。

レオルドは雷、水、土の三つの属性を扱える優秀な能力の持ち主だ。大抵は一つしか扱えない属性をレオルドは三つも扱える。

ちなみにジークフリートは火属性しか扱えないが、彼が持つ特殊なスキルのおかげで全ての属性を扱えるという規格外っぷり。

そして、全属性を扱えるのは運命48に出てくるキャラでは三人のみ。その内の一人がジークフリートである。

運命48では総人口について約十億人もいると明言されている。その中で全属性が扱えるのは、たった三人のみとなっているのだからジークフリートの異常さが際立つ事だろう。

という訳なのでレオルドは食事を終えると自室に籠り、魔法書を熱心に読んでいく。真人の現代知識が邪魔をするかと思われたが、レオルドの記憶と相まって魔法の知識は向上している。

だからと言って強くなったわけではない。ゲームならば知能のあたりの数値が上がっているのかもしれないが、ここは現実なので確かめようにも確かめられない。

なので、魔法書片手に庭で試し撃ちをしたりする。基本的には水と土を伸ばそうとしている。この二つはゲームの時にはパッとしない扱いだったが、やはり現実となると利便性が高い。

土などは大地の上で生活している人間にとっては身近にあるものだ。おかげで、魔法のイメージも簡単である。

「うーん。でも、俺って雷ばっかりなんだよな。ラスボスになった時なんか広範囲殲滅魔法とかでフィールド全体に雷を落としてたし」

レオルドの言うとおり、運命48でのレオルドが使う魔法は基本的に雷ばかりであった。恐らく理由は単純に水と土は格好悪いからだ。ド派手なイメージと言えば火か雷の方だろう。

「しかし、地味に思われた土魔法がこんなにも便利だとはな～。雷魔法に比べたら派手さはないけど、使い勝手はいいし魔力の消費量も段違いだ。まあ、土なんて足元にあるものを使うだけだからなんだけど。頑張れば、建築とかに使えるんじゃないか？　俺に建築の知識があればよかったけど……いや、製造業の開発、設計で身に付けた知識を使えばいけるか？　科学と魔法の融合でチートだ！　悪くない考えだけど、俺何の権限も無いんだよな～」

色々と自分の考えをべらべらと語りながら土魔法で簡素な椅子を作り出してレオルドは腰かける。しかし、どれだけ考えを述べようとも残念ながらレオルドには何の権限もないので実行に移す事はできない。その事にレオルドはがっくりと肩を落として落胆してしまう。

「だからと言って諦めてたまるかよ！」

「何を諦めないのですか？」

「ひえっ!?」

意気揚々と顔を上げた途端、背後からギルバートが声を掛けた。突然の事だったので、思わず悲鳴を上げてしまうレオルド。

「な、なんでもない！　それより、何の用だ？」

「はい。本日午後からの組み手なのですが私は用事がありますので代わりを連れてきました」

「代わり？　誰だ？」

ギルバートが後ろに顔を向けると、そこにはラフな格好をして腰に剣を差している男が立っていた。

「彼の名はバルバロト・ドグルム。ゼアトに駐屯している騎士の一人です」

「ほう。強いのか？」

レオルドは初めて聞く名前に思わず聞き返してしまう。失礼かもしれないが、レオルドに宿った真人の記憶には刻まれていない名前だったからだ。

「その点に就きましては御安心を。ゼアトに駐屯している騎士の中で一番の剣の使い手でございます」

「ほう……」

（嫌な予感しかしない……！）

「彼には坊ちゃまの剣の稽古を任せました。言って聞かせておりますので、どうか御安心ください」

（……なら、大丈夫か？）

ギルバートは用事があるという事で、バルバロトにレオルドを任せて屋敷から出ていく。

残ったレオルドとバルバロト。二人きりにされてしまったレオルドが、どのように声を掛ければいいか困っていたらバルバロトの方からレオルドに声を掛けた。

「えー、レオルド様。ギルバート殿から頼まれましたので、早速始めましょうか」

バルバロトはそう言うと、木剣を二本取り出してきた。木剣を手渡されるレオルドは、戸惑いながらもバルバロトを真似て構える。

（ふむ……構えはできている。まあ、過去に王都で開かれた武術大会少年の部で最年少ながら優勝したと聞いてはいるが。
しかし、噂に聞く限りだと落ちぶれて今に至るって話だ。一目見たら丸分かりな体形だから、噂通りなんだろう）

「さあ、好きなように打ってください」

「う、うおおおおお！」

気合一閃とばかりに雄叫びを上げながら、バルバロト目掛けて木剣を振り下ろすレオルド。

しかし、大振りなレオルドの木剣はバルバロトからすれば避けるのは造作もない事だった。

ブオンッと音が鳴ってレオルドの木剣は地面を叩いた。すぐさま、二撃目をとレオルドが反転しようとしたがバルバロトに木剣を突きつけられる。

「うっ……」

「振りかぶりすぎです。それでは避けてくださいと言っているようなものですよ。とりあえず、レオルド様の実力は分かりましたので、まずは素振りから始めましょうか」

（こりゃ、酷いな。見た時から思ってたが、体力が無さすぎる。一振りしただけで息を切らすなんて……給料が出るからって安請け合いしちまったかな。まあ、いつまで続くか分からんが給料分の働きはしますかね）

既に息も絶え絶えなレオルドに呆れているバルバロトは、今回の仕事を引き受けた事を少し後悔する。

対して、レオルドは悪評のある自分を見放さないバルバロトに好感を持ち始めた。

もしかしたら、きちんとした剣技を教えてくれるかもしれないと。

「一、二、三、四！」

「……」

（あれからずっと素振りさせてはいるが、文句の一つも言わないな。噂は本当なのか？　傍若無人で自分勝手な性格って聞いてたが、違うのか？　大体、貴族の坊ちゃんてのは基礎を怠るような奴らなのに……）

剣の稽古と言いながら、素振りしかしていないレオルドを観察しつつバルバロトはレオルドの噂について考え込む。

レオルドの方はしっかりと教えて貰えているので満足している。ただ、贅沢を言えば休憩を挟んで欲しい。時折、アドバイスをしてくれるのは有り難い事なのだが、この身体は休息を求めているのだ。

しかし、休ませて欲しいとは言えないレオルド。何せ、バルバロトが真剣な顔つきで素振りを見てくれているのだから。

残念な事にお互い勘違いを起こしている。

バルバロトは真剣にレオルドの素振りを見ていない。ただ、噂とは違うレオルドの真面目な態度を訝しんでいるだけだ。

盛大なすれ違いを起こしつつ、レオルドは素振りを続ける。しかし、今のレオルドに長時間の運動は辛い。

ギルバートとの組み手でさえ休憩があるのに、バルバロトとの稽古は休憩無しである。何が起こるかといえば、限界に達した豚が一匹音を上げてぶっ倒れたのである。

「ぶひぃ……！」

「……っ!?」

（しまった！　考えすぎてたせいで休憩させるの忘れてた！　やばい。下手したら懲罰ものかも……）

「大丈夫ですか!?」

「ゼェ……ハァ……ゼェ……ハァ……」

慌てて倒れたレオルドの側へと駆け寄るバルバロトは安否を確かめる。レオルドは息をするのがやっとのようで返事を返さない。

しかし、視線だけはバルバロトにしっかりと向けられている。

バルバロトはレオルドに睨まれていると勘違いして腹を括る。恐らく、自分は罵声を浴びせられてクビになるだろうと容易く想像できてしまう。それだけで済めば御の字だろう。下手をすればゼアトから追放、もしくは考えたくはないが死刑なんて事もあり得る。

どちらにしろ自分の未来はこれで終わりだな、と諦めるバルバロト。しかし、意外な発言がバルバロトの耳に届く。

「水を……水を……くれ」

慌ててバルバロトは水を取りに行く。井戸から水を急いで汲み上げるバルバロトだが心中は穏やかではなかった。

「なぜ、怒ってないんだ？　罵声の一つくらいは浴びせられると思っていたのに……」

桶に水を入れ替えてレオルドの元へと急ぐバルバロトはレオルドの対応に首を傾げるばかりであった。

桶一杯の水をレオルドは受け取り、ゴクゴクと喉を鳴らして飲んでいく。相当疲れていたのか桶に入っていた水を全て飲み干してしまう。その光景を見たバルバロトは、自分が仕出かした事を改めて認識してしまう。

こんなに疲労するまで放置してしまった事を。

（水を飲んで回復したら、俺の事を激しく罵倒するんだろうな……当然か。ぶっ倒れるまで放置してた俺が悪いんだからな）

「ふう……助かった。バルバロトよ。すまなかった。遠慮せずに休憩をお前に申し出ていれば、このような事態にはならずに済んだものを。手数を掛けてしまったな」

「は……？」

一瞬、レオルドが何を言っているのか理解できないとバルバロトはあんぐりと口を開く。

呆然としていたバルバロトは理解するのに数秒を要してしまった。

「な、何を仰るのですか！　悪いのは私であって――」

「ん？　お前は何も悪くはあるまい？　俺が素振りをしているのをずっと見ていてくれたじゃないか」

「そ、それは……そうですが」

「ならば、自身の限界を超えてまで素振りを続けて倒れてしまった俺の方が悪いだろう。お前に責任はないさ」

「っ……！」

最早、言葉は出てこなかった。バルバロトはレオルドの寛大さに衝撃を受けてしまっていたから。

噂に聞いていたレオルドとは大違いで、どう解釈すればいいかも分からない。ただ、ひとつ言える事は噂などあてにはならないという事だ。

感極まっているがバルバロトは大きな勘違いをしている。噂はほぼ事実である。王都にいないからバルバロトは真相を確かめる事はできないが、知らない方が良いという事もある。

「それじゃ、再開するか」

「えっ……？」

「えっ、とはなんだ。まだ稽古は終わっていないのだろう？」

「そ、そうですね。まだ、時間はありますし」

「……どうした？　調子でも悪いのか？　さっきから様子が変だぞ」

レオルドがそう尋ねるとバルバロトは姿勢を正して頭を下げた。突然の事で驚いたレオルドはバルバロトに頭を下げた理由を問いかけようとしたが、先にバルバロトが謝罪の言葉を述べる。

「申し訳ありませんでした。私は最初レオルド様の事を疑っておりました。噂を耳にしていた私はレオルド様の稽古など、どうせすぐに飽きられるだろうと……しかし、レオルド様は真面目に素振りを続けられ、その姿を見た私は噂とは違うのか？　と疑いの目で見ていました。その結果、レオルド様が倒れられて水を欲していた時も私は自分の心配ばかりをしていました。きっと、罵詈雑言を浴びせられて酷い仕打ちを受けるのだろうと……ですが、私を責める事なくレオルド様は寛大な心で許してくださいました！」

「お、おう……」

（圧が！　圧が凄い！！！）

バルバロトの圧に押されてレオルドは後ずさってしまう。しかし、バルバロトがぐいぐいと迫っていく。

「所詮、噂は噂だと分かりました。数々の非礼をお詫び致します！　どうか、私めに罰を与えてください！」

「お前は勘違いしているが噂は事実だ。だから、お前が疑いの目で俺を見ていた事など罰を与えるほどの事でもない。さっきも言ったが今回は俺が悪いのだから、お前を咎める気は一切ない」

「なっ……」

「今日の稽古はもういい。それと噂が事実かどうかはギルバートに詳しく聞いておけ。聞いた上で尚俺に稽古を付けてくれるなら、また頼むぞ」

唖然とするバルバロトを置いてレオルドは屋敷の中へと帰っていく。残されたバルバロトは、しばらくの間立ち尽くしていた。

自室へと戻ったレオルドはベッドに倒れこみ、枕に顔を埋める。

（ちくしょう！　ちくしょう！　ただの勘違いかよおおおおお！！！）

バルバロトが熱心に素振りを見ていたわけではなく、噂通りの人物かどうかを見定めていた事が分かったレオルドは枕を濡らすのであった。

後日、ギルバートから事実確認をしたバルバロトが剣の稽古を続けてくれると知って、また枕を濡らすレオルドであった。

それから、しばらく経った頃に一人のメイドがレオルドの屋敷へやってきた。

メイドが屋敷へと来た事を知ったギルバートは迎えに出る。

「ようこそ、いらっしゃいました。イザベル殿」

「お初にお目にかかります。ギルバート様」

「では、一先ず屋敷をご案内いたしましょう」

「はい。よろしくお願いします」

屋敷にやってきたのはシルヴィアのメイドであったイザベルだ。シルヴィアは怪しまれないようにベルーガを通してイザベルをレオルドの元へと送りつけたのだ。

それにベルーガもレオルドの屋敷は人手不足だという事をギルバートからの報告で知っていたので、イザベルの件は有り難く二つ返事で了承していたりする。

そんな訳もあってレオルドの屋敷でシルヴィアが送り込んだイザベルが働く事になる。

ギルバートが屋敷で働いているメイドを集めてイザベルを紹介する。新たなメイドに加えて公爵家当主のベルーガからの推薦という話を聞いてシェリアは飛び跳ねるほど喜んだ。

何せ、この屋敷は人手不足に加えて仕事ができる人間が少なかったからだ。急遽、メイドを募集したがまだまだ半人前。

しかし、そこへベルーガから推薦された優秀であるメイドが来たのだからシェリアが喜ぶのも無理はない。

ギルバートは一応この屋敷では先輩に当たるシェリアにイザベルの教育を任せてレオルドの元へと向かった。

イザベルの教育を担当する事になったシェリアは早速仕事を教えていく。

しかし、シェリアは教えれば教えるほど自分の立場が危うくなっていくのを感じた。目の前でテキパキと仕事をするイザベルにシェリアは何も言えない。

というよりも言える事がない。イザベルの仕事ぶりを見る限り、シェリアが助言できる

ような事など何一つなかった。

（わ、私っていったい……）

自信を失くすシェリアの元へと仕事を終えたイザベルが報告に来る。

「シェリア様。終わりました」

「……」

上の空であるシェリアはイザベルの声に気がつかない。イザベルは首を傾げて、どうしようかと迷ったが、方法は一つしかないとシェリアの肩を掴んだ。

「シェリア様。終わりましたよ」

「へ？　あっ、ごめんなさい。気がつきませんでした……」

「いえ、お気になさらず。それよりも、ボーっとしてましたが体調でも優れないのでしょうか？」

「い、いえ。そんなんじゃありません。ただ……」

「ただ？」

「ただイザベルさんは私なんかよりもよっぽど優秀だから、私のいる意味あるのかなって……。えへへ、ごめんなさい。私、先輩なのに情けなくて」

そう言って力なく笑うシェリアは自分の言葉に落ち込んでしまう。

落ち込んだシェリアを見て、イザベルはそんな事はないと励ますように話しかける。

「そんな事はありませんよ。シェリア様がこうして教えてくれるからこそ、私は迷いなく仕事ができるのです」

　その言い方だとシェリアの役目はほとんどないようなものだ。屋敷の中を案内する程度が精々といったところだろう。

　しかし、それは受け取り方によってはいい方向へと転がる。シェリアはイザベルの言葉に感動したのか、沈んだ気持ちから一転して大喜びである。

「そ、そう言ってもらえると嬉しいな～！　えへへ～！　先輩の私に任せてください！」

「はい。これからも頼りにしています」

　まだまだ子供であるシェリアにイザベルは微笑む。見ていて微笑ましい小さな先輩の背中をイザベルはゆっくりと追いかけるのだった。

　ギルバート、バルバロトの両名から体術、剣術を指南してもらうようになってレオルドがゼアトに来てから一月が経過していた。

　朝にギルバートから体術を学び、昼からバルバロトに剣術を学び、夜に一人で魔法書を読み漁る毎日が続いている。

　おかげでレオルドは才能もあってか体術、剣術はメキメキと腕を上げている。ただし、二人から一本を取れた事はない。

　魔法については他二つよりも成長は凄まじい。ゲームと違って数値が無いから分かり難いが、レオルドは雷以外の魔法を鍛えている。そして、現在土魔法は強力なものになりつつある。

そんなレオルドも魔法を使えば二人から一本取れるのではないかと考えて挑戦してみたが、伝説の暗殺者(アサシン)とゼアト一の騎士は伊達(だて)ではなかった。

ゲームではないので相手が魔法の発動を待ってくれるはずは無い。詠唱しているところに拳を打ち込まれて敗北。同じように詠唱しているところに剣を叩(たた)き込まれて敗北。

ならば、詠唱破棄で魔法名を唱えるが威力が足りない、精度に欠ける、範囲が狭いといった弱点だらけで思うようには戦えない。現実とゲームの違いに打ちのめされるレオルド。

「地道な努力あるのみか……」

運命(ディスティニー)48(フォーティーエイト)の戦闘シーンでは詠唱破棄や無詠唱は存在した。しかし、それはゲームであって現実ではない。

ゲームの場合だと詠唱破棄をすれば魔力の消費量が1・25倍となり威力も落ちる仕様になっている。ただし、スキルに詠唱破棄というものが存在しておりスキル持ちならデメリットが無くなる。

そして、無詠唱は詠唱破棄よりも魔力消費量が1・5倍と多い。尚且(なおか)つ威力も半減といったデメリットが存在する。当然、無詠唱もスキルにされているのでデメリットは無くなる。

ちなみに詠唱破棄のスキル持ちは六十四人もいるヒロインに一人しかいない。そして、無詠唱のスキル持ちもヒロインに一人しかいない。

しかし、主人公であるジークフリートはいずれ二つとも使えるようになる。

スキルは本来一人につき一つしか無いのが一般的であるが、稀(まれ)に例外が存在する。マルチスキルと言われて複数のスキル持ちが現れる事もあるのだ。

過去最高は五つのスキルを持っていた者もいる。それら全てが優秀なスキルかどうかは定かではなかったが。

さて、スキルについてだが勿論(もちろん)レオルドも所持している。レオルドがとあるルートでラスボスになれるのも所持しているスキルのおかげと言っても良い。

レオルドが持つスキルの名は魔力共有。名前の通り任意の相手と魔力の共有ができるというもの。

名前だけ聞けばパッとしないが能力は魔法使いにとっては破格である。何せ、魔法を使う為(ため)に消費する魔力を余所(よそ)から持ってこられるのだから。

例えば、レオルドとギルバートの二人が魔力を共有したとしよう。

レオルドが80の魔力、ギルバートが１２０の魔力を保有していた場合、共有すると２００になる。

そして、レオルドが自身の魔力量を超える魔法を放った場合、消費されるのは二人の合計した魔力である。

このスキルを駆使してレオルドはラスボスにまで上り詰めた。多くの配下を持ってジークフリートを追い詰めるほどに。

ただ、配下を全滅させると魔力共有が切れてレオルドの魔力はどんどん減っていき、最後はただのサンドバッグと化す。

悲しき運命の男である。

スキルの有用性は理解しているレオルドだが今は使い所がない。なので、今はスキルよりも体術や剣術、魔法といった基礎を伸ばした方が身の為である。

そして、今日もレオルドはギルバートに殴り飛ばされ、バルバロトに叩き伏せられる。

「っ……まだまだぁ！」

全身泥だらけで露出している肌の部分は青あざだらけのレオルドは、どれだけ倒れても果敢に立ち向かっていく。

「その意気や良し！　ですが、それだけでは足りませんぞ！」

「ぐほぉっ!?」

ギルバートに腹部を打ち上げられて宙を舞うレオルドは背中から地面に落ちる。強烈な痛みがレオルドを襲う。

しかし、レオルドは歯を食いしばって耐えると身体を起こしてギルバートに向かっていく。

「ふぅふぅ……」

一ヶ月毎日同じ事を繰り返したおかげでレオルドは心身共に成長していた。残念な事に体重はあまり変化が見られなかったが。

それでも、最初の頃に比べればお粗末だった体術、剣術は目を見張るものになっているのだから賞賛に値する。

「では、休憩といたしましょう」

「はあ～～～……」

どさっとその場に寝転がるレオルドを横目にギルバートとバルバロトは離れていく。レオルドに話し声が届かない場所まで移動すると二人は話し込む。

「一ヶ月みっちりと鍛錬を積んだ成果は出ていますね」

「ええ。私から見てもレオルド様の体術は目を見張るものになっていますね」

「それでしたら剣術の方もでしょう。元々、武術に関しては才能がお有りでしたから」

「それにしては最初の頃は酷かったものですが」

「坊ちゃまが剣の稽古をサボり始めたのが十二歳の頃ですから、三年のブランクは大きいでしょう」

「確かに。三年も鍛錬を怠れば錆びるのも当然ですな」

「ええ。実際、今よりも真面目に鍛錬を続けていた十歳の時の方が強かったのですから」

「ですが、今のような鍛錬を積めば将来は間違いなく大陸に名前を轟かすほどの実力者になりましょう」

「そうですな。ただ、残念な事に坊ちゃまが再び表舞台に立つ事は難しいでしょう。もっと早く改心なさってくれれば良かったのですがね」

ギルバートの言うとおり、レオルドの処罰は辺境の地への幽閉。つまり、表立った舞台へ出ていく事はない。

仮にレオルドが功績を挙げるならば、騎士団でも討伐できない魔物を討伐するか、隣国と戦争になった場合にゼアトを守りきるといった功績を挙げるしかない。

「遅すぎましたね……」

「ええ。本当に……」

二人は知らないが、レオルドは悲観してはいない。レオルドは自身の死を覆せればいいので功績など全く必要ないと思っているのだから。

休憩が終わり、レオルドは木剣を持って二人の帰りを待っていた。やがて、二人が帰ってきて剣術の稽古が始まる。

「ふっ！」

「甘い！　もっと鋭く、丁寧に！」

「しぃっ！」

「勢いで誤魔化すな！」

「ぐあっ！」

バルバロトの木剣がレオルドの手首に打ち込まれる。何の装備もしていないレオルドはあまりの痛みに握っていた木剣を落としてしまう。

「く……っ……！」

「いつまで痛みに悶(もだ)えている！　早く拾って、打ち込んで来い！」

「は……はいっ！」

手首を押さえて痛みに苦しんでいるとバルバロトの怒声がレオルドの耳に響く。ギリッと歯を食いしばり落ちた木剣を拾い上げる。

レオルドの眼前には鋭い目付きで睨(にら)み付けるバルバロトがいる。レオルドはバルバロトに睨み付けられても、臆する事なく踏み込んだ。

「せいやああ！！！」

「気合だけは一丁前だな！」

「あぐぅ……！」

大声を出しながらバルバロトへと攻め掛かるレオルドだが、呆気(あっけ)なく一蹴される。胴を打ち込まれて片膝を突くレオルド。

「今日はこの辺りで終わりにしましょうか？」

「いいや。まだだ！」

立ち上がるレオルドを見てバルバロトに笑みが零(こぼ)れる。どこまで強くなれるのだろうかと未来を期待して。

「むっ！！」

朝、いつものように着替えようとしたらレオルドは違和感を覚えた。

「ウエストが減っている……！」

急激に痩せたわけではない。ここ最近ずっと減量はしていた。そして、ついにオーダーメイドで作らせたレオルド用のズボンに隙間が生まれたのだ。

ずっとピチピチで今にも張り裂けそうだったウエスト部分に指一本分の隙間が生まれたのだ。

喜ばないはずがない。

柄にもなく腹の底から歓喜の咆哮を上げた。

「うぅぅぅぉぉぉおおおおおおおおおおお！！！」

小さな変化ではあるがレオルドにとっては大きな進歩であった。

この後、レオルドの咆哮を聞いて慌てたギルバートが部屋に飛び込んできたのは語るまでも無い事であった。

朝食を済ませたレオルドは、日課となっているギルバートとの組み手の為、庭に出るとストレッチを始める。

ストレッチが終わる頃にギルバートが顔を出した。

「ん？　今日はバルバロトはいないのか？」

「はい。今日は仕事があるそうなので」

「ほう。バルバロトまで招集するほどの仕事か。ギルは知っているのか？」

「勿論ですとも。どうやら餓狼の牙が近隣に出没したというので討伐に向かったそうです」

「餓狼の牙だと!?」

　レオルドが驚く理由は、餓狼の牙がどういうものかを知っているからだ。

（餓狼の牙、義賊で悪人からしか金を奪わない信条で運命48では負けイベの相手。初めて負けたジークフリートが二度目の戦闘で覚醒する大事なイベントボスだ。でも、なんで今頃討伐？　あ、ここゲームじゃないや。現実だった。でも、今のところゲームのシナリオ通りに世界は進んでる。だったら、討伐は失敗するんじゃないか？　いや、そんな事よりも重要な事を思い出した。餓狼の牙はゲームだと三つしか存在しない蘇生アイテムを持ってるんだった！　これは是が非でも手に入れておかねばならない！！！）

　運命48では餓狼の牙は義賊で悪人からしか金品を奪わないので、被害者の中には悪事を働いた貴族も含まれている。なので、被害に遭った貴族から目の敵にされており、賞金を懸けられている。

　ゲームだと主人公のジークフリートと一度戦い、勝利するほどの実力を持っている。二度目の戦闘では覚醒したジークフリートに負ける踏み台のような敵。

　そして、レオルドと同じように全ヒロインのルートに存在しており必ず敵対する相手なのだ。踏み台としては当たり前なのだが、それ以上に餓狼の牙が所有しているアイテムこそが重要になっている。

　それは、不死鳥の尾羽という蘇生アイテムだ。

　他にも存在しているが、レオルドが手に入れられるとしたら、不死鳥の尾羽しかない。残りの二つはジークフリートがいずれかのヒロインルートで特殊なイベントを通して手に入れるようになっている。

　ただし、ハーレムルートなら蘇生アイテム三つ全部を手に入れる事ができる。

　運命48（ディスティニー・フォーティーエイト）の世界には蘇生魔法というものは存在しない。しかし、蘇生方法はある。その方法は特殊なアイテムの使用というもの。

　だから、運命48では戦闘で味方キャラクターが死ぬと死亡イベントが発生してムービーを見る事ができる。

　コンプリートしたい場合は事前にセーブしておく事だ。セーブしておかないと、死亡したキャラは復活しないので酷い目に遭ってしまう為、要注意だ。攻略中のヒロインが死ねばバッドエンドである。

　つまるところ、レオルドが死を回避するにはどうしても入手しておかなければいけないアイテムなのである。

「ギル。俺も餓狼の牙討伐に参加した――」

「なりませんぞ」

「ひえっ……！」

ずずいとギルバートはレオルドに詰め寄った。あまりの迫力に腰が抜けてしまうレオルドは小さく悲鳴を零す。

「既に騎士団が向かわれましたし、坊ちゃまがいては作戦に支障が出るだけです」

「ひ、酷い言い様だな」

「最近、多少動けるようになったからといって自惚れているのではありませんか？」

「そんな事はない！　俺はただ――」

「ただ？　なんです？」

ぐっと顔を近づけるギルバートにレオルドは何も言えなくなる。ギルバートの冷たい眼光に怯んでしまうレオルドは結局何一つ言い返せないままであった。

一日が終わり、自室で魔法書を読みふけるレオルドはなんとかして不死鳥の尾羽を入手できないかと考える。

そもそも、不死鳥の尾羽は運命48においても唯一無二のアイテムである。ただし、それはゲームの中の話。

今、レオルドは現実に運命48の世界にいるのだ。もしかすれば、不死鳥が存在して尾羽を簡単に入手できるかもしれない。

「よし！　早速調べるとしよう！」

そうと決まれば話は早い。レオルドは、早速不死鳥について調べる事にした。幸い、貴族である為高価な本もそれなりの量を所持している。ただ、不死鳥関連の本があるかどうかは分からない。

ちなみに運命48の知識を持っているレオルドも不死鳥については詳しく知らない。知っているのは伝説の生き物という記述だけ。だから、必死こいて調べなければならないのだ。

「不死鳥についての本が無い……仕方が無い。明日、ギルバートに聞いてみよう」

レオルドの自室には不死鳥に関する本が置いていなかった。なので、ベッドに寝転がり明日調べようと眠りに就いた。

翌朝、レオルドは朝食を済ませると昨夜調べていた不死鳥の事をギルバートに聞いてみる事にした。

「ギル。聞きたい事があるのだが、お前は不死鳥についてどれだけ知っている？」

「不死鳥ですか？　そうですな。一般的な伝説程度しか知りません。不死鳥の涙はあらゆる病を癒し、不死鳥の血は飲めば永遠の若さを手に入れられる。不死鳥の肉を食えば不死になれる。不死鳥の尾羽は死者を蘇(よみがえ)らせる、と。このくらいです」

「そうか……」

（ゲームには無かった説明だな。不死鳥の尾羽は存在したけど不死鳥自体はいなかった。

でも、探せばいるのかもしれないな。

ただ、どこにいるか分からないし、そもそも俺はここから動いていいのか分からないから、どうしようもないな）

「何かお困りごとでしょうか？」

「……ギル。不死鳥について詳しく知りたい。情報を集める事はできるか？」

「お任せください」

「理由は聞かないのか……？」

「今の坊ちゃまからは邪（よこしま）な気配が感じられませんので」

「そう……か。なら、頼む」

「はっ！」

照れてしまったレオルドは恥ずかしさにそっぽを向いてしまう。

朝の鍛錬へとレオルドが向かっている最中にイザベルがレオルドの前に姿を現す。足を止めてレオルドはイザベルに話しかける。

「む？　お前は確か父上から推薦されたイザベルだったか？　何の用だ？」

「はい。一つお尋ねしたい事がございまして」

「ふむ。許す。申してみろ」

「ありがとうございます。先程の食堂での件なのですが何故（なぜ）不死鳥について聞かれたのですか？」

その質問にレオルドはピクリと眉を撥（は）ね上げる。

「お前には関係ないだろう。妙な詮索は止（や）めろ」

流石（さすが）に簡単には教えてくれないかとイザベルはあっさりと諦める。

「申し訳ございません。出すぎた真似（まね）を致しました」

「構わん。許したのは俺だ。だが、次からは気をつけるがいい」

そう言ってレオルドはイザベルの前から去っていく。その背中をイザベルは見詰めながら、シルヴィアに報告する事を頭に記録していく。

イザベルに質問されてレオルドは少々彼女の事を疑い始めた。父親に推薦されたと聞いていたが、どうも怪しいと。

(ギルに頼んで調べてもらうか。俺に対して臆するような表情も見せなかったし……どうもただのメイドには思えん)

イザベルの事を不穏に思いながらレオルドは、いつも鍛錬をしている中庭へと向かうのであった。

午前中、ギルバートと組み手を行っている最中にレオルドはバルバロトの現状を聞いてみた。

「今、バルバロト達はどうなっているんだ?」

「申し訳ありません。私も詳しく把握しておりませんので」

「そうか……」

流石のギルバートもバルバロトの現状は把握していなかった。落胆してしまうレオルドだが、常に自分の側にいるのだから仕方がないかと割り切る。

剣の稽古が無くなったからといって午後は何もしないという事はない。ギルバートと組み手を行うのだ。

相変わらず一撃も当てる事ができずにボコボコにされるレオルド。

「こっのぉ！」

「ほう。無詠唱ですか。素晴らしいですが、その精度に威力では虫すら殺せませんぞ！」

「ぐがぁっ！」

ギルバートに向けて水属性の魔法を撃ち込んだレオルドだが、ギルバートはいとも容易く魔法を掻き消してレオルドを蹴り飛ばす。

まだまだ豚みたいな体形のレオルドを、まるでボールのように蹴り飛ばしてしまうのだからギルバートの強さは底が知れない。

「まだだ……！」

「その意気です。さあ、時間はまだまだありますぞ！」

「うおおおおお！」

突っ込むレオルドは殴られ、蹴られ、投げ飛ばされて地面に倒れる。しかし、何度も叩きのめされてもレオルドは諦めなかった。

せめて、今日こそは一撃入れるのだと奮起する。しかし、毎日同じ事を思って頑張っているのだが実を結んだ事はない。残念ながら、今のレオルドがギルバートに一撃を入れる事は砂漠の中から一粒の米を探すくらい難しい。

ただ、それでもレオルドは諦めない。何故ならば、ギルバートにいつまで経っても勝てないようでは死亡というバッドエンドを覆す事ができないから。

その為には痩せて、かつて呼ばれていた金獅子（きんじし）という神童レオルドにならなければいけない。

だったら、この程度で音を上げるわけにはいかないのだ。

だけど、意気込みは立派でも実力が伴わないので今日もギルバートに叩き潰されてしまうレオルドなのだった。

目が覚めたらベッドの上で、自身の不甲斐（ふがい）無さに嫌気が差す。

しかし、凹（へこ）たれていてもお腹（なか）は減るので、ベッドから起きると食堂へと向かった。食堂には既に料理が並べられており、後はレオルドを呼ぶだけとなっていた。

だが、レオルドが呼び出す前に来てしまい、使用人は慌ててしまう。そういう反応を見ると、悲しくなってしまうが、レオルドはできるだけ優しく声を掛ける。

「良い。気にするな。俺が早くに来てしまったのがいけないんだ。引き続き仕事を続けてくれ」

「は、はいぃ！」

優しい口調で許したレオルドに使用人は頭を下げると足早に食堂を出ていく。その姿を見たレオルドは、やはり自分は恐れられているのだろうと、ほんの少し肩を落とすのであった。

夕食を済ませたレオルドは、いつものように魔法の勉強を始める。

とは言っても、ほとんどの事はゲームの内容と変わらないので大した意味は無い。知力が向上するわけも無いので効果があるかは分からない。それでも、魔法の勉強をするのは単純に面白いからである。

レオルドの潜在能力に真人（まこと）の記憶がある為、魔法については飛躍的に成長するのだからつまらないわけがない。

だからといって、調子に乗るとギルバートやバルバロトにこっぴどくやられるのだが。

二人との稽古では魔法の使用も許可されているが新しい魔法を使えば、その度に手酷（てひど）く痛めつけられる。

新しい魔法を覚えたからといって調子に乗ってはいけないと戒めてくれているのだが、毎回気絶するまで続けるのはどうかと思う。

「さて、今日はここまでにしておくか」

本を閉じて、窓の外を見てみると真っ暗になっていた。

暗闇を月が照らし、僅かな光が窓から差し込んでいるのを見ながらレオルドは眠りに就く。

途中、深夜に目が覚めてお腹が空（す）いたレオルドが厨房（ちゅうぼう）にこっそり向かっている所をギルバートに捕まるというのも日常になっていた。

レオルドが必死こいてギルバートとの組み手に励んでいる頃、バルバロトは遠征任務に就いていた。

餓狼（がろう）の牙という名前の盗賊一味を討伐するという任務だ。

現在はゼアトの騎士達が野営を敷いており、多くの騎士が森に滞在していた。開けた場所に小さなテントを張って野営をしている。

そして、大きなテントには騎士達を率いる隊長がいる。現在、隊長はテーブルの上に周辺地図を広げて若い騎士に目を向けている。

「この先の廃村に餓狼の牙が潜伏していると？」

「はい。ただ、近隣住民からの報告でして……」

「斥候の方はどうなっている？」

「はい。報告によれば廃村は無人であり、人が生活していた形跡も無いとの事です」

「ふむ……」

「どう致しましょうか？」

「一先（ひとま）ずは待機だ。確かな情報があるまでは迂闊（うかつ）な真似はしないように伝えてくれ」

「はっ！」

報告を終えた若い騎士はテントから出ていく。中に残ったのは隊長のみとなった。隊長は若い騎士からの報告を聞いて、周辺地図を見ながら思考する。

その時、テントの中にバルバロトが入ってくる。隊長もバルバロトに気付いて一旦考えるのを止め、顔を向ける。

「バルバロトか。どうした？　浮かない顔をして」

「いえ、隊長は今回の任務についてどう思っているのか意見を聞こうかと思いまして」

「ふむ。そういえば、お前に近隣の村へ餓狼の牙について聞いて回る役目を与えていたな。何か言われたか？」

「……」

「言われたのだな。まあ、餓狼の牙は良くも悪くも民衆にとっては英雄のような存在だからな。悪徳領主から民達を救い、詐欺商人から金品を巻き上げ民衆に返還して、性悪貴族に攫われた女子供を助け、まさに正義の味方だ。我々騎士ができない事をやってのける。であれば、民衆に好かれるのは当たり前だろう」

隊長の言葉通り、餓狼の牙は民衆にとってはヒーローなのだ。

餓狼の牙が信条としている、貧しき者からは奪わない、殺さない、犯さないといったものを実践しているからだ。

勿論、民衆から支持を得る為に行っているのではない。これは餓狼の牙で頭領をしている男の考えだ。

「隊長はどう思われているのですか……？」

恐る恐る聞くバルバロトに、隊長は腕を組んで真剣な表情をすると、上を向いた。

「そうだな。できれば討伐したくはないという思いもある。

だが、俺達は騎士だ。国に命じられれば嫌でも動かなければならん。

だから、俺は餓狼の牙を討つ。それだけだ」

「それで納得しているのですか？」

「バルバロト。割り切れ。これ以上は俺もお前も口にしてはいけない」

「……分かりました」

隊長が何を言いたいか理解しているバルバロトは、それ以上追及せずにテントを後にした。

基本的に騎士というものは、貴族の三男、四男といった家督を継げない者達が多い。その中には出世を目論む者も多く、武勲を挙げて出世しようとする者もいれば、他者を蹴落としてでも出世をしようとする者もいる。

なので、誰が聞き耳を立てているかも分からない場所で無用心な言葉は発せられないのだ。

時が経ち、野営では夕食が作られている。本来であれば携帯食で済ますのだが、幸いにも森で食料を調達できたのだ。

匂いに釣られて獣が襲ってくるのではないかと心配するところだが、屈強な騎士達なのでむしろウェルカムといった具合である。

満足のいく食事を取りつつ、バルバロトと隊長が話し合う。

「ところで、餓狼の牙、頭領であるジェックスについて知っているか？」

「噂は聞いていますよ。相当な実力者だと」

「ああ。お前には期待しているぞ」

「はは。期待に応えられるよう努力はします」

「ふっ。ゼアト一の騎士であるお前なら勝てるさ」

食事を済ませた後、夜間の警備をする順番を決めた騎士達は眠りに就く。

深夜、警備をしていた騎士が尿意を催し、それを相方の騎士に伝えると茂みに入っていく。近すぎず、離れすぎずといった所で小便をしようとしたその時、背後から奇襲を受けて気絶させられる。

一方、中々戻ってこない相方に呆れつつ欠伸をしていると、茂みの中から目にも留まらぬ速さで襲い掛かってくる黒い影に、騎士は為す術も無く倒れる。

「二人、片付けた」

「了解。その調子で頼む」

「ん。任せて」

茂みに隠れている男と騎士を寝かせた少女は、騎士達に気付かれないように移動する。

その後も、騎士の隙を突いて気絶させていく少女の手腕は鮮やかなものだった。

しかし、少女も優秀だったが騎士達も劣ってはいなかった。異変に気がついた騎士が声を上げ、眠っていた騎士達が目覚める。

「ごめん……」

「気にするな。十分やってくれた。ここからは俺達の出番だ！」

茂みに隠れていた男に少女は謝る。男は少女の頭に手を添えて慰める。

そして、目覚めた騎士達(たち)が明かりを灯(とも)して警戒態勢になったのを確認した男は手を振り上げる。

「行くぞ！　野郎どもおおお！！！」

『うおおおおおおおおおおお！！！』

地響きが起きるほどの咆哮(ほうこう)と共に、茂みの中から餓狼の牙達が騎士達へと襲い掛かる。

「敵襲！　総員、抜刀！　できるだけ殺すな！　掛かれぇ！」

隊長の指示の下、騎士達が剣を抜き、襲い掛かってくる餓狼の牙達とぶつかる。深夜の森の中に男達の怒号と金属音が鳴り響く。

「我が名は餓狼の牙が頭領であるジェックス！　貴様らが欲しいのはこの首だろう！　掛かって来い！！！」

勇ましく名乗りを上げるジェックスに騎士達は気を逸(そ)らされる。そんな騎士達の中から一人飛び出す者がいた。

「我が名はバルバロト・ドグルム！　お相手願おう！」

名乗りを上げたジェックスに応えるようにバルバロトは名乗りを上げた。

飛び掛かってきたバルバロトを難なく弾(はじ)き返すジェックスに、バルバロトは剣を強く握り直した。

幾度と無くバルバロトとジェックスは剣を交えた。実力は拮抗(きっこう)しており、膠着(こうちゃく)状態が続いていた。

「ふう……ふう……」

浅い呼吸を繰り返しながら、バルバロトはジェックスの評価を改めていた。

(噂以上の強さだ。剣の腕前は勝ってるが、身体能力や反射速度は向こうの方が上。嫉妬してしまいそうな才能の持ち主だな……。だが、負けるわけにはいかない。ここで俺が負ければ餓狼の牙達の士気が上がり、一気に不利になってしまう。それだけは、なんとしてでも阻止せねば!)

再び、バルバロトとジェックスがぶつかる。激しい剣戟の音が深夜の森に木霊する。お互いに譲れない想いがある二人の気迫は周囲の者達を黙らせるほどに荒ぶっていた。

二人の荒々しい戦いに多くの者が見入っている。バルバロトは巧みな剣術で、ジェックスは大胆な剣技で多くの者達を虜にしていた。

男に魅入られても嬉しくは無いのだが、今の二人には周囲を気にする余裕はない。

実力は拮抗しており、何か一つでもミスを犯せば忽ち膠着状態は崩れて敗北に繋がってしまうと二人は理解していた。

鍔迫り合いになり、至近距離から互いの顔を見合わせる。

「なぜ、これ程までの実力がありながら――」

「その言葉は聞き飽きるほど聞いたんだよ!」

「くっ!?」

押し戻されるバルバロトは苦しい顔をする。ジェックスはバルバロトの言葉が気に入らなかったのか息が乱れている。

「お前らに分かるか？　文字が読めない上に書けないから騙される気持ちが！　搾取される側の気持ちが！　ただ、平和に生きていたのに突然攫われて知らない男に蹂躙される気持ちが！　お前らに分かるのか！！！」

「それは……」

「分からないだろう！　どうせお前も貴族として何不自由の無い生活を送ってきたんだろう。そんな奴に俺達の怒りが分かるはずがない！　俺達は怒りそのものだ！　だから、力の無い者達に代わって復讐してるんだ！　たとえ、望まれていなくとも俺達は止まらない、止まるわけにはいかない！　国に分からせてやる。俺達という存在を。刻んでやるんだ、腐った貴族共に！　その為なら俺はこの命、惜しくは無い！」

「それほどまでの覚悟を……」

「お前にも譲れないものがあるんだろう？　剣を交わらせれば嫌でも分かる。だから、これ以上の御託はいらん。ここから先はお前も分かりきっているだろ」

激昂して胸の内を曝け出したジェックスは剣を構え直した。

対するバルバロトも思う事はあっても口には出さず、ジェックスに答えるように剣を構え直した。

「いざ、尋常に――」

「――参る！」

　ぶつかり合う二人から発生した衝撃波が周囲の者達を襲う。耐え切れずに転倒してしまう者が出るほどの衝撃波だった。

　先程の荒々しい剣戟から一転して、研ぎ澄まされた針のように繊細な戦いを見せる二人。互いに言葉は用いず、剣で語る二人を周囲の者は固唾を呑んで見守る。

　キンッキンッと金属がぶつかり合う音が鳴り響く。一切の呼吸を忘れて、瞬きすら惜しむように周囲の者達は互いが敵であるにもかかわらず、二人の剣舞に釘付けとなる。

　二人はいつしか世界には自分と目の前の敵しかいないと錯覚を起こしていた。極限まで研ぎ澄まされた感覚は世界から無駄なものを省いてしまっていた。

　雑音もなければ目障りな障害物もない。まっさらな世界で二人は剣を交えている。

　されど、いつまでもこの時間が続くわけではない。極限の集中状態にあった二人は互いに離れると肩で息をする。それは、互いの体力が残り僅かとなっている証拠だ。

『ハア……ハア……』

　体力が底を突きそうになってはいるが、闘志が尽きたわけではない。まだ、戦えると二人は示すように駆け出す。

　どれだけぶつかり合ったか分からない二人は、負けられないと剣に力を込める。鍔迫り合いとなり、膠着状態が続くかと思えばバルバロトが足蹴りを放つ。

咄嗟に後ろへと飛び退いたジェックスに当たらなかったが、体勢を崩す事には成功する。

「行儀の悪い騎士だな！」

「俺は使えるものはなんでも使う主義なんでね！」

「そうかよ！」

体勢が崩れたジェックスはバルバロトの攻撃に文句を言うが、バルバロトは一切気にしていない。

一気に攻勢に出ようとするバルバロトにジェックスは笑みを見せる。

「隠しておきたかったが、どうやら無理なようだ」

剣の腹を見せ付けるように突き出すジェックスにバルバロトは眉間に皺を寄せる。

（何をする気だ？　いや、何をするかは分からないが今は好機。逃す手はない！）

詰めの一手を仕掛けようと剣を振り上げた瞬間、ジェックスは声を張り上げる。

「吹き飛べぇっ！！！」

ジェックスが叫ぶや否や、ジェックスの持つ剣の刀身が薄い緑色の光を放つ。

そして、次の瞬間バルバロトに突風が襲い掛かる。

「こ、これはあああああ!?」

何が起こったのか分からなかったバルバロトは、突如放たれた突風により吹き飛ばされる。鎧を纏っている大人の男性を軽々と吹き飛ばしてしまうほどの突風を放ったジェックスに騎士達は驚愕の表情を浮かべる。

「さあ、次はどいつだ?」

獰猛な笑みを見せるジェックスに尻込みしてしまう騎士達。

その様子を見たジェックスは、ここが攻め時と判断して声を張り上げる。

「野郎共！　敵が怯んでいる今がチャンスだ！」

『うおおおおおおお！！！』

二人の戦いに見入っていた餓狼の牙達もジェックスの言葉に雄叫びを上げて騎士達へと果敢に攻める。

隊長が騎士達を鼓舞するが先程の光景を目に焼き付けてしまった騎士達の動きは鈍い。

それに加えて士気が向上し勢いに乗っている餓狼の牙達の前に騎士達は次々と倒れていくのであった。

「ここまでか……」

「お前が大将か」

「……首を刎ねるがいい」

「俺達は殺しはしない。だが、その身に刻め。俺達という存在を！！！」

ジェックスの一撃で意識を刈り取られてしまい隊長は地に倒れる。残っていた騎士達も、やがて全員が倒される。

騒がしかった森の中に静寂が訪れる。餓狼の牙は自分達の痕跡を消して、立ち去ろうとした時バルバロトが行く手を塞いだ。

ジェックスが放った突風で吹き飛ばされたバルバロトは満身創痍となっていた。しかし、騎士としての務めを果たす為にボロボロの身体でありながら、餓狼の牙の行く手を阻んだのだ。

「逃がしはしない……」

「まだ動けるのか……」

「騎士としての誇りがある。ここから先へは行かせんぞ」

「ふ……大した奴だよ。お前は。できる事なら違う場所で違う形で会いたかった」

皮肉な笑みを浮かべるジェックスは立ち塞がるバルバロトに剣先を向ける。

「お前の誇りも思いもへし折ってやるよ」

「そう簡単に折れると思うなよ！」

バルバロトとジェックスの最後の戦いが始まった。満身創痍で疲弊しているバルバロトは圧倒的に不利な状態であろうとジェックスに喰らいついている。

対するジェックスは無傷ではあるが、バルバロトとの死闘に加えて騎士達を相手にしたから体力は少ない。しかし、バルバロトほどではない。この戦いにジェックスが負ける要素は何一つないのだ。

しばらくの間、戦いは続いたがやはりバルバロトは限界が来ていたのか剣を落として片膝を地面に着けた。

びっしょりと汗を流しながら、荒い呼吸を繰り返している。

「ゼエ……ハア……ゼエ……ハア……」

「よくここまで戦ったもんだ。だが、その身体じゃもう無理だろう」

無情にも片膝を地面に着けているバルバロトの首に剣を添えるジェックス。それでもバルバロトは諦めていないのか、鋭い眼光でジェックスを睨み付ける。

「ハッ。まだ、そんな目ができるとはな。でもな、これが現実だ。周りを見てみろ。お前以外の騎士は倒れ、助けてくれる仲間もいない。

この状況でまだお前は戦うと言うのか？」

「ふ……分かりきっている事を聞くな」

「そうか……そうだな。バルバロト・ドグルム。貴殿は良き騎士だった」

ジェックスはバルバロトを賞賛するに相応しい相手だと認める。そして、同時に脅威な相手だと判断して剣を振り上げる。

（ああ……レオルド様。剣の稽古に行けない事をお許しください）

バルバロトは最後にレオルドへの謝罪をすると、意識を失ってしまった。

完全に意識を失い倒れたバルバロトを一瞥したジェックスは部下達を引き連れて森を抜けた。

森を抜けた餓狼の牙は騎士達を壊滅させた事を笑いながら語り合っていた。本来ならば格上で実力では確実に劣っていた相手に完勝を果たしたのだから、その喜びは測りようがない。

だが、やはり一番大きな勝因はジェックスがバルバロトに勝利した事だろう。

あの一戦は餓狼の牙と騎士達(たち)の士気を大きく左右する戦いだった。故にあの一戦で勝っていたのがバルバロトなら結果は変わっていたかもしれない。騎士達は敗北し、餓狼の牙が勝利したかもしれないというだけで既に結末は変わらない。

たという事実は覆る事はない。

先頭を歩いているジェックスに少女が歩み寄る。ジェックスは歩み寄ってくる少女には目もくれず真(ま)っ直(す)ぐ歩き続ける。

「ねえ、どうして腕を折るだけにしたの？　あの人、治ったらまた来るよ？」

「……あれ程の男から剣を奪うのは忍びないからな」

「でも、魔剣の能力がなかったら危なかったんだよ!?　もし、また戦う事になったら――」

悲愴(ひそう)な顔をして問い詰める少女の頭にジェックスは手を置いた。

「負けねえよ。俺は」

「ずるい……ずるいよ、ジェックスは」

頭に置かれた手に優しく触れる少女は、何も言えなくなってしまった。

餓狼の牙は拠点である洞窟に帰ってきた。入り口をカモフラージュしているので、騎士達にも見つかっていない。

しかし、今回の件で移動を考えなければならないとジェックスは提案する。

「今回は騎士達を倒せたが、恐らく次は人数を増やしてくるはずだ。それに今回のような奇襲も通用しないと考えた方がいい。

だから、一先ずは身を隠す。しばらくの間、耐えてくれ」

悲痛な表情を浮かべて頭を下げるジェックスに部下達は笑って答えた。

「はは。何言ってんだよ。耐えるのは俺達得意って知ってるだろ」

「だな。長い間耐えてきたんだ。今更、どうって事ないさ」

「久しぶりに故郷に顔を出すのもいいかもな」

「いいな。休暇って事でありだな」

「お前ら……暗い話はなしだ。時がくれば、また招集をかける。その時まで誰も欠けるんじゃないぞ。勿論、俺達の信条も忘れるな」

『おう！』

こうして餓狼の牙はしばらくの間活動を休止する事になる。国は活動を休止した餓狼の牙を捜索するも見つからず、彼らを一旦放置する事に決めた。

「ジェックス。これからどうするの？」

「しばらくはあそこで過ごすさ」

「ん。じゃあ、久しぶりにチビ達と遊べるね」

「ああ。そんじゃ、行くか」

「うん！」

レオルドが餓狼の牙を討伐する為に編成されていた騎士隊が敗北をしたと知ったのは、バルバロトが任務に赴いた事を聞いた二週間後の事だった。

「騎士隊が全滅？　バルバロトは無事なのか!?」

「落ち着いてください。坊ちゃま」

「落ち着いていられるか！　バルバロトは今どこにいる！」

「バルバロト殿は現在療養中です。どうやら、戦闘の際に腕を折られたようで」

「馬鹿な！　バルバロトはゼアト一の騎士なのだろう!?　そのバルバロトを倒すなんて……」

（いや、待てよ？　よく考えれば餓狼の牙は大事なイベントに出てくる敵だから補正でもかかってるのかも……そう考えたら納得するが）

「坊ちゃま？」

「ギル。バルバロトに会いたい。面会は可能か？」

「可能でございます。療養中といっても本人は今ゼアトの兵舎にいますから」

「なら、手配を頼む」

「仰せのままに」

いつものように組み手を行っていたレオルドはギルバートにバルバロトとの面会を頼む。

ギルバートは胸に手を添えてお辞儀をしたら、一瞬で姿を消した。

（ふう……やっぱりゲームと同じでジークが倒すようになってるのか……？）

胸中を不安がよぎる。レオルドは未来を知っており、運命には抗えないのかと暗い気持ちになる。

（弱気になるな。俺は何の為にギルやバルバロトと訓練をしてるんだ。生き残るんだ、必ず。どんな手を使ってでも！）

だからと言って、ただ何もせず諦めて死ぬよりは泥水をすする事になろうとも汚名を浴びようとも、レオルドは生き残る事を誓う。

「坊ちゃま。馬車の準備ができました」

「ご苦労。すぐに向かうとしようか」

バルバロトの見舞いにレオルドは赴く。ギルバートが用意した馬車に乗り込み、バルバロトが療養している兵舎へと向かう。

（思えば、俺がこの屋敷から出るのは初めてだったな。ずっと、屋敷でダイエットと魔法の勉強ばかりしてたから、ちょっと楽しみ）

レオルドがゼアトに来てから一月以上が経過していた。その間、レオルドは一度も町を訪れてはいない。

ダイエットを決意してギルバートに毎日扱かれてクタクタになっている為、外へ出かけようという気が一切起きなかったからだ。さらにはバルバロトとの剣術の鍛錬も加わったので余計に町へと出かける気が起きなかった。

その為、今回バルバロトの見舞いという名目で町を見る事ができてレオルドは楽しそうに景色を眺めていた。

（うひょー！　ゲームじゃ砦（とりで）しか細かく描写されてなかったから分からなかったけど、ずいぶんと活気のある町だな～）

ゼアトは辺境とは言っても国境にある砦の為、重要な役割がある。過去にあった戦争では防衛拠点として有名になっている。

隣国からの出入り口となっているので、多くの商人が行き来している。なので、珍しい商品が出たりして王都にも負けない賑（にぎ）わいだ。

ただし、運命（ディスティニー・フォーティーエイト）48ではレオルドが来た事により活気付いていた町は瞬く間に衰退していった。何の権力も持っていないレオルドだが、やはり公爵家という人間なだけあって逆らう者はいなかったのだ。

（う～ん！　やっぱ屑（くず）だよね、俺って！）

しかし、今はレオルドには真人（まこと）の記憶が宿っているので運命48とは違う歴史になるかもしれない。

馬車は進みゼアトの騎士が寝泊りしている兵舎へと着いた。レオルドは馬車から降りると、兵舎の中へと足を進める。

ゼアトの兵舎で門番をしている騎士はレオルドを見るなり、敬礼して中へと通す。ギルバートと共に兵舎の中へと入っていくレオルドを見送った門番は呟く。

「あれが金色の豚ね～。頼むから何もせずに帰ってくれよ」

彼の声は誰かに届くわけでもなく風に吹かれるように消えた。

レオルドは兵舎の中を進んでいくが、バルバロトがどこにいるか分かっていない。ゲームの知識にはないから、適当に進んでいるのだ。

やがて、ピタリと止まり後ろにいるギルバートへと振り返る。

「ギル。バルバロトのところまで案内してくれ」

「どんどん先へ進まれるものですから分かっていたのかと思いましたが」

（くっ！　探査の魔法を使ったけど、バルバロトがどこにいるか分からん！　くそ！　ミニマップでもあれば！）

そんなものはない。ゲームなら話は別であっただろうが、ここは現実である。探査の魔法でバルバロトを探し出したとしても、兵舎のどこにいるかまでは分からない。

それならば、最初から知っているギルバートに聞いた方が早いのだ。その事に気がついたレオルドはギルバートに呆れられてしまったが。

ギルバートに案内されてバルバロトが休んでいる部屋まで行くと、彼はベッドの上で本を読んでいた。

バルバロトは見舞いに来た二人に気がつくと、本を閉じて顔を向ける。

「久しいな。バルバロト」

「わざわざ来てくれたんですか、レオルド様？」

「まあな。それより怪我（けが）の具合はどうだ？」

「見ての通りです。腕以外は治りましたから、いつでも稽古は再開できますよ」

「それは頼もしい限りだが、今は治療に専念しておけ」

「医者みたいな事を言いますね～」

「ふ……それよりもだ。餓狼（がろう）の牙は強かったのか？」

「……何故（なぜ）、そのような事をお聞きに？」

「気になるからだ。それだけではダメか？」

「いえ、構いませんよ。機密事項でもありませんから。

　餓狼の牙は全体的には強くはありません。ただ、リーダーであるジェックスという男は強いです。間違いなく俺よりも」

「お前よりもか？　冗談ではと言いたいが結果が語っているか……」

「ええ。私は一騎打ちで敗れましたからね。油断はしていなかったつもりですが、相手の方が一枚上手でした」

「ふむ……ジェックスは何か持っていなかったか？」

「何かとはなんです？」

「あー、その、魔剣とか」

「どうしてその事を知っているのですか!? あれは戦った騎士以外は知らないはずですよ? 国には報告しましたがレオルド様にはまだ届いていないはずです」

(しまったー! ゲームの知識だから、どうやって誤魔化そう……ええい!)

「独自に調べていたんだ。魔剣については確証はなかったが、餓狼の牙が奪った金品の中には珍しいものがあると聞いていてな。

ならば、魔剣の一つや二つあってもおかしくはないだろう?」

咄嗟の言い訳ではあるが、自分にしては上出来だとレオルドは内心で自画自賛をしていた。

「それは凄いですね。私達も餓狼の牙討伐の為に情報は集めましたが、そこまでの情報は入手できませんでしたよ」

「ま、まあ公爵家の力を以てすればな」

このままではボロが出ると判断したレオルドは強制的に話を終えて、兵舎から逃げるように屋敷へと帰った。

「ところで、いつ餓狼の牙をお調べに?」

帰った後にギルバートから質問攻めに遭ったが、必死に誤魔化す事で難を逃れた。

いつものようにレオルドがギルバートと組み手を行っていると、メイドが一人走ってくる。普段なら、はしたないとギルバートが咎めるところだがメイドの表情は青褪めており、ただ事ではないと二人は鍛錬を中止する。

「何事です？」

「ハア……ハア……執事長……騎士様が訪ねてきております。どうやら、火急の用件があるらしく」

「ふーむ……私にですか」

「あの、少しお耳を」

　息を切らしていたメイドは、ギルバートに騎士が訪ねてきたと言う。レオルドも何故騎士がわざわざギルバートを訪ねてきたのか気になるが、メイドはギルバートにだけ聞こえるように伝えた。

「なるほど……坊ちゃま。今日の組み手はここまでにしましょう。私は訪ねてきた騎士とお話がありますゆえに」

「あ、ああ。分かった」

　気になってしまって仕方のないレオルドだが、ギルバートの雰囲気が教えてくれそうにもないので素直に言う事を聞いた。

　ギルバートとの組み手が早めに終わってしまったレオルドは手持ち無沙汰となってしまう。なので、自室へと戻り魔法の勉強に勤しむのであった。

　一方でメイドから話を聞いたギルバートは訪れている騎士の下へと向かった。メイドと共に玄関先にいる騎士の下へと辿り着くとギルバートは詳しく話を聞く為に、屋敷の中へと案内した。

「メイドから聞きましたが、ワイバーンがゼアトの近くに巣を作っているという報告は確かなのですか？」

「ええ。我々、騎士団が調査隊を派遣したところ間違いないかと」

「数は？」

「二十は超えているとの報告です」

「二十ですか……失礼ながら騎士団は月に一度は見回りを行っているはずですが？」

「お恥ずかしい話ですが、中には見回りをしたと虚偽の報告をする者もいまして……」

「ほう。それが事実ならば領主様であられるベルーガ様にご報告をせねばなりませんな」

「できれば穏便には済ませられないでしょうか……？」

「なりませんな。今回の件については騎士団の怠慢が招いた結果です。それを見過ごす事などできるはずがありません」

「っ……」

「私の所に来たのはその為だという事でよろしいですか？」

「い、いいえ。部下から聞いたのですがギルバート殿は相当な武勇の持ち主と聞きまして、今回のワイバーン駆除にご協力をとお願いに参ったのです」

「ふむ……バルバロト殿ですかな。しかし、私は坊ちゃまの執事ですので今回のワイバーン駆除には参加できません」

「そこをなんとかできないのでしょうか!?　我々だけでは大勢の負傷者が出る事は確実です。せめて、被害は抑えたいのです！」

「くだらない見栄を張るのはやめる事ですね。王都に使いを出して、援軍を要請するべきです。それでは、私はこれで」

ギルバートは訪ねてきた騎士と話す事はこれ以上は無いと決めて席を立つ。がっくりと肩を落とす騎士にメイドをあてがい、帰るように促した。

良い返事を聞けなかった騎士は食い下がろうとしたが、ギルバートの物言わせぬ圧力に負けて大人しく帰った。

くだらない事でレオルドとの時間を無駄にしてしまったと溜息を吐くギルバートは自室へと戻り、今回の騎士団についての報告書を纏める。

報告書が出来上がり、ギルバートは領主であるベルーガへと届ける。使いの者を出したギルバートは、ゆっくりとレオルドの下へと向かう。

自室に引きこもっているレオルドは魔法の鍛錬に励んでいた。少しでも精度を上げようと、無詠唱で魔法を発動させて維持していた。

相当集中しており、レオルドの額からは汗が溢れ出ていた。流れ落ちる汗は床へと零れて染みを作っている。

「ふう……ふう……」

掌に水の球を浮かべるレオルドは真剣な目付きで水の球を見ている。浮いている水の球はレオルドが少しでも集中を乱すと、歪な形となり弾けてしまう。

「ふう！　ふう！　落ち着け……っ！」

集中が途切れたわけではないが、レオルドの掌に浮かんでいる水の球が騒がしくなる。綺麗な玉の形をしていたのに、今はボコボコと形を変えて今にも弾け飛んでしまいそうだ。

レオルドは必死にコントロールして水の球を操ろうとしたが、努力は実らず水の玉は弾けてびしょ濡れになってしまった。

「くそ……またか」

悪態をつくレオルドは濡れた髪を拭く為にタオルを取る。ガシガシとイラつきながら髪を拭いていると扉をノックする音が聞こえる。

「坊ちゃま。今、よろしいでしょうか？」

「ああ。入っていいぞ」

部屋の中に入るとギルバートは、何故かびしょ濡れのレオルドに疑問を感じた。

「入浴でもされましたか？」

「いいや。いつものだ」

「ああ。なるほど」

「それで、どうした？」

「先程の件なのですが、どうやらワイバーンの巣がゼアトの近くで発見されたそうです」

「なんだと!?　数は？」

「二十と騎士からは聞いておりますが、正確な数字は不明です」

「ふむ……」

（ゲームには無かったな。まさか、こんな事で死なないよね？

なんか、怖くなってきた……）

「ギル、騎士団に加勢――」

「なりませんぞ。騎士には王都から援軍を呼ぶように言いましたから、坊ちゃまが出る幕はございません」

「――ひゃ、ひゃい」

レオルドがギルバートに余計な事をしないようにと釘を刺されている頃、イザベルはシルヴィアに報告する手紙を書いていた。

「ワイバーンの事についても書いておきましょうか」

イザベルはシルヴィアにゼアト付近でワイバーンの巣が発生した事を手紙に書き記す。その後は、普段のレオルドの行動や不思議な言動を纏めて手紙に書いていった。

先日、ギルバートにワイバーン討伐に参加しないようにと釘を刺されたが、レオルドはどうしても我慢ができなかった。

何せ本物のワイバーンを見られるのだから。

しかし、やはりここは現実なので危険な真似はできない。騎士団に交じってワイバーンを見物するという事は死地に赴く事と同義だ。

流石にワイバーン見たさに死地へと行く勇気はレオルドには無い。だから、レオルドは諦める以外無かった。

「ふんむ……ワイバーンは見たいけど、ギルバートの言うとおり大人しくしておくか」

魔法書を片手にレオルドはベッドに寝転ぶ。いつもならば、ギルバートと組み手を行っているのだが今日はギルバートが出かけており、やる事がない。

自堕落にベッドでゴロゴロと転がりたいところだが、こんな姿を見られたらギルバートに何て言われるか分かったものではないとレオルドはベッドから起き上がる。

自室を出て、廊下を歩くレオルドの視界にシェリアが映る。シェリアとは初日に顔を合わせた以降は交流はない。ギルバートが仕組んだ事ではなく、シェリアがレオルドを避けていた。

シェリアは完全に油断していたらしく、レオルドの顔を見るとあからさまに嫌そうな顔をした。

（う……キモがられてる……。仲良くしたいんだけど無理だよな～）

遠目からでもはっきりと分かるシェリアの態度にレオルドは心の中で溜息を吐く。進行方向にシェリアがいるのですれ違うのだが、レオルドは特に何も言わずシェリアも頭を下げるのみだった。

「はあ～よかった。思わず顔に出ちゃったけど、何も言われなかったから気がつかなかったようね。次も気をつけなくちゃ！」

　悲しい事にシェリアの態度はバレバレであった。真人の記憶が宿っていなければレオルドに何をされていたかは分からないが、以前までのレオルドならば容易に想像がつく。

　レオルドに遭遇した事は運が悪かったと思うシェリアだったが、失敗を悟られなかったのは幸運だったと上機嫌になって仕事に励んだ。

　レオルドはいつもギルバートと組み手を行っている庭に出ると、魔法の練習を始めた。最初は土属性の魔法で、穴を掘っては埋めるといった作業を繰り返している。もっと、派手な魔法をと最初の頃は考えていたが、ギルバート、バルバロトの二人と戦っている内に考えが変わった。

　勝つ為なら手段は選んでいられないと。だから、ギルバートやバルバロトと鍛錬を行う時、小さな窪みや突起を地面に発生させて体勢を崩そうと試みた。

　しかし、ギルバートは伝説の暗殺者でバルバロトはゼアト一の騎士。そう簡単に引っかかるような相手ではない。

　ただ、発想については二人とも称賛してくれたのでレオルドは無詠唱かつギルバートやバルバロトに通用するだけの技術を身に付けようと必死なのだ。

　しばらく続けていたが、レオルドは切り替えて水属性の魔法を発動させる。水の球、水の矢、水の針といった三つの形だ。

ゲームではアクアボール、ウォーターアロー、ウォータースピアと安直な名前で呼ばれている魔法だ。どれも基本的に敵へ撃ち放つ魔法だが、ゲームだと序盤以降は使わなくなる。消費魔力は少ないから便利ではあるが威力は高くない。

なので、序盤のみで役目を終える。中盤以降はさらに強力な魔法を覚えるからだ。

「ふう……ふう……」

されど、現実ともなれば話は違ってくる。三つも違う魔法を発動させて維持しているレオルドは額に汗を滲ませていた。

簡単な魔法だから、そこまで苦労はしないはずだと思うだろうが現実はそう甘くはない。

そもそも、一つならば可能かもしれないが三つも制御するというのは相当に難しい。仮にシェリアが試したとすれば、たちまち制御ができずに暴発させてしまう。

レオルドの才があって為せる技だ。

ただし、上には上がいる。ゲームでは全ての属性を操る存在がいたので、当然この世界にもいるわけだ。

しかし、レオルドも天才の部類には入っている。ただ、今は誰も評価はできていない。

まだ、未完成な技術なのでレオルドは隠している。

「ぶはぁーっ！」

集中が切れたレオルドは大きく息を吐いて、その場に座り込む。維持していた魔法は霧散して地面が濡れた。

　汗だくになったレオルドは、しばらくの間休憩を取った。十分に休憩を取ったレオルドは立ち上がると手を空に向けた。

「ライトニング」

　詠唱を破棄して魔法名を紡いだレオルドの視界に雷が落ちる。勿論、十分な距離をとっているのでレオルドに危険はない。

「いつ見ても雷はすごいな～」

　呑気な事を言ってはいるが、今の一撃が普通の人に直撃すれば感電死は免れない。レオルドが先程唱えた魔法はゲームであれば中盤で習得できる魔法であった。

　ちなみにレオルドはこの魔法をギルバートに使った事がある。最初は躊躇っていたのだが、落雷を簡単に避けるギルバートの規格外っぷりに躊躇う気持ちは薄れていった。流石は伝説の暗殺者である。

　だけど、レオルドはそれ以降の組み手では雷属性の魔法は使っていない。やはり、ゲームでレオルドが多用していたからか雷属性の魔法は今の時点でも他二つの属性よりも得意なのだ。

　ならば、優先するのは他二つとなっている。ただ、やむを得ない場合は雷属性の魔法を使うようにしている。その機会が訪れなければいいのだが、ゲームでは語られない場所にいるレオルドは近い内にその機会が訪れるとは思いもしなかった。

ワイバーンがゼアトの近くに巣を作っている事を確認してから一週間が経過した。ゼアトに駐屯している騎士団は周辺調査を行い、ワイバーン討伐に向けて着々と準備を進めている。

その中、上官の元へ一人の騎士が報告に来ていた。

「報告があります！」

「うむ。聞こう」

「はい。調査隊の調べによりますとワイバーンの数は成体が二十八、幼体が四との事。それと周辺の生態系に変化が生じており、普段は森の奥でしか見られなかった魔物が森の浅い場所で発見されたとの事です！」

「そうか……餌になる事を恐れて逃げてきた魔物も厄介だな」

「近くの畑や家畜に被害が出ているそうです。近隣の住民からは駆除依頼が増えるばかりです」

「ふむ……討伐隊の編成はどうなっている？」

「既に完了しています。ただ……」

「ただ？　なんだね？」

「王都からの援軍は無いのかと一部の騎士達が騒いでいるようです……」

「……援軍など必要ない。我々ゼアトの騎士団で討伐するのだ」

「お言葉を返すようですが、ワイバーンの数は編成された討伐隊だけでは厳しいかと……ここは、守りに徹して王都に援軍を要請すべきでは？」

「私に意見をする気かね？」

「い、いえ！　自分はただ抑えられる被害なら抑えるべきだと思いまして……」

「いいかね？　今回の件は我々騎士団の落ち度が招いてしまった事だ。もしも、王都からの援軍を待ってワイバーンを討伐できたとあっては、私も君も今回の件を招いた原因として罰せられる事になる。

　そして、ここは国境の要であるゼアトだ。誰が管理していると思っている？

　かのハーヴェスト公爵家だぞ。どのような罰が待っているか、君でも想像できるだろう？」

　上官の言葉にゴクリと喉を鳴らす部下は冷や汗を流す。

　上官の言っている事は、部下も理解している事だ。今回の件は間違いなく懲罰ものだという事を。

　騎士団が見回りを怠り、ワイバーンの巣作りを許してしまった事が原因なのだから。

　そして、ハーヴェスト公爵家は国内でも有数の権力者であり、木っ端な騎士程度なら簡単に首を刎ねるだけの武力もある。

　ただし、今回の件は職務を怠った騎士のみが罰せられる事になっている。上官は自分も監督不行届きで罰せられると勘違いしているので、なんとしてでも自分達の手で解決しようと躍起になっているのが哀れでしかない。

既にギルバートにより報告が終わっている為、どれだけ騎士団が躍起になっても意味はない。しかし、そんな事は知らないので誰も諫める事はできない。

部下は上官の言葉を鵜呑みにして、顔を真っ青にしながら部屋を出ていく。残された上官はぼんやりと天井を見上げて盛大な溜息を零した。

訓練場ではワイバーン討伐部隊が隊員同士で打ち合いをしていた。その中にはジェックスにより片腕を折られていたはずのバルバロトの姿があった。

「はあっ！」

「せいっ！」

刃を潰した模擬刀で模擬戦を行うバルバロト。片腕を折られていたとは思えない剣捌きで、相手を翻弄して倒してみせた。

倒れた相手にバルバロトは手を差し伸べる。倒れていた相手も笑いながらバルバロトの手を取る。

「はは。つい数日前まで片腕が折れていた男の動きじゃないな」

「王都から派遣された治療班が優秀だったからさ」

バルバロトの言うとおり、餓狼の牙により負傷した騎士団を治癒する為に王都から派遣された治療班がバルバロトの折られた腕を治療している。

　レオルドが見舞いに来た翌日に治療班が到着して、バルバロトに加えて負傷していた騎士達を治療した。

　勿論、ゼアトにも回復魔法の使える治癒師はいる。ただ、骨折などを治せる腕前ではないだけだ。

　ゲームであれば回復魔法を使えるキャラに回復魔法を唱えさせれば数値として見えるが、ここは現実なので回復魔法もゲームとは違う。

　そもそも、回復魔法の使い手は少ない。ゲームであればヒロインの何人かは使える。ついでにジークもスキルにより使えるようになる。ちなみにレオルドは天地がひっくり返らない限りは使える事はない。

　運命48（ディスティニー・フォーティーエイト）の世界では回復魔法によくある、ヒール、ハイヒール、エクスヒールというものがある。ヒールならばかすり傷程度、ハイヒールなら裂傷など、エクスヒールで骨折などを治せる。

　ただ、エクスヒールまで使える回復魔法の使い手は限りなく少ないので王都に拘束される事が多い。ゼアトにいる回復魔法の使い手はハイヒールまでだ。

　だから、バルバロトの骨折を治す事はできなかったが王都から派遣された治療班はエクスヒールが使えたので骨折も簡単に治す事ができた。

　レオルドはまだこの事実を知らないので、知った時は尻餅をつくくらい驚く事だろう。

　何せ、ゲームの知識しかないのだから。ゲームと同様に回復魔法を使えば治るだろうと思っているに違いない。

バルバロトは相手を替えて模擬戦を続ける。前回、ジェックスに負けたのが悔しいバルバロトは自然と力が入ってしまう。その気迫に相手は押されてしまい防戦一方である。

「うわっ!?」

結果、苛烈な攻めを見せたバルバロトに模擬刀を弾き飛ばされたところで負ける。これには周囲の騎士達もバルバロトの気迫に息を呑んでいた。

「ふう……」

模擬戦に勝利したバルバロトが汗を拭っていると、上官がバルバロトに声を掛ける。

「いい仕上がりだな」

「ええ、今回は前回のようにはなりませんよ」

「はっはっは。頼もしい事だ。まあ、今回はワイバーンが相手だ。数は多いが油断をしなければ負けるような相手ではないだろう」

盛大なフラグを建てる隊長であった。騎士団壊滅の日は近いかもしれない。

バルバロト含めたワイバーン討伐部隊が、ワイバーンの巣まで後少しという所まで来ていた。

調査隊により報告されたワイバーンの数は二十八頭。幼体を含めれば三十二頭ものワイバーンが生息している。

幼体の方は脅威にはならない。成体、特に雌の個体は脅威となる。幼体のワイバーンを守ろうとする為、神経質になっているのだ。近付くものは全て敵と認識しており、その凶暴性を増している。

「魔法班、弓矢班は配置に就いたか？」

「は！　既に配置は完了しております」

「うむ。では、これよりワイバーン討伐作戦を決行する。総員、突撃準備！」

馬に跨っている隊長が剣を抜いてワイバーンのいる方向に剣先を向けると、部下達へ声高らかに命令を下した。

命令を受けた騎士達は一気に駆け出す。先陣を切ったのはバルバロトで、跳躍と同時に一閃してワイバーンの首を切り落とした。

ワイバーンは仲間がやられた事で押し寄せてくる騎士達に向かって咆哮する。そして、すぐさま空へ飛び立とうと羽を動かした。だが、そこへ矢の雨が降り注ぐ。

これにはワイバーンも堪らず、苦痛の悲鳴を上げた。矢の雨から逃れる事ができたワイバーンは上空へと逃げ、矢が飛んできた方向を睨み付ける。

弓を構えている騎士を捉えたワイバーンは、攻撃された怒りのまま騎士へと襲い掛かる。

しかしワイバーンが騎士へと迫ったその時、ワイバーンを悲劇が襲う。

最初に襲い掛かったワイバーンが火の玉を受けて丸焦げになってしまった。仲間が丸焦げにされるのを見たワイバーンは再び上空へと逃げる。

「逃がすな！　撃てぇ！」

魔法班を指揮する騎士が指示を出し、上空へと逃げるワイバーンに追撃を行う。火の玉が続々とワイバーンへと飛んでいくが、最初の一頭を落としてからは当たっていない。

騎士が悪いわけではなく、魔法の命中率自体があまり高くない。そもそも訓練では動かない的を相手にしているのだから、常に動き続けるワイバーンに魔法を当てるのは難しいのである。

一方でバルバロトの方は確実にワイバーンを減らしている。それにはバルバロトの奮闘もあるからだが、一番は幼体を守るワイバーンが迂闊には攻められず、騎士達に対して防戦一方であったからだ。

（ふむ……ここまでは順調だな。このまま押し切れるか）

戦況を眺めている隊長は冷静に分析していた。現状、バルバロトを要とした騎士達が、ゆっくりではあるが着実にワイバーンを倒しており、上空に逃げているワイバーンも魔法班と弓矢班が抑えている。

これならば、時間はかかるだろうが確実にこちらが勝利するだろうと踏んではいるが、どうしても不安が拭えない。

（しかし、妙だ……いくら雌のワイバーンが幼体を守るとは言え、ここまで粘るものか？　幼体も大事ではあろうが、ワイバーンは頭が悪いわけではない。逃げ出す個体がいてもおかしくないはずだが……）

　その不安は的中する事になる。

「グゥルアアアアアアアアアア！！！」

　けたたましい咆哮が鳴り響き、騎士達が怖気付く。

「な、なんだ!?　この鳴き声は！」

「くぅ……凄い鳴き声だ！」

　咆哮だけで地響きが起こる。これには騎士達も堪らず動けなくなる。ただ一人戦況を眺めていた隊長だけが咆哮の影響から外れており、何が起こったかを逸早く理解する事ができた。

「馬鹿な！　あれはレッドワイバーン!?　報告にはなかったはずだぞ！」

　レッドワイバーン。ワイバーンにも種類があり、レッドワイバーンはワイバーンの上位個体である。

　通常のワイバーンは成体で3、4メートル程度の大きさだがレッドワイバーンは6、7メートルの体格を誇る。見た目も違い、ワイバーンは灰色の外皮をしているがレッドワイバーンは名前の通り赤色をしている。

　しかし、一番の違いは別にある。それは——

「火を吹いてくるぞ！　全員、回避！」

　そう、火を吹くのだ。通常のワイバーンは足の鉤爪で引っかく攻撃と鋭い牙で噛み付くという直接的な攻撃方法しかない。だが、上位の個体であるレッドワイバーンは、先の二つに加えて火を吐くのだ。

「ワイバーンが逃げなかったのは巣のボスがレッドワイバーンだったからか！　これは想定外だな……！」

どうしてワイバーンが逃げなかったのか判明したが、状況は悪い。報告にはなかったレッドワイバーンの出現で騎士達に動揺が走り、形勢が傾いてしまった。

早めに立て直さねば、勢いに押されてこちらが敗北してしまう可能性がある。逸早く隊長は、最大戦力であるバルバロトに指示を出した。

「バルバロト！　レッドワイバーンを狙え！　魔法班はバルバロトの援護！　弓矢班はワイバーンへの牽制を続けろ！」

レッドワイバーンの出現に浮足立っていた騎士達は、隊長の指示の下、素早く態勢を立て直す。

バルバロトは襲い掛かってきたワイバーンへと跳躍してその頭を踏み台にすると、上空で吼えていたレッドワイバーンに斬りかかる。

「はあああっ！」

しかし、バルバロトの一閃は空振ってしまう。空中では空を自在に飛べるレッドワイバーンの方が有利で、バルバロトの攻撃を難なく避けたのだ。

「くっ……！」

いくら剣の腕が立とうとも不利な空中ではどうする事もできないバルバロトは、もどかしさで思わず奥歯を嚙み締める。

空を飛べないバルバロトは重力に引かれて地面へと落ちていく。そこへ一頭のワイバーンがバルバロトに嚙み付こうとする。だが、嚙み付こうとしたワイバーンに魔法が直撃して、ワイバーンは燃えながら落ちていった。

「助かる！」

「周りはお気になさらずレッドワイバーンをお願いします！」

「任せろ！！！」

地面に着地したバルバロトは再び跳躍してレッドワイバーンに迫る。

その勢いのままバルバロトは剣を振るうがしかし、レッドワイバーンには届かなかった。

先程と同じ結果にバルバロトは歯嚙み（はがみ）するも、諦める事はない。剣さえ届けば首を断ち切れると確信しているからだ。

レッドワイバーンはバルバロトが振るう剣を警戒しているようで上空から降りてこようとはしない。安全圏から火を吐いて騎士を燃やし尽くそうとしているが、魔法使い達に阻害されて苛立ち（いらだち）始めていた。

しかし、魔法使い達に近付こうものならバルバロトが脅威になる。たかだか餌である人間だと思っているが、中には自身の命を脅かす存在もいるとレッドワイバーンは知っている。

だからこそ、バルバロトには最大の警戒を持って相手している。

(ちっ……どうにかしてレッドワイバーンに一撃を入れなければ……数の上ではこちらが勝っているが負傷者が増え始めている。このままだとジリ貧で負ける……なら、戦況を覆すにはレッドワイバーンに一撃を入れる事だ)

バルバロトはレッドワイバーンから目を逸らさずに戦況を分析していた。

時折、襲い掛かってくるワイバーンを軽くあしらっている。騎士の中でも頭一つ抜けているバルバロトだからこそできる芸当だ。他の騎士なら、あっさりとワイバーンに倒されてしまうだろう。

そんなバルバロトも上空にいるレッドワイバーンには手を焼いていた。跳べても空を自在に動き回れるわけではないので決定打に欠けているのだ。

バルバロトが攻めあぐねていたら、戦況は大きく傾き始める。

「うわぁぁっ!!」

今まで持ち堪えていた騎士がワイバーンに押し倒されてしまったのだ。他の騎士が駆け付けて助けようとするものの、ワイバーンも一人でも多く殺そうと邪魔をして騎士を助ける事ができないようにしている。

死者を出すわけにはいかない、とバルバロトがレッドワイバーンから騎士を押し倒しているワイバーンへと向かう。

レッドワイバーンはここが好機だと判断して、邪魔ばかりしていた魔法使い達へと襲い掛かる。

「怯むな！　撃てえ！」

レッドワイバーンを撃ち落とそうと魔法が放たれる。しかし、レッドワイバーンは器用に魔法を避けて魔法使い達を襲った。

「うぐぁぁっ！」

レッドワイバーンにより魔法使い達は一気に数を減らす。死者こそ出てはいないが、戦闘が可能な魔法使いは片手で数えるほどまでに減ってしまった。

戦線は一気に崩れてワイバーン側が有利となってしまった。これには騎士達も冷静ではいられなくなり、無謀な攻撃を仕掛けてしまう。

結果、更なる負傷者を出してしまい騎士側の敗北が決まってしまう。

かと思われたが、バルバロトが三頭ものワイバーンを一撃で斬り伏せた。

「まだだ！！！　我々はまだ負けてはいない！　立ち上がれ、騎士達よ！　我らが敗北すれば民達はどうなる！　我らの勝利を信じて帰りを待っている民達の為にも我らは負けてはならぬのだ！」

『おぉ……ぉぉぉおおおおおおお！！！』

ワイバーンの勢いに敗北を免れないと思われていた騎士達は、バルバロトに発破を掛けられて闘志を燃やす。ここで負けてはならないのだと。ここで負ければ自分達を信じてくれた民達に顔向けができないのだと。

そして、何より守るべき大切な人達がワイバーンに傷つけられてはならないと。

ならば、立ち上がるのは至極当然の事。

最早、我らに敗北はない。

これより先は死してなお剣を振るうのだ。

「俺に続けぇぇぇぇえええええええ！！！」

襲い掛かるワイバーンを斬り伏せて、血塗れになりながら鬼気迫る表情でレッドワイバーンに向かって駆けるバルバロト。

バルバロトに触発された騎士達も勢いを取り戻して、ワイバーンと戦う。ワイバーンは突然強さを増した騎士達に困惑していた。

先程までは自分達が勝っていたのに、と。

なのに、今はなんだ。

どこにこのような力があるのだ。

そう思いながら、必死に抵抗していたワイバーンも首を刎ねられる。切り離された首が最期に見たのは次々と仲間達が殺されてゆく光景であった。

「おおおおおおおおおお！！！」

ワイバーンに負けず劣らずの咆哮を上げるバルバロトにワイバーンは怖気付く。

ワイバーンがアレは手を出してはいけない相手なのだと本能で理解してしまう。もうここにはいられない、と逃げ出したい気持ちが出てくるが逆らう事のできない存在は他にもいる。

レッドワイバーンだ。

巣のボスをしているレッドワイバーンにはワイバーンは逆らえない。レッドワイバーンが逃げ出すか殺されるかしない限りはワイバーンは死に物狂いで騎士達と戦わねばならない。

故に両者とも決死の覚悟で戦う事になる。雌のワイバーンは幼体を見捨てて生き残る事を決めた。子はまた作ればいいのだ、と本能が告げたのだから。

「ここが正念場だ！！！」

戦線に加わっていた隊長の一言で騎士達は残りの気力を振り絞る。既にワイバーンはレッドワイバーンを含めて六頭にまで減らした。

唯一の問題は未だに無傷のレッドワイバーンだ。だが、しかし騎士達にも希望はある。ゼアト一の騎士バルバロトがレッドワイバーンに剣先を向けている。

「叩き落としてやるぞ……！」

鎧を返り血で真っ赤に染めながら、上空にいるレッドワイバーンを烈火の如く燃え盛る闘志が宿った瞳で睨み付けていた。

空に悠然といるレッドワイバーンを睨み付けるバルバロトは剣を強く握り締めた。

そして、次の瞬間には駆け出した。レッドワイバーンを叩き落としてやろうという強い思いで。

「バルバロト!!」

一人の騎士が自ら踏み台になるように構えて、走るバルバロトに声を掛ける。バルバロトは騎士の意図を把握すると騎士を踏み台にして高く跳び上がる。

しかし、それでもまだレッドワイバーンがいる高さには届かない。

「魔法班！　風を！」

宙に浮かんでいるバルバロトが下にいる魔法使い達に指示を下す。魔法使い達はバルバロトが欲している風の魔法をバルバロト目掛けて放った。

下からの突風によりバルバロトがさらに上へと打ち上げられる。あまりの威力にバルバロトの姿勢が大きく崩れるがレッドワイバーンに剣が届く高さまで昇った。

だが、レッドワイバーンもただ見ているだけではない。自身の命を刈り取ろうとしている愚か者を返り討ちにしてやろうと大きく息を吸い込んでいた。

そして、バルバロトが眼前に迫った瞬間を狙って最大火力のブレスをお見舞いした。

鉄すら容易に溶かすレッドワイバーンの灼熱(しゃくねつ)の咆哮(ブレス)はバルバロトをあっという間に飲み込んだ。下で見守っていた騎士達は、その光景に絶望するかと思われた。

だが、騎士達は誰も悲嘆には暮れていなかった。何故(なぜ)ならば、バルバロトがどれほどの男かを誰もが知っているからだ。

「おおおおおおおおおお！！！」

騎士達の期待通り、レッドワイバーンのブレスに飲み込まれたバルバロトが雄叫(おたけ)びを上げながら炎を纏って いた。

螺旋を描くようにバルバロトは剣を振るう。

刮目せよ。

これが貴様を殺す男だ。

後悔しながら死んでゆけ。

バルバロトの瞳にレッドワイバーンの瞳が映る。綺麗に剣はレッドワイバーンの首へと向かう。これで決着だと、確かな感触をバルバロトは得た。

対するレッドワイバーンの瞳にも同様にバルバロトの瞳が映る。剣が首に迫り、刎ね飛ばされるまでの一瞬がスローモーションのように長く感じられ、レッドワイバーンは後悔が止まらなかった。

何故、自分は逃げなかったのか。

何故、自分は勝てると思ったのか。

どこで間違えた――。

バルバロトが振るった剣がレッドワイバーンの首を刎ねた。最期にレッドワイバーンの瞳が映したものは自分を殺した相手であった。

ああ……この男を見誤っていたか――。

レッドワイバーンの首と身体が落下していく。ドシンッと地響きを起こしてレッドワイバーンは完全に絶命した。

レッドワイバーンの死体の近くにバルバロトも着地をするが、片膝を突いて苦悶の表情を見せる。

(ぐっ……流石に魔法をモロに受けたのはこたえるな)

レッドワイバーンがいる高さまで届かなかったから、魔法使い達に風の魔法で後押しをしてもらったが反動がなかったわけではない。

突風により背中を押された形だが、大の大人であるバルバロトを上に押し上げなければならないのだから相当な威力を出さなければいけなかった。

それに加えて、バルバロトは鎧を纏っており重さは増している。

ならば、魔法使い達も加減をしている場合ではないと判断した結果が今のバルバロトの状況である。

魔法を受けた際はアドレナリンが出ており、所謂興奮状態であった為に痛みは感じなかった。だが、今はレッドワイバーンを倒したおかげで気が緩んでしまい、一気に反動が出てしまったのだ。

しかし、バルバロトの活躍のおかげで騎士達も奮い立ち、ワイバーン討伐も大詰めとなっていた。残るは五頭のワイバーンとなっており、バルバロト抜きでも勝てる戦いだ。

だが、ここで思わぬ誤算が生まれた。巣のボスであったレッドワイバーンが死んだ事だ。そのボスの死により、ワイバーン達はボスの命令に従う必要が無くなり、逃げる事を決めた。

騎士達の猛攻を必死に凌いだワイバーン五頭は一斉に逃げ出した。弓矢で追撃を仕掛けるもワイバーンが本気で逃げる速さには追いつかない。

結果、五頭ものワイバーンを取り逃がすという失態を犯してしまった騎士団。

さらに不幸は続き、ワイバーンが逃げた方向はゼアトだった。このままではワイバーンがゼアトを襲撃する事は間違いない。

傷付いたワイバーンは体力を回復させようと餌を探し求める。ワイバーンにより周辺の生態系が変わった為に餌となる魔物や動物は住処を変えている。なら、一番簡単に餌が手に入る場所は一つしかない。

人が住んでいる街や村だ。もっとも、ワイバーン達はそれを知った上でゼアトに向かったわけではない。たまたま逃げ出した方向にゼアトがあるというだけで、ワイバーン達にとっては運が良かったという話だ。

五頭ものワイバーンがゼアトへ向かう。

騎士達はワイバーンを追いかけようにも先の戦闘で負傷した者が多く、既に追いかける体力すら残ってはいない者ばかりだ。

だからと言ってこのままゼアトへ行かせるわけにはいかないと、隊長は軽傷の騎士を集めてワイバーンを追いかける判断をする。

「急いでゼアトへと戻る！　軽傷の者のみ付いてこい。残りは周囲を警戒しつつ回復に努めよ！」

軽傷の騎士達を引き連れて隊長はゼアトへと急ぐ。ゼアトへと向かって飛んでいくワイバーンを視界に映しながら。

逃亡するワイバーンは騎士達より先にゼアトへと辿り着こうとしていた。視線の先には行く手を阻むかのように大きな砦が聳え立つが、空を自由に飛べるワイバーンにとってそれは意味を成さない。

しかし、砦の上には警備を任されている騎士がいた。騎士はワイバーンを発見してすぐに警鐘を鳴らした。

ゼアトの街に突然警鐘が響き渡った事で住民達は酷く困惑したが、ゼアトへ魔物が攻め込んできた報せだと知ると、すぐさま騎士の指示のもと、建物の中へと避難を始める。

街道はあっという間に人っ子一人いない状況になった。元々ゼアトは魔物の襲撃が絶えない地域なので、こういった場合の対処は実に早い。

住民達も騎士の指示の下、迅速な対応で避難を終わらせたのだ。

砦の上にいる騎士達はゼアトへと向かって来るワイバーンに向けて、砦に防衛装置として備えられているバリスタを準備する。

弓矢部隊と魔法部隊も配置が完了して、ワイバーンの迎撃準備は整った。

ワイバーンはそんな事も知らず、失った体力を回復させる為に餌がいるであろう砦に向かって羽ばたく。

ワイバーンが砦の近くまで迫った時、バリスタから矢が放たれる。弓矢よりも速いバリスタで放たれた矢はワイバーンの翼を打ち抜いた。

驚くワイバーンは翼を失って地面に落下する。仲間が簡単に落とされた事でワイバーンは矢が届かないであろう高さへと逃げようとするが、弓矢と魔法が飛んできて逃げる事は叶わない。

このままでは殺されると悟ったワイバーンが取った行動は、無茶な特攻であった。最高速度で羽ばたくワイバーンは、なんとしてでも砦の先にいる人間という名の餌を食べてやろうと躍起になっていた。

そのような考えなど捨てていれば命を拾う事ができたであろうに、所詮は魔物であるワイバーン。そこまでの思慮はなかった。

残った四頭は無茶な特攻をして砦を越えようとした。だが、バリスタ、弓矢、魔法といった迎撃により一頭が風穴だらけになって死んだ。

しかしワイバーンの思わぬ行動により、騎士達も上手く狙いを定められずに三頭もの侵入を許してしまう。

砦を越えたワイバーンは眼下にいるであろう餌を探すが、ゼアトの住民は既に建物の内部へと避難しているので見つからない。

それに街道は騎士が守っており、とても降りられるような状況ではない。

これでは餌が手に入らぬとワイバーンも諦める。さらに先へと進もうとしたら、大きな屋敷をワイバーンは発見した。

丁度そこに人影が見えてワイバーンは歓喜に震えた。餌があると、ワイバーンは一直線に屋敷へと突っ込んだ。

「トカゲ風情がここをどこだと心得る」

ワイバーンの眼前に突如として現れた燕尾服(えんびふく)を着こなしている老紳士。されど、その瞳はワイバーンでさえも震え上がるほどに冷たい。

ワイバーンはその冷たい瞳を最後に視界に捉えて、その命を散らした。

（ひ、ひぇぇえええ!? さっきまで俺の前にいたのに、一瞬で飛んできたワイバーンの所に跳んでる……伝説の暗殺者(アサシン)恐るべし！）

少し時は戻り、ギルバートは日課となっているレオルドとの組み手を行っていた。すると突然警鐘が響いてきてレオルドは大層驚いていたが、ギルバートは砦の方を静かに見ていた。

警鐘が鳴った事で避難をしようとレオルドは焦っていたが、ギルバートが焦るレオルドを諭して落ち着かせていた。

「ここまで来る事はありませんので御安心を」

「ほ、ホントか？　大丈夫なのか？」

「ええ。ゼアトの守りを務めている騎士は優秀ですから」

「そ、そうか。それなら安心だ——なぁっ!?」

ギルバートの背後にワイバーンの姿がレオルドには見えた。こちらへと猛スピードで向かって来るワイバーンに、レオルドは驚きのあまり尻餅をつく。

しかし次の瞬間、目の前にいたギルバートの姿がブレたと思ったらワイバーンの眼前へと跳んでいた。一体何が起こったというのかとレオルドは理解するまでに数秒を要した。

そして、ギルバートはいとも容易(たやす)くワイバーンの首を蹴りでへし折って殺したのだ。最早(もはや)、レオルドは言葉が出なかった。

運命48(ディスティニー・フォーティーエイト)の世界に来て初めての戦闘を目の当たりにしたのだが、あまりの出来事にレオルドの思考は追いつかない。

（すんごい……もうね、すんごいとしか言えないわ）

語彙力のなくなったレオルドが絞り出した感想はそれだけであった。

しかし呆(ほう)けていたレオルドは気付かなかったが、屋敷へと向かってきたワイバーンは一頭だけではない。三頭いたのだ。

最初に飛んできた一頭はギルバートがあっさりと片付けたが、残りの二頭は一頭が倒された隙を見て屋敷へと突っ込んだ。

「くっ！」

一頭を仕留めたギルバートは残りの二頭も仕留めようとするが、ギルバートは暗殺者であり徒手空拳を武器としている為、同時に複数を相手にする事は難しい。

ギルバートの実力なら複数を同時でも相手できるが、高速で飛来するワイバーンを同時に仕留める事はできなかった。

（えっえっ!?　うそ!?）

レオルドが戸惑う束の間にワイバーンは屋敷を強襲。一頭のワイバーンが屋敷の壁を破壊して中にいた使用人を捕まえた。

「きゃああああっ！！！」

「シェリアッ!?」

なんと捕まったのはギルバートの孫娘であるシェリアであった。ワイバーンはシェリアを抱えて空へと逃げようとする。

「逃がすか！！！」

空へと逃げるワイバーンをギルバートが追いかける。ワイバーンも速いがギルバートは更に速い。逃げるワイバーンに追いついたギルバートはシェリアを救おうとワイバーンに拳を叩き付けようとした。

「なっ……!?」

たまたまなのか、意図してやったのかは分からないがワイバーンはギルバートが突き出した拳を防ごうとシェリアを盾にした。

これにはギルバートも手が出せず、勢いを失ったギルバートは地面へと落下した。

「おのれぇ……トカゲ風情が！」

憎々しさにワイバーンを睨み付けるが、ワイバーンは既にギルバートの手が届かない場所に逃げた。これでは、もうシェリアを救う事はできない。

だが、そこに救世主が現れる。タプンタプンと貫禄のあるお腹を揺らしてレオルドがギルバートの側に走って来た。

「ギル！　シェリアを受け止める準備をしておけ！」

「ぼ、坊ちゃま！　何をするおつもりで!?」

「説明している時間が惜しい！　お前は言われた通りにしろ！」

（ふう、ふう、やれる。俺ならやれる。今は落ちぶれた金色の豚レオルドだけど、かつては神童と呼ばれた金色の獅子レオルドなんだ！　ここで決めなきゃレオルドじゃねえだろ！）

心の中で己に喝を入れるレオルド。手の平を真っ直ぐにワイバーンへと向ける。ギルバートのおかげでワイバーンは少しだけ動きを止めた結果、レオルドは間に合った。

ワイバーンがいる場所はレオルドの魔法の射程圏内。これなら、シェリアを救う事ができる。

狙うは頭。

一撃で落とす。

失敗は許されない。

「ライトニング――！」

レオルドが放った魔法は最も得意とする雷魔法だった。

空を引き裂き一条の雷光が迸る。空気という名の絶縁体を破壊した雷撃はワイバーンの頭部を貫いた。

一撃で絶命したワイバーンは一切の断末魔も上げる事なく地面へと落ちていく。その際に捕まえていたシェリアを落とした。

シェリアはギルバートの孫娘ではあるが、ギルバートと違い唯の一般人なので十数メートルもある高さから落ちればひとたまりもない。

「きゃあああああああっ！！！」

落ちていく恐怖に絶叫するシェリアだったが、フワリとギルバートに抱えられて無事に地上へと帰還する。

無事に生きて戻る事ができたシェリアは恐怖から解放された喜びに泣いてしまう。

「ふぇ……お爺ちゃあああああああん！！！」

えんえんと赤子のように泣き声を上げるシェリアの頭をギルバートは優しく撫でる。

「すまなかった。いらぬ苦労をかけてしまったな」

「うぇええええ……んぐっ……うっ……うぅ」

安堵に加えて泣き疲れたシェリアはギルバートの腕の中で眠りに就いた。死ぬかもしれないという極度の恐怖状態にあったのだから無理もない。

ギルバートは眠ったシェリアを抱えたまま、大の字に寝転がっているレオルドの所へと向かう。

レオルドは見事に魔法を当てる事ができた喜びと、ぶっつけ本番に失敗は許されない状況から解き放たれた事でへなへなと力が抜けてしまっていた。

だから、今は大の字になって空を見上げるように寝転がっている。

（よかった……よかった～～～！　もう本当によかった……！　シェリアも無事でワイバーンも倒せた！　最高の結果だ！！！）

満足どころか最高の結果を出せた事で、レオルドは最上の喜びに震えていた。

失敗したらどうしようかという不安な気持ちもあったけれど、終わってみればどうでもいい。誰一人欠ける事なく無事だったのだから。

寝転がっているレオルドの所へギルバートが近付く。足音に気がついたレオルドは首を足音の方へと向ける。

「坊ちゃま。この度は我が孫娘シェリアを救って頂き誠に感謝を申しあげます……！」

「良い。気にするな。俺は当然の事をしたまでに過ぎん。それに、俺のような人間に付いてきてくれた数少ない部下なんだ。助けるのが主（あるじ）というものだ」

「坊ちゃま……！　ご立派になられて……」

「立派じゃないさ。ようやく貴族としての責務を果たせただけだ。民を導き、守護してこその貴族だからな」

「おお……坊ちゃま……」

「だから、これからも俺の事を支えてくれ。ギル。頼りにしているぞ」

「この命尽きるまで私は坊ちゃまを支え続けましょう！」

（相変わらず重たいな〜。まあ、でも今はいいか……）

心地よい風がレオルドの火照った身体を癒す。あまりの心地よさに眠ってしまいそうになるが、レオルドは身体を起こしてギルバートに命令を出した。

「ギル。今日はシェリアに付いていてやれ」

「し、しかし、私は坊ちゃまの執事です。孫は他の誰かにでも看護を任せれば――」

「ギル。あのような目に遭ったのだぞ。赤の他人より肉親が側にいた方がいいだろう。それにギルなら安心もするしな」

「そ、それでは誰が坊ちゃまを守るのですか！」

「俺の事は気にするな。もうワイバーンが襲ってくるような事もないだろう。それに、お前も俺の魔法を見ただろう？　仮令、賊が襲ってこようとも返り討ちにしてくれる」

「ですが――」

「これは命令だ、ギル。今日はシェリアの側にいろ。分かったな？」

「……はい――ありがとうございます、坊ちゃま」

ギルバートはシェリアを抱えて屋敷の中へと戻っていく。レオルドの耳はギルバートが去っていく際に感謝の言葉を述べていた事をしっかりと聞いていた。

「ふっ……さてと、崩れた壁の補修作業でもやってみようかな。土魔法の練習になるかもしれないし」

呑気な態度でレオルドは崩れてしまった壁の方へと歩いて行く。

崩れた壁の所には使用人達が見物客のように集まっていた。レオルドが近付くと、使用人達はどうしようかと戸惑って動けないでいる。そこへレオルドは使用人達に命令を出す。

「怪我をするといけないから、お前達はいつもの作業へと戻れ。この辺りを担当していた者は他の所へと移動して手伝うように。

それと、崩れる危険もあるからここへはなるべく近付かないようにしろ。分かったら返事！」

『は、はい！』

戸惑っていた使用人達はレオルドの命令に従い、各々の作業場へと戻っていく。残ったレオルドは瓦礫をどう撤去しようかと悩む。

（う～ん。土魔法で分解できるか？　でも、木も交ざってるから難しいかな？　火属性が扱えてたら木は燃やして土は分解とかできたんだけど、ないものねだりしても仕方がないか）

とりあえずレオルドは瓦礫の撤去を諦めた。そこで、次に何をしようかと考えた時ワイバーンの死骸が視界に映る。

（そういえば、ワイバーンって何の素材になってたっけかな？　確か、装備品とか作れた気がするんだけど思い出せないな〜）

ワイバーンから取れる素材で何が作れたかを必死に思い出そうと頭を悩ませるレオルドだったが、結局何も思い出せなかったのでワイバーンの死骸を一箇所に集めるだけにした。

運命48ではワイバーンから取れる素材で防具を作る事ができる。鉄に比べれば硬さはないが、軽い上に伸縮性のある丈夫な皮は防具として性能が高い。

ただ、レオルドはすっかり忘れてしまったのでレオルド用の装備が作られる事はない。悲しきかな。思い出しさえすればワイバーンの皮を使った高性能な防具が手に入ったというのに。

こうしてゼアトにワイバーンの侵入を許してしまったが、犠牲者を一人も出さずにワイバーンの討伐は幕を閉じた。

ゼアトでワイバーン討伐が終わり、平穏が訪れている頃、王城にいたシルヴィアはイザベルからの手紙を読んでいた。

ただ、その内容に驚きを隠せなかった。信じられないといった様子で口元を隠すシルヴィア。

「まさか、レオルド・ハーヴェストがワイバーンを一撃で討伐。しかも、攫（さら）われたメイドを助けた上に気遣いも完璧にこなしていた、と。日頃からの鍛錬は欠かさず、噂（うわさ）とは違いメイドに手を出す事もない。別人ではないとの事ですが……これは信じられそうにありませんわ。でも、イザベルが私に嘘を吐くはずがないですし。懐柔されたという事もないでしょうから、この手紙の内容は正真正銘レオルド・ハーヴェストの事で間違いないのでしょうけど……」

少しくらいはボロが出るはずだと思っていたが、まさかここまでとはシルヴィアも予想はできなかった。

今まで多くの人間を見てきたシルヴィアは、そう簡単に人が変わる事はないと思っていた。

しかし、手紙で読む限りレオルドは本当に変わっている。これは一度直接会って確かめねばならない。だが、会う機会もなければ会う用事もない。

知的好奇心を満たす為だけに王族であり、国の守りの要である自分が好き勝手に動く事はできない事を知っているシルヴィアは歯痒い思いを抱くのだった。

第三話　世の為、人の為

ワイバーンの一件からは特に何かが起きる事は無く、平穏にレオルドは過ごしていた。相変わらず、ギルバートとバルバロトの二人にダイエットという名目で扱(しご)かれているが概(おおむ)ね平穏である。

レオルドがゼアトに来てから三ヶ月ほどが経過していた。学園を春先に去ってから、季節は変わり夏となっている。

運命48(ディスティニー・フォーティーエイト)の世界は春夏秋冬が存在しており、基本は日本と同じ気候になっている。

故に今は照りつける太陽が肌を焼き、真夏の太陽が猛威を振るっていた。

そして、レオルドは今日も日常と化している鍛錬が終わり、カラカラに渇いた喉を潤す為(ため)に水を求める。

「水……水をくれ……」

干からびたミイラのようにレオルドはギルバートへ水を求める。

すかさず、ギルバートはコップを取り出してレオルドに水を渡した。

「坊ちゃま。一つご報告がございます」

ゴクゴクと喉を豪快に鳴らしながら、水を飲んでいるレオルドにギルバートはある報告をする。

「んむ。なんだ？」

「現在、ゼアトは水不足でございます」

「何!?　どういう事だ！」

「はい。ここ最近、雨が降っていない事で水が不足しているのです。このまま日照りが続けば、深刻な問題となってしまいます。今は住民も節水を心掛けております」

「レオルド様。今ゼアトは溜め池の水を利用して、なんとか凌いでいる状態なのです。ギルバート殿が仰ったように日照りが続いており、川の水位は下がる一方です。このままだと間違いなく水が足りなくなります」

「なんとかできないのか？」

「新たな水源でも見つけない限りは難しいかと……」

「騎士団も調査隊を出していますが、今のところはこれといった報告はございません」

（こ、こんなイベント知らねー！　どうすりゃいいんだ!?　待てよ？　魔法でどうにかできるんじゃね？）

　名案だと思いついた事をレオルドは述べるが、現実はそう甘くはなかった。

「魔法で補うというのはどうだ？」

「坊ちゃま。個人でなら可能かもしれませんが、事はゼアト全体の問題なのです。

　飲料水から生活用水全てを魔法で補おうとすれば、どれだけ魔力があっても足りませんぞ。しかも、一日だけではありませんからな」

「お、おう……」

浅はかな考えであったとレオルドは落ち込むが、すぐに気持ちを入れ替える。

そもそも何故自分にこんな話をしてきたのかと考えるレオルド。自分は領主代理でもないただのごく潰しとも言える存在だ。

今は多少戦う事ができるが、今回の水不足に関しては力になれる可能性は少ない。

そこまで考えるとレオルドは、やはり何故自分に水不足といった問題を話したのか分からなかった。なので、素直に聞いてみる事にした。

「一つ気になったんだが、何故俺にそのような事を報告するんだ？」

「それは俺がギルバート殿に話したんです。レオルド様なら何か妙案を思いつくのでは、と」

「買い被りすぎだったな。悪いが俺はこれ以上何も思い浮かばん。強いて言えるとすれば節水を心掛ける事くらいだ」

「そう……ですか。すいません。無理な事を言ってしまって」

「気にするな。評価されたという事なのだから、咎める気などないさ」

しかし、結局水不足を解決できるような案は誰も思いつかなかった。

「あの～……」

三人が揃って頭を抱えていたら、メイドであるシェリアが顔を覗かせた。恐る恐るといった表情で三人へと声を掛けた。

「ん？　どうした？」

「い、いえ。そのいつもなら鍛錬をしている様子でしたのに、今日は珍しく三人共難しい顔をして話していましたので気になってしまい……つい聞き耳を……」

「シェリア！　好奇心旺盛なのは分かるが、主の話に聞き耳を立てるとはどういう事か分かっているのか!?」

「ご、ごめんなさい!!」

「良い、ギルバート。重要な話ではあるがシェリアも無関係とは言えないだろう。怒るような事ではない」

「坊ちゃま。こういう事は普段から厳しく躾けておかねばならないのです。仮にも公爵家に仕えるメイド。節度は守らねばなりません。ましてや、主であるレオルド様の会話に聞き耳を立てるなどあってはならない事なのです。これが極秘の案件でしたならば、口封じの為には始末をつけねばなりません」

「ひっ……！」

まさか、祖父であるギルバートから始末という言葉が出てくるとは思わなかったシェリアは小さく悲鳴を漏らした。

「た、確かにその通りだが、ギル。シェリアが怯えているから今回は俺に免じて大目に見てやってくれ」

「甘いですぞ、坊ちゃま。しかし、坊ちゃまがそう言うのであれば仕方がありませんな」

どうやらお咎めは無しだと分かったシェリアは安心してホッと胸を撫で下ろした。

（この前、助けてもらった時から思ってたけど、レオルド様って意外と優しいな～。しかも、噂で聞いてたのと全然違うし。これで痩せさえすれば今頃モテモテだったろうに。それだけが残念かな）

などと、レオルドに助けてもらっておいてシェリアは失礼な事を考えていた。ただ、少しばかりレオルドへの評価は変わっていた。

「それでシェリア。俺達に何か用事があって声を掛けたのだろう？　一体、何用だ？」

「あ、そうでした。その水不足についてなのですが、レオルド様は土魔法と水魔法を使えるのですから水源を調査したり溜め池を造られたりしてはどうかと思いまして……」

「ほう……」

「シェリア！　レオルド様に意見があるならば、まずは主の許可を貰ってからだと教えたであろう！」

レオルドはシェリアの言い分に感心していたが、ギルバートはレオルドに何の許可もなく意見を述べたシェリアを叱った。

「ギル。そう怒るな。俺は気にしていない」

「坊ちゃまも甘やかさないでください！　シェリアが付け上がってしまいますから！」

「は、はい……」

ギルバートの剣幕にレオルドは圧倒されて、頷く事しかできなかった。

「そ、それよりもレオルド様。そちらのメイドが言うような事は可能なのですか？」

「無理とは言わないが、俺よりも王都にいる専門の人間を呼んだ方がいいかもしれんな」

「坊ちゃまも可能ではあるのですか？」

「試した事がないから何とも言えんがな」

「ふむ……」

ギルバートはレオルドの言葉を聞いて何やら思案する。レオルドは突然顎に指を置いて考え事を始めたギルバートに首を傾げる。

「坊ちゃま。丁度いいかもしれません。騎士団の調査隊に加わって水源の調査並びに魔物退治もやりましょう」

「ふむふむ、なるほど。分かっ——へあっ!?」

ギルバートの提案にレオルドは腕を組んでうんうんと頷いていたが、最後の言葉に驚きの声を上げてしまった。


ギルバートによる突然の申し出にレオルドは勢いで返事をしてしまった為に、今バルバロトを護衛として水源の調査並びに魔物の駆除へと赴いていた。

ゼアトに面している森でレオルドを含めた調査隊が探索を行っている。基本は徒歩で行動しているので森の中を歩き回っているが、一人だけ死に掛けている。

「ハア……ハア……」

「レオルド様。この程度で音を上げるのは早いですよ」

「そうは……言うが……この生い茂る森の中を歩き回るのは疲れるぞ……！　それに……俺は水源の……探索に……魔法を使って……並列作業を……行ってるんだぞ……！」

息も絶え絶えで言葉を紡ぐのもやっとのレオルドは自分がどれだけ大変なのかをバルバロトに語る。

「それは理解しています。しかし、それを理由に何度も休憩を挟むのはよろしくありませんよ。これもダイエットの一環なのですから」

そう、これはバルバロトの言うとおりレオルドのダイエットの一環でもある。ついでに実戦を積ませておこうという魂胆も含まれているが。

勿論、レオルドも承知の上だ。最初は乗り気ではなかったが、やはり一度は冒険をしてみたいという思いがあったのだろう。途中からはワクワクと心躍らせていた。

しかし、今はご覧の有様である。贅肉だらけの肉体は動かす事も一苦労でレオルドは一歩を進むだけでも辛くなっていた。

（膝が今にも砕けそう……てか、なんで騎士のみんなは重たそうな鎧を纏っているのに平気なんだ？）

疑問を抱いたレオルドはバルバロトへ声を掛ける。

「バルバロト。どうして、お前達はそんな重そうな鎧を着けているのに平気なんだ？」

「身体強化を施しているからですよ。騎士にとっては当たり前の技能なので」

「なんだと？　ならば、俺も――」

「あっ、レオルド様は使用禁止です。戦闘行為のみでは許可しますがそれ以外はダメです」

「なっ!?　なんでだ？」

「ギルバート殿からの指示です。身体強化という楽を覚えては困ると」

「いや、でも、動くのだからいいではないか！」

「ダメです。言う事を聞かないのでしたら、多少の乱暴は許されてますので」

微笑みながらポキポキと拳を握り音を鳴らすバルバロトにレオルドは苦笑いしか浮かばない。ここで文句を言う事はできるが、どのような結末が待っているかレオルドには手に取るように分かった。

「わ、分かった……バルバロトに従おう……」

「はい。では、探索を続けましょうか」

最早、逆らう事はできない。素直にバルバロトの言う事に従ってレオルドは重たい身体を引きずって探索を続ける。

バルバロトとレオルドのやり取りを見ていた騎士達は大いに驚いていた。噂に聞いていたレオルドとは違う様子に。

下手をしたら今のやり取りは公爵家へ喧嘩を売っているようなものだ。もしも、不興を買ったならどうなるか分かったものではない。

だから、騎士達はレオルドの扱いに困っていた。どう接すれば正解なのか分からない騎士達は、レオルドから距離を置いて観察をしていたがバルバロトとのやり取りを見て分かった事は噂とは違うという事。

かと言ってバルバロトのような物言いはできない。バルバロトは職務の一環としてレオルドへ剣の稽古を付けているから他の騎士とは距離感が違う。

だから、許されているのだと騎士達は思っている。

実際にその通りなのだが、別にレオルドは騎士達にどのような扱いをされても怒る事はない。勿論、あまりに酷ければ怒るだろうが大抵の扱いは受け入れるつもりであった。

突然、無理矢理参加して雰囲気を悪くしてしまったのだからレオルドは罪悪感を覚えていた。だから、多少の罵詈雑言は覚悟している。

そんな事を騎士達が分かるはずないが。

騎士達はレオルドと距離を置き、レオルドは騎士達と交流を深めておきたいと考えているがあからさまに避けられている事に内心落ち込んでいる。

（うーん……騎士達に避けられてるよなぁ。チラチラとこちらを見てくるけど、目を合わせたらすぐに背けるし……やっぱ印象が悪いんだよな）

理由は分かっていてもどうする事もできない。噂を払拭するにはそれ以上の噂を流すしかない。今のレオルドには過去の悪行を塗りつぶすような実績は無い為、今後の活躍が必要である。

しかも、並大抵の事ではダメなのだ。今回の一件をレオルドが解決したとしてもイメージは変わらない可能性が高い。

今までのレオルドの所業から考えると他人の成果を奪ったと思われるからだ。故にレオルドが今後イメージを改めて貰うには多くの功績が必要になる。

ただ、少なくともレオルドの周囲にいる人間は評価を改めている。ギルバート、バルバロト、シェリアといったレオルドの近くにいる人達はレオルドが変わりつつある事を知っている。

残念な事に知らないのはレオルド本人だけ。

「バルバロト。魔物だ」

レオルドの突然の発言により騎士達に緊張が走る。騎士達も周囲を警戒しているが魔物の気配を感じていないのにレオルドだけが感知したのだ。常に行っていた探査魔法に引っかかったのでレオルドは魔物だと判定した。

「レオルド様。本当ですか？」

バルバロトはレオルドに聞く際に、周囲の警戒を担当していた騎士に目を遣る。バルバロトと目が合った騎士は首を横に振り、魔物の気配を感じていない事を伝える。

「ああ。この先だ。距離はおそらく……１００……１５０……すまん。詳細な距離は分からんがこの先にいる事は確実だ」

「分かりました」

　バルバロトが他の騎士に指示を出して、一人の騎士が先行した。バルバロトとレオルドに他の騎士達はその場で待機する事になる。

　先行した騎士が戻ってくる。バルバロトとレオルドに他の騎士達は先行した騎士から報告を聞いた。

「報告します。ここから先に真っ直ぐ進んだ場所にゴブリンを三匹確認しました。その内、一匹は錆びた剣を装備しています」

「他にはいなかったか？」

「はい。周囲を探索しましたが三匹だけのようです」

「そうか。ご苦労」

「はっ！」

　バルバロトは先行した騎士から情報を貰い、労った後は顎に手を当てて思案する。チラリとレオルドに目を向けて、判断を下す。

「レオルド様。報告を聞いたと思いますが敵はゴブリンが三匹。その内一匹が武装しています。討伐しましょうか」

「ん、ああ」

「勿論、レオルド様お一人で」

「いやいや、待て待て。最後は聞き捨てならんぞ！」

「大丈夫です。今のレオルド様ならゴブリン三匹程度相手になりませんよ。自信を持ってください」

「そういう話じゃない！　俺一人というのは流石（さすが）に厳しいだろう。初めての実戦なんだぞ！」

「全く問題ありません。念の為に回復術士を連れてきていますし、多少の切り傷ならば御安心を」

「話を聞いてくれ！　おい、他の者達も何か言ってくれ！」

　レオルドは必死にバルバロトを説き伏せようとしているがバルバロトは聞く耳持たず。

　これでは、自分の身が危険に晒（さら）されると判断したレオルドは周囲の騎士に助けを求める。だが、騎士達はレオルドに目を向けられても逸（そ）らすばかり。

　誰も助けてくれないと分かったレオルドは絶望に染まる。どうにかして、この窮地から抜け出さなければと覚悟を決めるが、バルバロトの言葉の前に儚（はかな）く散る。

「言っておきますがここで逃げれば次の稽古はギルバート殿と話し合う事になりますからね」

「ふ、俺に任せておけ。ゴブリン程度、瞬殺してくれるわ」

「その意気ですよ。レオルド様」

　レオルドは内心泣いていた。逃げても地獄、逃げなくても地獄。最早、レオルドに安息の地はない。レオルドは精一杯の虚勢を張る事しかできなかった。

そうと決まれば話は早い。調査隊一行はバルバロトを先頭にゴブリンの元へと進む。逃げ出したい気持ちで一杯のレオルドは心臓をバクバクと鳴らせながら進む。

やがて、ゴブリンがいる場所へと調査隊一行は辿り着いた。報告のあったように調査隊の視界の先に三匹のゴブリンがうろうろと歩いていた。

恐らく、食料でも探しているのだろう。先程から、三匹は周囲をキョロキョロと見回してはお互いに話し合っている。

レオルドはワイバーン以来となる魔物にゴクリと喉を鳴らしていた。画面の向こう側に描かれていたゴブリンが視界の先にいる感動と、これから戦わねばならないといった恐怖の感情が入り混じっていた。

「レオルド様。落ち着いてください」

「バ、バルバロト。やはり、俺には——」

「俺の目を見てください」

震えて焦点が定まっていないレオルドの顔を摑んでバルバロトは無理矢理レオルドと目を合わせる。

(恐怖に呑まれている。このままだと本当に危ないな……)

顔を固定して視線を合わせているがレオルドは恐怖により視線が定まらない。バルバロトの目を何度か見るもののすぐに逸らしてしまう。

「レオルド・ハーヴェスト！」

突然、怒気を含んだ声でフルネームを呼ばれてビクリと肩を震わせるレオルドは目の前にいるバルバロトに釘付けとなる。

「よく聞け。お前はゴブリンが怖いと思うか？」

完全に縮こまってしまったレオルドは言葉が出なくなっていた。機械のようにコクコクと首を動かしてバルバロトの質問を肯定する。

「ならば、俺がゴブリンより怖くないという事か？　ギルバート殿がゴブリンよりも下だと思うか？

お前はいつも誰と戦っている？　思い出せ。日々の稽古を。お前が常日頃相手にしているのは誰だ？

俺とギルバート殿だ。俺達二人に比べたら、あそこにいるゴブリンなど恐れる相手ではないだろう？」

「それは、そうだが……」

（ああ、きっとレオルド様はこれから命のやりとり、殺し合う事を恐れているに違いない）

バルバロトの推測は当たっていた。レオルドはバルバロトに言われて少しは勇気付いたが、やはり初の実戦に命のやりとり、殺し合いに怯えている。

レオルドには真人の記憶があり、人格に強く影響を及ぼしている。現代日本という平和な世界で育った真人の記憶がレオルドの心を恐怖で縛り付けていた。

（何か……何か決定的な理由がいる……）

　今のレオルドを動かすには別の要素が必要だとバルバロトは推測する。しかし、その要素が分からない。

「レオルド様。以前、お屋敷にワイバーンが襲撃してきた際には勇敢に立ち向かったと聞いておりますが？」

「あ、あれはシェリアを助けねばと無我夢中になってたからで……」

「なるほど、そういう事ですか」

　バルバロトはレオルドの話を聞いて納得した。要は恐怖心を超えるような刺激を与えてやればいいのだと。

　答えが分かったバルバロトは驚きの行動に出る。

「何を……している？」

「レオルド様が戦わないというならば俺は死にます」

　バルバロトは身に着けていた鎧（よろい）を脱いで、武装を完全に解除した状態でレオルドの横を抜けてゴブリンの方へと向かう。

「な、何を考えている！　馬鹿な真似（まね）は止（よ）せ！」

　聞く耳持たずとバルバロトは足を進めていく。やがて、バルバロトはゴブリンの元へと到達した。

ゴブリンの一匹が近付いてきたバルバロトに気がついて爪で無防備なバルバロトを引っかいた。

「なあっ!?」

本当に何もしないバルバロトにレオルドは驚愕する。冗談でもなんでもない。レオルドが助けてくれると信じた上での行動だ。

「だ、誰か! バルバロトの救援に!」

それでも自分で助けに向かおうとしないレオルドは近くにいる騎士へと指示を飛ばす。

「恐れながら、その指示には従えません。これはバルバロト殿が望んだ事ゆえに」

「そ、そんな馬鹿な話があるか! このままじゃバルバロトは――」

「レオルド様。決断の時です。このままバルバロト殿を見殺しにするか、それともご自身が助けに向かわれるか。さあ、お決めください」

「あ……あぁ……」

眼前にいる騎士に迫られ、今もゴブリンに痛めつけられているバルバロトと騎士を見比べるレオルド。

(くそ、くそ、くそ! こんなどうしようもない俺を信じてくれたバルバロトを死なせるわけにはいかないだろう! 勇気を出せ! 覚悟を決めろ! 俺が……俺が! やるしかねえだろうが!!!)

戸惑いはない。覚悟は決まった。レオルドは自分を信じてくれた男の思いに応える為に走り出した。

走り出したレオルドの先では三匹のゴブリンがバルバロトを痛めつけている。レオルドはその光景に怖気付いてしまうが、既に走り出した身体は止まらない。

それに覚悟を決めたのだ。今更止まるつもりなどない。

「バルバロトオオオオオオオオ！！！」

全速力で走るレオルドはバルバロトの名前を叫ぶ。叫び声に反応したのはバルバロトだけでなく、三匹のゴブリンもだった。

三匹のうち一匹がバルバロトを助けに来たレオルドの方へと向かう。

「ギギッ！」

走ってくるレオルドに向かってゴブリンは爪を突き出す。

「どけっ！」

レオルドは突き出された爪を避けるとゴブリンを払い除けてみせた。

しかし、まだ二匹残っている。そして、もう一匹がレオルドに向かって飛び掛かる。だが、レオルドに当たる事はない。レオルドは飛び掛かってきたゴブリンを潜り抜けて、バルバロトの元へと走る。

最後に残ったゴブリンは手に持っている錆びた剣を大きく振りかぶる。そして、眼前にまで迫ったレオルドへと振り下ろした。

（この程度なら！）

ゴブリンの振り下ろす剣をしっかりと見て、普段から見ているバルバロトの剣に比べれば避ける事など造作もないと分かったレオルドは見事に避けてバルバロトの元へと辿り着いた。

「馬鹿者が！　無茶をしおって……」

「はは。信じてましたからな……ぐっ！」

いくら鍛え抜かれたバルバロトと言えども非武装で無防備なところを袋叩き(ふくろだた)にされては無事では済まない。

おかげで、複数の裂傷に青痣(あおあざ)が沢山できていた。見ているこちらまで痛くなりそうなバルバロトにレオルドは泣きそうになっている。

(こんなになるまで俺を信じてたのかよ……)

レオルドは自分が思っている以上に慕われている事を理解した。

そして、これほど傷だらけになるまで信じてくれた男の期待に応える為(ため)にレオルドは渡されていた剣を抜いた。

「見ていてくれ、バルバロト。俺が戦う様を」

「ええ。特等席で見てますとも……」

剣の師であるバルバロトを背後にレオルドは三匹のゴブリンへと構える。

目の前にいる三匹のゴブリンと対峙(たいじ)するレオルドは大きく息を吸い込んだ。

怖い。

恐ろしい。

痛いのは嫌だ。

でも、死ぬのはもっと嫌だ。

だから、殺す。生きる為に殺す。殺されたくないから殺す。

ならば、既に心は決まった。あとは実行に移すのみ。

レオルドの尋常ならざる雰囲気に三匹のゴブリンは動けないでいた。

三匹のゴブリンは目の前の人間が後ろにいる人間よりも弱く見えていた。醜く肥え太り豚のような人間だ。さぞかし食べ応えのあるだろう人間にしか見えていなかった。

だが、今はそうじゃない。目の前にいる人間からは死を彷彿とさせる気配がしている。故に弱者だと思っていた戸惑いによりゴブリンは動けないでいたのだ。

レオルドは深呼吸をして、前を見据える。動かないゴブリンに疑問を抱くが、こちらの出方を窺っているのだろうと判断して一歩踏み込んだ。

「ギギィ!?」

その巨体から信じられない速度でゴブリンへと迫ったレオルドは一刀のもとに一匹のゴブリンを殺した。

ゴブリンの身体から鮮血が舞い上がり、レオルドの頬を濡らす。

レオルドは極めて冷静に返す刀で二匹目のゴブリンを斬り裂く。

残った一匹は殺された二匹を見て、本能が逃げる事を告げた。錆びた剣を持つゴブリンはレオルドに背中を向けて逃走する。ゴブリンが逃げた先には武装した騎士が待ち構えていた。

しかし、そんな事が許されるはずがない。ゴブリンはレオルドと騎士を見比べる。

逃げる事は許されないと分かったゴブリンが選んだのはレオルドだった。単純に勝ち目がありそうだと判断した結果だった。

「ギギィッ！！！」

形振り(なりふ)構わずレオルドへと無謀な攻撃を仕掛けるゴブリン。対するレオルドは丁寧に見事な体捌き(たいさば)でゴブリンの攻撃を避ける。

我武者羅に錆びた剣をゴブリンは振るうが一向に当たらない。段々、ゴブリンは苛立ち(いらだ)が目立つようになり動きが益々(ますます)大ざっぱになる。

中々攻撃が当たらない事に痺れ(しび)を切らしたゴブリンは大きく跳ねてレオルドへと襲い掛かる。

レオルドはこの瞬間を待ち望んでいたかのように、跳び上がったゴブリンが剣を振り下ろした瞬間に首へと一閃(いっせん)。

ズルリとゴブリンの頭が転がり落ちる。レオルドの初めての実戦での勝敗が決した瞬間であった。

「ッ……ハアッ……ハアッ……！」

時間にすればほんの数分。だが、レオルドからすれば何時間にも及ぶ戦闘に感じていた。

極度の集中状態にあったレオルドは呼吸を思い出したかのように息を整えている。

初めての実戦に命の奪い合い。戦い終わったレオルドは己の手を見詰める。

確かな感触が残っていた。

確かにこの手で命を奪ったのだ。

生の実感、死の感触。

二つの事実がレオルドにのし掛かる。無事に生き残る事ができた喜びと三つもの命を奪ったという罪悪感。レオルドはこの先も生きる為に殺す事は増えるだろうと己の手を見詰めながら拳を握った。

「ありがとうございます。レオルド様、おかげで俺はこうして無事に生き残りました」

「バルバロト……」

「どうでしたか、初めての殺し合いは？」

「……思っていたよりも呆気(あっけ)なかった」

「そうでしょう。レオルド様が毎日相手にしてるのはギルバート殿に俺ですから。ただ、一つ殺す事に慣れないでください」

「どうしてだ？　これから先も俺は今回のような場面に出くわすだろう」

「だからこそです。殺す事に慣れてしまえば境界線が失われます。殺すのは最終手段なんです。できる事なら殺す事は控えてください。相手が魔物なら話は別なんですがね」

バルバロトはレオルドに優しさを失って欲しくなかった。殺す事に慣れてしまえば、殺す事を躊躇わなくなる。

戦時中ならば、それでも良いのだろうが今は平穏な時代なのだ。キリングマシーンは必要じゃない。

「さあ、初めての実戦で心身共にお疲れでしょうから本日はここで切り上げましょうか」

調査隊の中で一番身分が高いのはレオルドだ。だが、指揮を執っているのはバルバロトの為、バルバロトが言う事は絶対である。

だから、バルバロトが終わりと言えば終わりなのだ。それにレオルドの消耗も激しいのでこれ以上の調査は難しい。

よって、バルバロトの判断により調査は一旦切り上げてゼアトへと戻る事になる。

「いたた。もう少し優しくしてくれないか？」

「何を仰っているのですか。自分で蒔いた種でしょう。レオルド様に発破を掛ける為とは言え無茶をしたんですから」

「それは分かっているが、一応怪我人なんだしさ」

「レオルド様の荒療治を選んだのは貴方なんですから、これくらい我慢してください！」

バシィッと回復術士はバルバロトの治療を施した傷痕を叩く。

「あいたぁっ！」

「自業自得なんですからね！」

回復術士はバルバロトの治療を終える。今回、同行している回復術士は裂傷程度なら治療をする事ができるレベルでバルバロトにできていた傷は完治した。

ただ、青痣になった部分は放置している。理由はバルバロトがあまりにも無茶をしたから。

いくら怯えて動けないでいたレオルドを動かす為とは言え、身体を張りすぎた。それにレオルドへ心配を掛け過ぎた。少しは誰かが無茶をやらかしたバルバロトを咎めなくてはならなかった。

それが、たまたま傷ついたバルバロトを治療する回復術士の役目だった。

一方でレオルドは騎士達に囲まれて質問攻めにあっていた。最初はレオルドを避けていた騎士達もレオルドが噂通りの人間ではないと、先の戦いを見て確信した。

だから、今はレオルドに興味が湧いて質問ばかりを繰り返している。

「レオルド様。先程の戦いはお見事でした。本当に初めての実戦だったのですか？」

「ああ。初めてだ。だから、バルバロトに勇気付けられるまでは動けていなかっただろ」

「普段から戦っているバルバロトに比べてどうでしたか？」

「分かりきった事を聞くな。ゴブリンなぞバルバロトと比べる事すらおこがましい」

「屋敷にいらっしゃるギルバート殿とはいつも何をしていらっしゃるので？」

「ギルとは基本的に体術だな。ダイエットの一環なのだが、これが実に辛い。手加減はしてくれているのだろうが、毎回気絶しているぞ」

　ワイワイ話が盛り上がっていたが、とある質問に空気がガラリと変わる。

「王都で聞いたレオルド様の噂は事実なのですか？」

　この空気ならばいけると判断したのだろうが、大失敗である。レオルドを中心に取り囲んでいた騎士達はピタリと止まり、最悪な質問をした騎士へと一斉に顔を向ける。

　これには騎士も自分が失言してしまったと分かる。だが、ゼアトの騎士団の中では若い騎士はどうしても噂の真偽が気になってしまったのだ。

　目の前にいるレオルドと噂で聞いたレオルドはあまりにも印象がかけ離れているから。

「本当だ。噂は真実で俺は屑で間違いない」

　調査隊の騎士達に衝撃が走った。よもや本人が肯定するとは思わなかったからである。一切の言い訳もなく噂を真実と認めたレオルドに騎士達は戸惑いを隠せなかった。

「いや……あの……質問をした私が言うのもなんですが、少しは否定してもよろしいのでは？」

「否定してどうなる。お前達からの評価が多少は変わるだろうが、後々知られれば今回の評価も変わってしまうだろう」

　その言葉に騎士は返す言葉が出てこない。暗い雰囲気となってしまった為、レオルドは騎士達から離れようとする。

「けっ……噂は本当だったのかよ。見直して損したぜ」

　レオルドが騎士達から離れた瞬間、悪意が現れた。当然、レオルドの耳に届いており騎士達へ振り返るも誰が言ったかは分からない。

　犯人を見つけてやろうとはレオルドは思わない。言われて当然なのだからと諦めた表情で騎士達の元から離れた。

（当然だよな。いくら頑張っても過去の悪行が許さない。覆水盆に返らずとはよく言ったものだ）

　人並みの事ができてもレオルドが過去に行った悪行が消える事はない。

　ギルバートやバルバロトが特別だっただけで他の人はそうではないのだと改めて痛感したレオルドは、もっと精進せねばと気を引き締めた。

　回復したバルバロトは調査隊を引き連れてゼアトへと戻る。帰り道、レオルドを始めとして調査隊の空気が暗かった事に首を傾げるが、理由は分からず終いだった。


　ゼアトに戻った調査隊は兵舎へと戻り、各々の持ち場へと戻っていく。

　バルバロトはレオルドの迎えが来るまで、レオルドと訓練場で剣の稽古に励む。

　しかし、稽古中レオルドの様子がおかしい事にバルバロトは気がつく。帰り道でも暗かった事を思い出したバルバロトは稽古を中断した。

「どうしましたか、レオルド様。心ここにあらずといったご様子ですが」

「ふ、久しぶりに現実を知って落ち込んでいただけだ」

「何を言われました？」

僅かながらバルバロトの声に怒気が含まれている。その事を察したレオルドは宥めるように濁して話す。

「過去の事について少しだけな。もう終わった事だ。気にする事でもない」

「気にするなと仰いますか。ならば、何故そのような顔をするのです？」

気がつけばレオルドは悲痛な表情を浮かべていた。

「これは、アレだ。腹が減ってだな――」

「レオルド様。調査に同行した騎士を招集して来ますのでお待ちを」

「待て！　いいんだ、バルバロト。確かに悲しい気持ちになったが過去の俺は誰がどう見ても極悪非道の屑人間だ。お前が気に病む事はない」

「しかし、今のレオルド様は汚名を返上しようとしているではありませんか！　その努力を見もせずに罵るような真似を許していいはずがありません！」

「ありがとう。お前にそう言って貰えるだけでも俺は嬉しい。だけどな、バルバロト。お前のように俺を認めてくれるような人間の方が少ないんだ」

「それは……！」

実際その通りなのだからバルバロトは何も言い返せない。マイナスがゼロになったところで誰が褒めようものか。

「世間一般から見る俺は屑なままだ。取り返しが付かない事を俺は仕出かしたんだから当然だろう。だから、この話はここまでだ。分かったな？」

「ですが、それではいつまで経ってもレオルド様は――」

「それ以上何も言うな。お前やギルのように見てくれる人がいるだけで俺は十分だ」

「レオルド様……！」

（どうして、このようなお方が道を踏み外してしまったのだ……！）

むしろ、ギリギリで踏み止まっている方だ。運命48の原作通りに世界が進んでいれば、バルバロトはレオルドの評価を改める事はなかったに違いない。

真人の記憶が宿ったからこそ、今のレオルドがいるのだ。ある意味奇跡と言ってもいいかもしれない。


調査二日目、先日と同じメンバーで行われる。しかし、明らかに違う事がある。それは、レオルドへの態度だ。

数人だが、レオルドへの態度が悪意のあるものへと変わっていた。恐らく、昨日の件が引き金となっているのだろう。

先日と変わらず、森の中を探索する調査隊。そして、相変わらず歩調が合わないレオルド。

昨日は特に何も言われはしなかったが、今日は違う。足手まといであるレオルドに舌打ちをする騎士がいた。

　見過ごす事はできないとバルバロトが剣に手を添えるがレオルドが止める。

「大丈夫だ。何かされたわけでもない。だから、怒りを収めよ」

「……分かりました」

　渋々ではあるが舌打ちをされた本人であるレオルドが言うのだから、仕方がないとバルバロトは怒りを収める。

　しかし、レオルドが何も言わないのをいい事に舌打ちをした騎士は言ってはならない事を口走る。

「へっ、いい身分だよな。公爵家ってのは」

　これにはバルバロトだけでなく他の騎士も反応した。当然、公爵家の一員であるレオルドも先の発言には顔を顰めた。

（流石に今のは言い過ぎなんじゃない？　俺個人にならどれだけ罵倒しても構わないけど、公爵家ってのは見過ごせない。ここは印象悪くなっても怒っておくか）

　先程の騎士がした発言は公爵家への侮辱と見られる。これは流石にレオルドも見過ごす事はできないと腹を括り声を出す。

「先の発言をした者は誰だ。名乗り出よ！」

　レオルドが怒っている事を察した騎士達は馬鹿な事を口走った騎士へと顔を向けた。

　レオルドは騎士達の視線の先に立ってうろたえている騎士へと足を進める。

「貴様か……」

「ち、違いますよ。俺じゃありませんて」

「だが、皆の目はお前に向いているぞ？」

「あいつら、俺を陥れようとしてるんです！　おい、俺じゃないだろ！」

　レオルドの前にいる騎士は自分ではないと主張して、他の騎士へと罪をなすりつけようとしている。

　騎士が必死にレオルドの後ろにいる騎士達に喚いているから、レオルドも後ろを向いた。

「そう言っているが、どうなんだ？」

「違います。そいつが勝手に言っているだけです」

「なっ!?　嘘を言うな！　お前らだって――」

「黙れ。それ以上は聞くに堪えん」

　元々、誰が言ったかなどレオルドには分かっていた。声色で既に判明しているのでレオルドの質問に意味もなければ騎士達の言い合いも無駄である。

「公爵家を侮辱した罪を教えてやる。バルバロト、この愚か者を斬首せよ！」

「はっ！　お任せあれ！」

　レオルドの側に控えていたバルバロトはスラリと剣を抜いた。冗談ではないと、本気で殺す気だと理解した騎士は許しを乞う。

「お、お許しください！　冗談なんです！　ただの冗談で――」

「貴様はただの冗談で我がハーヴェスト家を侮辱したのか？　はははは。これは愉快な話だ。恐れを知らぬ勇者だな」

「へ、へへ……」

「だが、許すと思うたか？　戯けめ。貴様は口にしてはならぬ事を言ったのだ。俺のみを罵倒するならばまだしも、貴様は我がハーヴェスト家を侮辱したのだ。その命を以て償うがいい」

「あ、あぁ……どうか、どうか命だけは！！！」

形振り構わず騎士は土下座をした。額を地面に擦り付けて許しを乞う姿は哀れに過ぎない。迂闊な発言をした愚か者には相応しい末路だ。

「バルバロト。剣を収めよ」

「よろしいので？」

「これだけ脅せば十分だ」

「そうですか」

バルバロトは剣を鞘へと収める。その様子に他の騎士達もてっきり殺すのだと思っていたから驚いていた。

「へ、どうして……？」

土下座をしていた騎士も突然の心変わりに呆気に取られている。

「いいか。よく聞け！

俺の事はどれだけ馬鹿にしようと蔑もうと構わん！

だが、我がハーヴェスト家への侮辱は今後一切許しはしない！

肝に銘じておけ！」

『は、はい！』

レオルドは後ろにいた騎士達に向かって叫んだ後、土下座をしている目の前の騎士へと顔を向ける。

「先程言ったとおりだ。今回は特別に許してやる。だが、忘れるな。次はない」

「は、はいぃ……！」

死の淵に立たされていた騎士は、なんとか生き延びた事を喜んだ。しかし、腰が抜けたようで中々立つ事ができない。

その様子を見たレオルドは他の騎士を呼び寄せて立てない騎士に肩を貸すように命じた。

「さて、調査を再開するか」

レオルドの一言により調査隊は歩き出す。レオルドに並んで歩いているバルバロトは小声でレオルドへと話しかける。

「良かったのですか？」

「ああ。確かに公爵家への侮辱は許されないがここには俺しかいない。それにあいつも公爵家全体を言ったわけではなく、俺への文句として言ったんだろう。ただ、言い方が悪かったが」

「そうかもしれませんが、相応の罰は必要だと思いますが」

「なら、兵舎の便所掃除を一ヶ月とかでいいんじゃないか？　俺にはこれくらいしか思い浮かばんから、あとの処理はお前に任せる。だから、好きにしてくれ」

「レオルド様がそう言うのでしたら、俺の方で片付けときますね」

「殺すなよ？」

「分かってますよ」

　何を言っているのやらと肩を竦めるバルバロトを見てレオルドは口元が引きつる。バルバロトの思いは嬉しい反面、やりすぎないで欲しいと溜息を吐いた。

　調査は順調に進むが水源は見つからない。レオルドの他にも土属性持ちがいて調査を行っているが成果は出ていない。

　調査の最中に魔物と出くわす事も増えてきて、二日目の調査も一旦打ち切ろうかとしていたら、レオルドの足が止まる。

「どうかなさいましたか、レオルド様？」

「……これは水脈か？」

「っ！　本当ですか!?」

「まだ分からん。その可能性があるというだけだ」

「それだけでも十分です！　おい、この場所を地図にしるしておけ」

「はっ！」

水不足の今、レオルドの発見により希望が湧いてきた事にバルバロトは喜んだ。そして、これは大きな功績になるに違いないと確信している。

ゼアトの水不足という問題をレオルドが解決したと分かれば世間の評価も変わるに違いないとバルバロトは浮かれているが、残念ながらレオルドの評価が変わる事は難しい。

確かに水不足といった深刻な問題を解決したとなれば評価は高まるだろうが、それを差し引いても過去の悪行がマイナスなイメージを強く印象付けてしまう。

なので、世間がレオルドへの認識を改めるにはもっと多くの功績が必要になる。果たして、レオルドにできるかどうか。

レオルドが水脈を発見した事に喜んでいた調査隊一行はゼアトへと戻ろうとしたが、レオルドに止められる。

「待て待て。まだ可能性があるというだけで確証はないんだ。一先(ひとま)ずここを掘ってみようと思う。水が出てくれればゼアトへ戻って報告だ」

レオルドの言葉に肩を落とす調査隊一行だったが、レオルドの言い分も正しいので気を取り直してレオルドの方へ顔を向ける。

「よし。とりあえず地面を掘るから土属性の者は手伝ってくれ」

『はい！』

レオルドを含めた土属性の使い手が地面を掘り進めて行く。こういう時に魔法は便利だ。

本来なら手作業のはずなのに魔法で簡単に穴を掘り進める事ができる。

ただ現代日本なら科学の力である重機などを用いて魔法よりも効率良く進められるが、今は考えても仕方がないだろう。

徐々に深さを増していく穴だが、一向に水の出る気配はない。本当にここに水脈があるのかと疑ってきてしまうくらいだ。

騎士達は不安に思いながらも穴を掘るレオルドへと期待の眼差しを向ける。

一方でレオルドは額に汗をかいており疲労が溜まっていた。地中深くを探査魔法で調べていた上に今は穴掘り作業と調査隊の中では一番魔力を消費している。

しかし、思わぬ事態が発生する。レオルドと一緒に土を掘っていた者達が魔力切れを起こしてしまい、その場に座り込んだのだ。

「も……申し訳……ありません……」

「すみません……これ以上は……」

「ハア……ハア……」

そもそも騎士は魔法の専門職ではない。だから、魔法を専門としている者達と比べたら雲泥の差がある。騎士が魔力100ならば魔法使いは1000はある。

土を掘る作業ならば魔力消費は多くないが長時間となると魔法を専門としていない騎士にとっては辛くなってくる。

「気にするな。少し休んでいろ」

　一人になったレオルドは魔力を使い果たして座り込んでしまった騎士を一瞥すると、一人黙々と作業を続けた。

　どれだけ掘ったかは正確に分からない為、判断は難しいがレオルドは他の者達に比べたら遥かに凄いだろう。たった一人で倍近い時間、掘り進めているのだから。

　しかし、そんなレオルドにも限界が訪れる。大量の汗をかきながら、レオルドは片膝を地面に着けた。

「カハッ……ハアハア……」

　バルバロトがレオルドへと駆け寄り、介抱している間に騎士達はレオルド達が掘った穴の中を覗く。

　あまりの深さに底が見えない為、適当な石を放り投げて見た。石が穴の底に当たった音はしたが、水の音は残念ながら聞こえなかった。

　がっかりする騎士達にレオルドは何も言えなかった。期待をさせておいて、この体たらくなのだからと落ち込む。

（くっそ～！　何の収穫もないってのは嫌だ！　水脈があるのは確かなんだ。ただ、どれだけ深い場所にあるか分からない……よし。出し惜しみは無しだ）

　バルバロトに介抱されていたレオルドは立ち上がると調査隊を見回す。

「俺のスキルを使って作業を再開する。どうか力を貸して欲しい」

　レオルドが頭を下げるものだから騎士達も驚いた。しかし、いきなり力を貸して欲しいと言われても、どうすればいいか分からない騎士達。

困惑している騎士達だったが、いの一番に賛同したのはバルバロトだ。

「レオルド様。私の力でよければ、いくらでもお使いください」

「ありがとう。早速だが俺の手を握ってくれ」

レオルドが差し伸べた手をバルバロトは取る。レオルドはバルバロトが手を握った事を確かめて魔力を流す。

レオルドが持つスキルの魔力共有はゲームであれば対象を選んで決定を押すだけの簡単な使い方だが、ここは現実である。ゲームとは違い魔力共有を行う対象と触れる事で使用が可能となる。

「レオルド様……これは？」

「俺のスキル、魔力共有だ。接触した相手に魔力を流す事で共有できるんだ。これで、俺とお前にパスが繋がったから二人分の魔力を保有している状態だ。勿論、魔力は共有しているから俺も使えるしお前も使う事ができる。さらに付け加えるなら普段は魔力が足りなくて使用する事のできない魔法も使えるようになるぞ」

「それは凄いですね。しかし、俺は身体強化くらいしか使いませんのでレオルド様がお使いください」

「助かる。これで作業を再開できる」

レオルドがバルバロトの手を離して作業を再開しようとしていたら、渋っていた騎士達が魔力共有をして欲しいとレオルドへと頼み込んだ。

「レオルド様。どうか我々の魔力もお使いください！」

「分かった。お前達の魔力貸してもらうぞ」

『はっ！』

レオルドは頼み込んできた騎士達一人ずつに魔力共有を施した。

これでレオルドが持つ魔力は桁違いに増えた。ただし、レオルド個人が持つ魔力の方が圧倒的に多いのだが、それは言わないのが花というものだ。

それでも、今はレオルドも魔力が枯渇しているので騎士達の魔力はとても貴重なのだ。

「さあ、もうひと踏ん張りだ」

レオルドは騎士達と共有した魔力を用いて穴掘り作業を再開した。水が出るかは分からないが、確かにレオルドは水脈を感じ取ったのだから信じる以外にない。

ならば、あとは根比べである。

魔力共有を騎士達として、数時間が経過した。既に調査隊の半数は魔力が枯渇して座り込んでいる。

ほとんどの騎士が座り込み、魔力の回復に専念している間、レオルドは黙々と穴を掘り進めていた。

（まだか？　まだ出てこないのか？　確かにここだと思ったんだけど、違ったのか？　皆の魔力を貸してもらっておいて、何も出ませんでしたなんて許されない。なんとしてでも掘り当てなきゃな！）

レオルドは内心焦っていた。魔力を共有してまで無理に作業を進めているのだから、水を掘り当てなければならないと。

だが、間違っている。レオルドを責める者はいないのだ。人間誰しも間違いはある。今回の調査も必ず水源を見つけなければいけないというわけではない。見つからなければ別の方法を見つけるだけ。

ただ、視野が狭くなったレオルドにはそれが分かっていない。だから、今のように無茶をしてしまう。

「ハア……ハア……ッ！」

額の汗を拭いながらレオルドは穴を掘り進める。その姿に騎士達は感心するものの、どうしてそこまで頑張るのかが分からない。

どれだけの時間が経過したのだろうかとレオルドは虚空を見詰める。調査隊の魔力も使い果たし、残ったのは僅かに回復した自身の魔力のみ。

もうこれ以上の作業は無理かもしれないとレオルドは諦めかけた時、今までとは違う感触に首を傾(かし)げる。

（ん？　なんだ？　岩盤か？）

不思議に思ったレオルドは小石を穴に投げ入れる。耳を澄ましてみると、かすかに水の音が聞こえた。

幻聴なのではないかとレオルドは自分を疑い、バルバロトを呼び寄せる。

「バルバロト！　これから、穴に小石を落とすから音を確かめてくれ！」

「分かりました！」

バルバロトは四つん這いになり、穴へと耳を近づける。レオルドはそこまでする必要があるのかと思いながら、小石を穴へと落とした。

ポチャンと小石が水に落ちる音がバルバロトの耳にしっかりと届いた。すぐさま、立ち上がりレオルドの手を取り喜びの声を上げる。

「レオルド様！　水です。水の音が聞こえました。レオルド様は間違ってなかったのです！」

「そうか……そうか。幻聴ではなかったんだな」

「はい！　ゼアトへと戻り、報告しましょう！　きっと、皆喜びますよ！」

「そうだな。そうしよう」

掘り当てた本人以上に喜んでいるバルバロトを見て、レオルドは少しだけ微笑んだ。自分が間違っていなかった事と水不足を解決できる事にレオルドはホッと息を吐いた。

しかし、ゼアトへ戻ろうとしたが調査隊のほとんどが魔力切れで座り込んでいる為、戻ろうにも戻れない。

「申し訳ありません……」

「いや、謝るのは俺の方だ。ペース配分を考えずに魔力を借りてしまったんだからな。水を掘り当てる事に集中しすぎていた俺の落ち度だ。すまん」

頭を下げるレオルドにざわつく騎士達だが、レオルドがどういう人間なのかが調査の最中に分かってきていたので、謝罪を受け入れた。

調査隊の魔力が回復するまでの間はやる事がなくなったレオルド。

レオルドは夕暮れ時となっている赤い空をぼんやりと眺めていた。

(ゲームには無いイベント。これからも起きるだろうな〜)

運命48(ディスティニー・フォーティーエイト)では語られなかった舞台に立つレオルドは今後も色々と面倒な事が起きるのだろうなと憂えていた。

死亡フラグもある上に知らない事も多いのでレオルドは未来に心配しか抱けない。

「レオルド様。調査隊の魔力は最低限まで回復しました。これでゼアトへと戻れます」

「分かった。ならば、急いで戻るとしよう。もうすぐ夜が来るからな。夜になる前にはゼアトへと到着できよう」

「はい!」

調査隊は必要最低限の魔力が回復したので、大急ぎでゼアトへと戻る事になる。夜は視界が悪い上に、夜行性の魔物の領域なので危険が多い。だから、調査隊は帰り道を急いで戻ったのだった。

ゼアトへと調査隊が戻った頃には月が空を支配していた。夜にはなってしまったが無事に戻れた事に調査隊は喜ぶ。

「レオルド様――」

　背後から聞こえる声にビクリとレオルドの肩が震える。レオルドは恐る恐る声の主へと振り向く。すると、そこには満面の笑みを浮かべるギルバートが立っていた。

「ギ、ギル……出迎えか？」

「ええ。予定よりも大幅に遅れているので何かあったと思いまして、急いできたところです」

「そ、そうか。心配をかけたな」

「はい。本当に心配しましたよ」

　満面の笑みを浮かべていたギルバートはギラリとレオルドからバルバロトへと視線を動かす。

「バルバロト殿。貴殿がいながら何故これほどまでに時間が掛かったのですか？」

　ギルバートは調査隊の隊長を務めているバルバロトに非があると思っており、責めるような口調で問い質した。

「待て。ギル！　俺の責任なんだ。俺が無茶を通したから、予定よりも遅くなってしまったんだ。だから、バルバロトを責めないでくれ」

「ふむ……説明をしていただきましょうか。バルバロト殿」

「説明をする前に部下を帰してもよろしいでしょうか？」

「勿論ですとも。もう夜ですからな。帰って家族を安心させるべきです」

「心遣い感謝します」

バルバロトは調査隊を解散させる。残ったのはレオルドとバルバロトのみ。

バルバロトは予定よりも大幅に調査の時間がずれてしまった事を説明する。

「では――」

――ぐぅうぎゅるるる。

「……すまん」

「どうやら、レオルド様のお腹がこれ以上は待ちきれないと申しているので明日お聞きしましょう」

「ふふ、そうですな。では、また明日」

暗くて分からないが恥ずかしさに俯いているレオルドの顔は真っ赤に染まっていた。

ギルバートもレオルドの空腹音を聞いて、肩の力が抜けてしまい、バルバロトとの話は明日にする事に決めた。


翌日、バルバロトは調査の報告の為にレオルドの屋敷へと赴いていた。応接室にはレオルド、ギルバートの二人がバルバロトを待っていた。

シェリアに案内されてきたバルバロトが、ギルバートへ調査の結果を報告する。

「まず、昨日の調査が予定よりも遅れた事についてですが、水源の発見に時間が掛かりすぎた事が原因です」

「ふむ。水源を見つける事ができたのですな。それは喜ばしい結果です」

「はい。しかし、大幅に時間が遅れてしまった事は謝罪をするしかありません」

「ギル。昨日も話したが俺が無茶を通したせいで遅くなったんだ。バルバロトに責任は無い。だから、責めないでくれ」

「勘違いしておりますぞ、坊ちゃまは。確かに坊ちゃまが無茶をしなければ予定通りに調査は終わっていたでしょうが、最終的に判断を下すのは調査隊の隊長であるバルバロト殿です。隊長としての責務が発生するのは当然の事なのですよ。隊員が判断を誤った場合でも責任を取るのが隊長の務めなのです」

「それは、そうだが……今回は俺が公爵家の人間として我儘を言ったんだ。バルバロトはそれで逆らえずに――」

「庇おうとするのは良い事ではありますが、今は間違いですよ」

「ギルバート殿の言うとおりです。レオルド様が庇ってくださるのは嬉しい事ですが、今回の件については俺の判断ミスが原因です。だからこそ、然るべき罰を受けるのは当たり前の事なんです」

「バルバロト……すまん。俺のせいで」

「部下の失敗をどうにかするのが隊長の役目ですから。それにレオルド様が頑張っていなければ水を見つける事はできなかったんですから、気にしないでください」

現代日本の記憶があるレオルドはバルバロトの言葉に感動していた。バルバロトのような人格者の下でなら喜んで働いていただろう、と。

レオルドが感動している間にギルバートとバルバロトの話は進んでいく。

「水を発見したという事ですが、どの程度だと予想しておりますか？」

「穴の深さから視認はしていませんが、投げ入れた石の反響音からしてそれなりの量はあるかと」

「なるほど。では、水路を造るべきですかな」

「森の中なので井戸は無理でしょうから、それが現実的かと」

「そうなると土属性の使い手を募るべきか……」

「それなら俺が魔力共有で可能だと思うぞ」

「確かに坊ちゃまのスキルを使えば容易でしょうな。しかし、今はゼアトの水不足が問題ですので水路の計画はまた後日に」

ギルバートの言葉を聞いて確かにとレオルドとバルバロトが頷いていたら、壁際に立っていたシェリアが緊張に震えながら手を挙げた。

「あ、あの差し出がましいのですが発言よろしいでしょうか？」

「ん？　いいぞ」

レオルドが一度ギルバートに視線を向けると、ギルバートは了承の意を込めて首を縦に振ったのでシェリアの発言を許可した。

「は、はい。それでは、お話を聞く限りなのですがレオルド様の魔力共有でゼアトの水源になっている溜め池に水を増やすのはダメでしょうか？」

『……』

「あ、あのあの！　もしかして、私失礼な事を言ってしまいましたか!?」

「い、いや、そうじゃない。そうじゃないんだ」

「はっはっはっは……」

「ははは、まさかそのような簡単な事も思いつかなかったとは……」

さっきまで盛り上がっていた三人が突如として固まるものだから、シェリアは物凄く不味い事を言ってしまったのではと焦る。そして、固まっていた三人は三者三様のリアクションを見せる。

レオルドはこめかみを押さえて天井を見上げ、ギルバートは孫娘の意見に乾いた笑い声を上げ、バルバロトは誰もが至らなかった思いつきに頭を抱えている。

オロオロするシェリアはどうする事もできない。レオルドは昨日の苦労は一体なんだったのかと溜息を零した。

「ギル。ゼアトの人口はどのくらいだ？」

「五千人程度かと」

「そうか――シェリア！」

「は、はいぃ！」

「貴重な意見ありがとう。俺達三人じゃ思いつきもしなかった」

「い、いえ！　そんな私なんかの意見なんて大したものじゃありませんよ！」

手を大きく振って過大評価だと言うシェリアにレオルドは笑う。

「ははははは！　大した意見じゃないと言うらしいぞ。俺達はシェリア以下の存在だな」

「これはこれは手厳しい」

「そうですな。我々も負けてられませんな」

「ちょっ!?」

レオルドの意図を察した二人はレオルドに同調するように自身を貶めるような発言をする。

シェリアは三人を馬鹿にしたつもりはないのに、誤解を招いてしまったと焦るが心配はない。

三人共、分かっているからだ。恐らく焦るシェリアの姿を見たレオルドがからかっているのだろうと二人は察して同調しただけである。

ただ、からかわれている本人からすれば堪った話ではないが。

「ははは。冗談だ。誰もシェリアが俺達を馬鹿にしているなどと思ってはいないさ。焦るシェリアが面白くて、ついからかってしまったんだ。許してくれ」

「なっ!?　ひ、ひどいです！　私、また何か粗相をしたのかと思って怖かったんですよ！　また、ギルバート様に叱られるんじゃないかって……」

「悪い悪い。機嫌を直してくれ」

「知りません。レオルド様なんて！」

　ふんっとそっぽを向くシェリアにレオルドは頭を下げる。チラリと頭を下げるレオルドを見てシェリアもこれ以上は祖父であるギルバートに怒られるだろうと機嫌を直した。

「ギル。シェリアには後で褒美をやっておいてくれ」

「よろしいのですか？」

「ああ。ゼアトの水不足が解決できるんだから安いものだ」

　後日、レオルド、ギルバート、バルバロトの三人はゼアトの水源である溜め池を訪れた。ゼアトの住民と魔力共有を果たしたレオルドが水位の下がっていた溜め池を水魔法で満たした。

　こうして、シェリアのおかげでゼアトの水不足は解決する。思えば誰もが思いつきそうな案であった。それから、レオルドが一所懸命に掘った穴は新たな水源として水路の工事を計画する事になったのだった。

　ゼアトの水不足が解決した事をイザベルはシルヴィアに手紙で報告していた。手紙を受け取ったシルヴィアはクスリと笑う。

「まあまあ、レオルド様は賢いのでしょうか。それともお馬鹿なのでしょうか。誰でも思いつきそうな事なのに思いつかないだなんて。ふふっ。可愛らしいと言えばいいのでしょうか」

この頃、シルヴィアの楽しみは定期的に送られてくるレオルドの報告であった。少なからず、シルヴィアはレオルドに興味を引かれていた。

第四話 ✦ モンスターパニック

ゼアトからそう遠く離れていない森の中で、ゴブリンが肉を貪っている。ごくありふれた日常であったが、今回は異常な光景となっている。

ゴブリンが同族であるゴブリンを殺して食べているのだ。

ゴブリンは雑食ではあるが、基本は狩りを行い小動物などを主食としている。だから同族を食べるなど、まずあり得ない。だが、現に今ゴブリンは仲間であるゴブリンを食べている。

同族を食べるなど、余程の飢餓状態でもなければ起こりえない。つまり、今ゴブリンは極限に空腹で仲間すら食べてしまう衝動に陥っている。

やがて、仲間を食べ終えたゴブリンは一時(いっとき)のみ満腹感を覚えるが、すぐに餓(う)えた獣のように涎(よだれ)を垂らして獲物を探し求める。

そして、餓えたゴブリンは獲物を見つける。ゴブリンの前にいたのはゴブリンよりも屈強な身体(からだ)を持つオークだ。

いくら餓えていてもオークには手を出さないゴブリンだが、極限の飢餓状態にあったゴブリンは正常な判断ができない。

ただ、今はこの空腹感を満たしたいと凶暴になったゴブリンは格上の魔物であるオークに襲い掛かる。

しかし、ゴブリン一匹程度オークの相手ではない。オークはゴブリンを簡単に捻り潰して殺した。

普段なら、このまま立ち去るオークであったがオークもゴブリン同様に飢えていた。だから、オークは殺したゴブリンの死体を持ち上げると、大きな口を開けてバリバリと食べていく。

ゴクリと喉を鳴らしてゴブリンを平らげたオークはまだ満たされなかったので、次なる獲物を求めて森を彷徨う。向かう方向にはゼアトがあった。

森で異変が起きている頃、水不足を解決していたレオルドは今日も元気にギルバートにぶっ飛ばされ、バルバロトに叩き潰されていた。

「ぶひぃぃぃいいいいい！！！」

「その叫び声はどうにかならんのですか……」

「ならんのでしょうな……」

炎天下、レオルドは汗まみれ泥まみれになりながらも、懸命にダイエットと名の付いた稽古に励んでいる。

相変わらず、吹っ飛ばされる時の悲鳴が豚のようになるのは変わらない。嘆くギルバートと呆れるバルバロトは溜息が零れるばかりだ。

　そんな二人の気持ちに気付く事はなく、吹き飛ばされたレオルドは木剣を杖代わりに立ち上がる。プルプルと生まれたばかりの子鹿みたいに足を震わせている姿に覗き見しているシェリアは笑わずにはいられなかった。

「ぷふっ！　ガンバレー、レオルド様ー」

　その声は笑っていたせいで震えていた。

　シェリアが覗き見している事を知らないレオルドは覚束ない足取りで稽古相手であるバルバロトの前に戻る。

「次だ……！」

「では、行きますよ！」

　カンカンと木剣がぶつかる音が屋敷に鳴り響く。使用人達にとっては日常となっているＢＧＭと化していた。

「ふっ！」

「甘い!!」

「くっ……！」

「そこ！」

「ぐあっ!?」

　攻めるレオルドだったが、甘い部分を狙われてバルバロトの反撃を許してしまい、手を叩かれて木剣を落とす。

「まだまだですね」

「くぅ……」

バルバロトの言葉にレオルドは悔しそうに唸りながら木剣を拾い上げる。

「しかし、レオルド様も大分上達されましたね」

「そうは言うが、未だに一本も取れていないぞ」

「そりゃ、俺は常日頃から剣を振るっていますからね。つい最近、剣術の稽古を再開したレオルド様に負けては俺の立つ瀬がありませんよ」

「むう。弟子に花を持たせようとは思わないのか？」

「それで満足するなら構いませんけど？」

「ちっ。見てろよ。お前らから必ず一本取ってみせるからな」

強気な宣言をするレオルドにバルバロト、ギルバートの顔が綻ぶ。

「ふふふ。まだまだ元気がありそうですな、坊ちゃま」

「そうみたいですね。では、もう一度やりましょうか」

「いや、あの、どうしてそんなに笑ってるの？」

真っ黒な笑みを浮かべる両名にレオルドは震えながらも立ち向かった。

結果はいつものように啖呵を切ったレオルドが二人によって盛大にボコボコにされたのであった。

「いてて……っ！　今日は沢山痣ができてるな」

泥まみれになった身体を濡れたタオルで拭くレオルドは自身の身体にできた青痣を見て溜息を零す。

「はあ……いつになったら二人から一本取れるようになるんだろ」

残念ながら、まだまだその日は遠い。

伝説の暗殺者であるギルバートにゼアト一の騎士であるバルバロトから一本を取る事は今のレオルドには難しい。

ただ、レオルドが腐らずに武術の鍛錬に打ち込んでいれば可能性はあった。しかし、今のレオルドはブランクがある為、二人との実力差を埋めるのは時間が掛かる。

なので、レオルドが二人から一本を取るのはまだまだ先の話だ。

レオルドは汚れた身体を綺麗にしたら、用意されている新しい服に着替えて食堂へと向かう。

午前の稽古で動き回ったレオルドは空腹で食堂から漂う美味しそうな匂いに抗えない。

思わず食堂の扉をバンッと勢いよく開けてしまい、中にいた使用人を驚かせてしまう。

「坊ちゃま。空腹で我慢がならなかったのは分かりますが、皆が驚くのでドアは静かに開けてください」

「う、うむ。すまなかった」

ギルバートに注意されて反省するレオルドは席に着いた。

食事の準備が整い、レオルドは一人食事を進めていく。

レオルドが食事を終えた時、食堂へとバルバロトが駆け込んできた。どうやら余程の事があったらしく急いで来たようだ。

「何事ですかな。バルバロト殿」

「ギルバート殿！　少々お耳を」

咎めるような視線でバルバロトを睨んでいたギルバートだったが、バルバロトの焦燥した様子に只事ではないと察してバルバロトに近寄る。

「巡回中の騎士から連絡がありまして、どうやらモンスターパニックの兆候が発見されたそうです」

「それは本当ですか？」

「はい。間違いないかと」

「ならば、すぐにこの事実を領主であられるベルーガ様にご報告せねば」

「お願いします。私は防衛の為にこちらへはしばらく来れませんので、レオルド様には上手く伝えておいてください」

「分かりました。ご武運を」

内緒話が終わった二人はそれぞれ別れる。バルバロトは兵舎へと戻り、ギルバートはレオルドの元へと。

「バルバロトは何の用だったんだ？」

「その事については執務室でお話ししましょうか」

「え……？」

思わぬ返答にレオルドは間の抜けた顔を見せた。

執務室へと連れて来られたレオルドは扉を閉めているギルバートに質問を投げる。

「食堂では話せない事だったのか？」

「はい。少々、急を要するもので他の使用人に余計な混乱が生まれてしまう為、ここを選びました」

「そうか。で、バルバロトとは何を話したんだ？」

「……モンスターパニックの兆候を発見したとの事です」

レオルドはギルバートの言葉に首を傾（かし）げる。初めて聞く単語だったからレオルドには慌てる意味が分からない。

「……モンスターパレードではないのか」

魔物行進（モンスターパレード）は運命48（ディスティニー・フォーティーエイト）のイベントにあったので、レオルドはそれが発生したのではと予想してギルバートに聞き返したのだが、ギルバートはレオルドが何を言っているのかと首を傾げている。

「モンスターパレードではありませんよ。モンスターパニックです」

「……すまん。詳しく説明してくれ」

レオルドは運命48のゲーム知識にない単語が出てきてこめかみを押さえてしまう。全く分からないので素直に聞くレオルド。

「モンスターパニックとは魔物が飢餓状態に陥り、食料を求めて凶暴化する現象です。この現象については多くの学者が調べておりますが、未だに原因は判明しておりません。定説ですと魔素が原因とされていますが、断定はできておりませんな。そして、モンスターパニックの特徴ですが魔物が飢餓状態に陥り凶暴化するのですが、食欲が思考の大半を占めているようで目に付くもの全てを餌と思い込み襲い掛かるのです。一例としては最弱と呼ばれるゴブリンが格上であるオークに襲い掛かったりします。本来のゴブリンであれば、まず有り得ない行動です。仮にオークへと襲い掛かるとすれば数の上での有利性がある時のみですな」

「ふむ……大体分かったが、それほど脅威な事なのか？　俺としてはモンスターパレードの方が脅威に思えるが……」

「そうですな。モンスターパレードとモンスターパニックですと、後者の方が脅威となります。理由を説明しますと、まずモンスターパレードは強力な個体が魔物の群れの中に生まれて群れを統率する事から始まります。例えで言いますと、ゴブリンキングといったところですな。ゴブリンキングが生まれると、群れを統率して勢力を増やしていきます。そして、村や街といった場所を襲うのです。魔物が統率されて軍隊のようになるのは脅威ですが、対処法は簡単でゴブリンキング、つまり群れの長を倒せば統率は乱れて烏合(うごう)の衆と化しますので撃退は容易です。ただ、簡単とは言いましたが実際に行うのは難しいです。

人と同じように守りを固めたりしますからね。そして、今回のモンスターパニックなのですが、こちらは統率の取れていない魔物の集団が襲ってくるようなものです。しかも、同族だろうとなんだろうと飢えを満たす為に多くの屍を築きながら」

ギルバートの説明を聞いてレオルドは、その凄惨な光景を想像してしまい、あまりの恐怖に息を呑む。

「さらに凶暴化しており、普段よりも力を増しています。そして、食欲は睡眠欲を凌駕し、昼夜を問わず餌を求めて暴れ回るのです。極めつきは同族だろうとなんだろうと食い殺して進化を果たし、より強大な魔物が生まれる事です。それに加えて進行方向も何もあったものではありません。ただ飢えを満たす為に動き回りますから対応も遅れがちになってしまいます。重要な対処法ですが、魔物の殲滅しかありません。昼夜を問わず普段よりも凶暴性を増して襲い来るモンスターパニックと、統率が取れて軍隊のような魔物が押し寄せてくるモンスターパレード。どちらが、脅威とお思いですか？　レオルド様」

「十分理解した。どうやら、事態は最悪のようだな」

「はい。王都へと知らせ、援軍を呼び寄せねば対処は不可能でしょう。私はこれより旦那様へと知らせるので、午後からの稽古はありません」

「分かった。なら、俺はいつものように魔法の鍛錬に努めるとしよう」

極めて冷静なレオルドは執務室を後にする。

だが、扉を閉めてギルバートの目がなくなると、途端に震え始めた。

（あひぃぃぃぃぃ！　何！　なんなの!?　馬鹿なの!?　死ぬの？？？　なんだよ、モンスターパニックって！！！　そんなのゲームじゃ聞いた事ないって！　モンパレよりも鬼畜な仕様ってなんだよ！　ふざけんなっ！　製作者出て来い！！！　くっそ～！　完全に油断してた。モンパレはまだ先だから心の準備はできたのに、突然すぎるだろうが！！！　ちくしょう！　戦えって言われたらどうしよう……）

執務室から自室へと戻るレオルドは心配で心配で堪らなかった。ゲームのイベントとして知っていたモンスターパレードではなく、未知の出来事であるモンスターパニック。内容はモンスターパレードよりも恐ろしいものでレオルドは自分まで戦う羽目になったらどうしようかと不安で仕方がなかった。

ぶるぶると見えない脅威に震えていたレオルドだが、ここで一つの可能性を思い出す。

それは、真人の記憶が目覚めた当初の事だ。真人の記憶から呼び起こされるのは、ゲームなどの決まった物語がある異世界転生には欠かせない存在。

世界の強制力だ。レオルドは、運命48では主人公のジークフリートがどのヒロインを選んでも死ぬ運命にある。死因は様々だが、どう足掻いても死ぬ。

つまり、その時が来てしまったのではないかとレオルドは推測する。だが、ここで一つおかしな事に気付く。

レオルドの死因は魔物によって殺されるものもあったが、モンスターパニックではなくモンスターパレードだ。なら、今回は違うのではと首を傾げるが、そこに世界の強制力という要素が加わったなら話は変わる。

世界は真人の記憶を持ったレオルドを異物として排除しようとしているのではないのかという答えが出てくる。

レオルドはその答えに辿り着くと、怒りを露わにして鬼の形相を見せる。

（ゆ、許せね～！　ぜってー死ぬもんか！　世界の強制力が働いてるか知らないが、こちとら死なないように毎日地獄のような鍛錬を積んできたんだ！　生き延びてやる……生き延びてやるぞ！　俺は！！！）

怒りに燃えるレオルドは世界の強制力かもしれないモンスターパニックに挑もうとしていた。

レオルドが一人決意している頃、ギルバートは執務室で領主であるベルーガへと報告書を綴っていた。

「さて、今回は急ぎですからね」

いつもならば、部下に手紙を預けて公爵邸にいるベルーガへと届けるのだが、今回は急を要するので別の方法で届ける。

ギルバートは執務室の窓を開けると、指笛を吹いた。ピィーッと音が鳴り渡って、しばらくすると一羽の鷲がギルバート目掛けて飛んでくる。そのまま、ぶつかると思いきや鷲は減速してギルバートの肩に止まった。

「お利口ですね。よしよし」

ギルバートは肩に乗っている鷲を存分に可愛がった後、ベルーガへの手紙を取り出す。

「貴方にはこれを届けて貰いたいのです。届け先はベルーガ様へお願いします。無事に届け終わったら、ご褒美にお肉をあげますので、どうかよろしくお願いします」

ギルバートは律儀に鷲へと懇切丁寧に説明する。鷲が理解できるものかと疑ってしまう光景であるが、鷲は一鳴きするとギルバートの手紙を嘴に咥えるとギルバートの肩から窓の外へと飛び立っていく。

「頼みましたよ……」

憂鬱げな顔で呟くギルバートは執務室を後にする。


所変わって公爵邸で書類整理に忙しいベルーガの元へ部下が走り込んで来る。バンッと扉を勢い良く開けて飛び込んでくるものだから、ベルーガも驚いてしまう。

「何事だ？　いきなり飛び込んできて、どういうつもりだ!?」

「も、申し訳ありません。ですが、一刻も早くこの手紙を届けねばと思いまして……」

部下が取り出したのはギルバートからの手紙だ。しかし、それだけならば別に急ぐ理由もない。無駄にベルーガの機嫌を損ねるだけだが、急ぐ理由があった。

「ギルバート殿から急ぎの報せです。ギルバート殿が飼っている鷲が届けに来ました」

「何っ!?」

ベルーガが驚いたのはギルバートが飼育している鷲を使っての報せだったからだ。普段は人を使って手紙を届けているが、今回は余程の急ぎだったらしく、飼育している鷲を使ってまで報せたい事があるという事だ。

ベルーガは部下から手紙を受け取り、封を切って中身を確かめる。

「な、なんだと……！　大至急、国王陛下にお取り次ぎしろ！　事は一刻を争う！　急げ！」

「お、恐れながらベルーガ様。お手紙の内容はなんと？」

「……モンスターパニックの前兆を確認したとの事だ」

「な!?　た、直ちに国王陛下へと報告いたします」

ベルーガから手紙の内容を聞いた部下は真っ青に顔を染めて部屋を出ていく。部下が出ていったのを見たベルーガは頭を抱える。

「次から次へと問題ばかり……レオルドがゼアトに行ってからか……神はレオルドに試練でも与えているつもりか？」

頭を悩ませる原因は辺境送りにした息子のレオルドについてだ。

レオルドをゼアトに送ってから、立て続けに問題が起こっている。勿論(もちろん)、レオルドが原因というわけではないがタイミングが悪い。レオルドを送ってからなので、どうしても邪推してしまう。

レオルドは疫病神なのではと考えてしまうが、ギルバートからの定期連絡ではレオルドの成長は著しい。

最早、別人なのではと勘繰ってしまうほどだがギルバートが嘘をつくはずがない。ならば、ギルバートからの報告は正しく、レオルドは立派に育っている。

さらにレオルドは屋敷を襲ったワイバーンを撃退したり、ゼアトの水不足を解決したりと喜ばしい成果を出している。

ならば、神がレオルドに試練を与えていると言う方がしっくりくる。

「……考えても仕方がない。報告を纏めておこう」

ベルーガは疲れた目を解すように目頭を揉みながら、書類を纏めていく。問題ばかりが山積みになっていく事に溜息を吐いた。

ベルーガが書類を纏め始めてから、しばらくすると扉をノックする音が聞こえてくる。

ベルーガは書類を纏めながら、入室の許可を出すと、部屋へ入ってきたのは妻であるオリビアだった。

「失礼します」

「オリビア。どうしたんだ？」

「いえ、先程部下の方が走り回っていたので気になってしまい貴方にお話を聞こうと」

「ああ。そうか……オリビア、落ち着いて聞いて欲しいのだが、ゼアトでモンスターパニックが起こるかもしれない」

「えっ！　レオルドは！　レオルドはどうなるのですか!?」

「……連れ戻す事はできない」

「そんな……どうにかならないのですか？」

「現状、レオルドは罰としてゼアトへ押し込めている。それをモンスターパニックが起きたから、保護したいという理由では無理だろう」

「じゃあ……レオルドは……」

「モンスターパニックで死んでしまったら、それがレオルドの運命だったと諦める他にない」

「あぁ……」

眩暈を起こして倒れ込むオリビアに焦ったベルーガは駆け寄る。

「オリビア！」

「ベルーガ……レオルドが……私達のレオルドが……」

「すまない……父親だというのに息子を救えない私を許してくれ」

いくら過ちを犯したレオルドといえども、やはり二人にとっては大切な息子に変わりはなかった。

できる事ならばゼアトから避難させたいが、世間が許さない。何もできないベルーガは下唇を噛んで耐えるしかなかった。

ベルーガからの一報により王城は騒然としていた。大臣達が慌ただしく動き回っており、騎士を纏める騎士団長も忙しそうにしていた。

ベルーガからの報告から既に三日が経っており、迅速な対応を求められベルーガを含む貴族が王城に集められていた。

重苦しい雰囲気で机を囲んでいる貴族の前に国王が姿を現す。国王が現れた事で席に着いていた貴族は立ち上がり国王へと頭を下げる。

「これより緊急会議を始める。既に周知していると思うが、此度ゼアトにてモンスターパニックが発生した」

モンスターパニックという言葉にざわめく貴族たちであったが、国王の一言により静かになる。

「静粛に。前回、モンスターパニックが確認されたのは今から三十年ほど前だ。当時の被害は村が三つ、町が一つで犠牲者の数は行方不明者を含めれば千を超えている。故に此度のモンスターパニックに私は騎士を一万、ゼアトへと派遣させようと思う」

「陛下。恐れながら、騎士を一万も派遣するのは些か過剰ではありませんかな？　聞くところによると、ゼアト近郊でモンスターパニックが発生したとの事。堅牢な砦に守られているゼアトならば、一万の援軍は必要ないかと思いますが？」

「ふむ。確かにゼアトの守りは堅牢であろうが、モンスターパニックは昼夜を問わず、普段よりも凶暴性を増した魔物が襲い掛かってくるのだ。私は一万でも少ないと思うのだがね」

「ですが、陛下。ゼアトにも駐屯している騎士がおります。彼らは常日頃から、魔物という脅威からゼアトを守っている屈強な騎士達です。もしも派遣するなら数を減らすべきです。一万となると補給物資も馬鹿になりませんからな」

「なるほど。だが、ゼアトが落ちれば次に狙われるのは、どこか分からぬぞ。モンスターパニックはモンスターパレードと違い、明確な目的もなく、ただ食料を求めているのだからな」

これには意見を述べていた貴族も押し黙る。国王の言うとおり、モンスターパニックは食料を求めて無闇矢鱈と周辺の村や町を襲うのだ。

モンスターパレードであればゼアトの次に狙われるのは間違いなくベルーガが治める領地である。

モンスターパニックは地震や台風と同じで人知を超えた災害なのだ。だから、人が理解しようなど不可能に近い。

「さて、他に意見はないか？」

国王はもう一度貴族たちを見渡して意見を求める。すると、一人の貴族が手を挙げる。

手を挙げたのはモンスターパニックが発生したゼアトを治めるベルーガだ。

「陛下。恐れながら私も一万の援軍は過剰かと」

静観していた貴族に動揺が走る。今回、モンスターパニックが発生したゼアトを治めているベルーガが反対意見を言うなどと誰も思わなかったからだ。

普通ならば、自身の領地が危機に陥っているのだから助けを請うべき立場だ。なのに、拒絶する意味が分からない。

「……何故だ？　ベルーガよ、お前の領地であろう？　何故、一万は過剰だと？　お前はゼアトを領民を見捨てるつもりか？」

「いいえ、陛下。現在、我が国にいる騎士は十万です。モンスターパニックは確かに脅威ではありますが、我が国の騎士を一割も動員させるのは得策ではありません」

「ならば、他に案があるのか？」

「ありません。ですが、国の要である騎士を一割も動員させるべきではありません。二千もいれば十分かと」

「それでは少なすぎるだろう。ゼアトが落とされればどうなるかは分かっているだろう？」

「はい。ですから、ゼアトの後方に騎士を派遣してくだされればと」

「それは、ゼアトを見捨てるという事か？」

「違います。モンスターパニックは陛下も仰ったとおり無差別に襲い掛かってきます。ならば、ゼアトではなく別の村や町を襲う可能性があります。なので、堅牢な守りを持つゼアトよりも騎士を派遣すべき場所はゼアトと違って守りが薄い村や町にすべきです」

「そうか。私とした事が見落としていたな。お前の言うとおりだ。ゼアトへの派遣は騎士二千名とし、ゼアト周辺地域に八千名の騎士を派遣する。他に意見はないか？」

席についている貴族をぐるりと見渡す国王に誰も意見を述べる事はなかった。

「では、これにて緊急会議を終了とする」

国王が最初に会議室を出ていくと、順次階級順に部屋を出ていく。

ベルーガは用意された部屋に行くと、どっと疲れたのか大きく息を吐きながらソファに沈む。

疲れているベルーガがぼんやりと天井を眺めていると、国王であるアルベリオンが訪れる。

「大丈夫か？」

「なんとかな……しかし、ああも露骨に責めてくるとは……」

「まあ、今回の一件でお前の地位を落としたいのだろう。モンスターパニックで甚大な被害が出れば責任を問われるのはお前だからな」

「分かってはいるが……ままならぬものだな」

「仕方あるまいよ。我々の祖父も父も通ってきた道だ」

「はあ……今日は少し付き合ってくれ」

「いくらでも」

精神的に疲れているベルーガは酒を飲まなければやっていられないと、国王であり友であるアルベリオンと酒を酌み交わした。

　そして当然ながら、シルヴィアもゼアトでモンスターパニックが起きている事を知っていた。

「助けに向かいたいですが私には王都の守護が……。歯痒いですがレオルド様の武運を祈るしかありませんね」

　興味の対象であるレオルドが死ぬのは見過ごせないと思っているシルヴィアだが、シルヴィアはそのスキルから王都を離れる事はあまりできない。

　だから、シルヴィアは助けに行きたいという気持ちを抑えてレオルドの無事を祈るばかりであった。


　モンスターパニックの兆候が確認されてから、かれこれ一週間が経過していた。ゼアトでは緊急事態に騎士達が大忙しで、休む暇もなく動き回っている。

　当然、レオルドの住んでいる屋敷も例外ではない。使用人達がバタバタと屋敷を走り回っており、避難の準備を進めていた。

　ただし、その中にレオルドとギルバートの二人は含まれていない。レオルドはゼアトへと幽閉されている身なので逃げる事は叶わない。

　そして、ギルバートはレオルドを守るという名目で留まる事になっている。

最初は多くの使用人達が二人にも逃げるように説得したが、レオルドは残念ながら当主であるベルーガから科せられている罰で動けない事を説明して使用人達を黙らせた。同じようにギルバートも孫娘のシェリアが必死に説得したが、レオルドを守ると譲らなかったので諦めるしかなかった。

ギルバートが残るならシェリアも残ると騒ぎ出したが、ギルバートが説き伏せて避難する事を決めた。

そして、このときイザベルは自分が戦闘が可能な事を打ち明けて残る事にした。まあ、元々レオルドからは怪しまれており、ギルバートには只者ではないと見抜かれていたので特に驚かれる事はなかった。

使用人達はイザベルを残し、レオルドの実家である公爵邸へ避難する事になる。三人しかいない屋敷は静かであり寂しく感じる。

「父上からはなんと？」

「……騎士と共にゼアトの防衛に努めよ、との事です」

「ははっ。そうか。なら、父上の期待に応えねばな」

(旦那様は一体何を考えていらっしゃるのか……？　息子を死地に向かわせるなど……！いや、他の貴族が妨害してきたのか？　それとも、レオルド様の成長を確かめる為か？だとしても、他にもやり方はあるだろうに……。考えても仕方がない。旦那様のご命令通り、私は最後までレオルド様をお守りしましょう)

ギルバートはモンスターパニックの情報を逐一ベルーガに報告していた。

恐らくだが、ベルーガは国王に報告して情報を共有していたのだろう。そこにベルーガの息子であるレオルドが関与する余地はないが、ベルーガを良く思わない貴族が嫌がらせにレオルドを防衛に加えようと画策したに違いない。

だが確証はない為、断言する事はできない。だから、ギルバートはベルーガの命令であるレオルドの護衛に精一杯尽くすと決めた。

「状況はどうなっている？」

「恐らくですが、あと一日も猶予が無いかと」

「騎士団へは俺が参加する事は伝わっているのか？」

「はい。既に通達されています」

「分かった。なら、行こうか」

「私もお供します」

「死ぬかもしれんぞ？」

「御安心を。そう簡単に死ぬほどやわではありませんので」

「……そうか。ならば、何も言うまい」

レオルドはギルバートとイザベルを連れて作戦本部が置かれているゼアト砦へと向かう。

砦内部では既に出撃した騎士が戻ってきており、体力の回復に努めている者もいれば怪我の治療を受けている者もいる。

レオルドは初めてみる悲惨な光景に目を背けそうになるが、この世界で生きていく以上避けては通れぬ道だと、その光景を目に焼き付けた。

「被害状況は？」

「は！　第一部隊に負傷者が続出して撤退、第二部隊が現在は応戦中で、第三部隊が応援に向かっています！」

「ご苦労。下がっていいぞ」

「は！」

扉から出てくる騎士とすれ違うようにレオルドとギルバートが作戦本部に入る。

思わぬ客が入ってきたので、作戦本部を任されている初老の騎士が慌てて立ち上がり、レオルドとギルバートへと敬礼をする。

「良い。今は挨拶よりも戦況が聞きたい」

「は！　今はモンスターパニックの規模が小さい為、ゼアトに詰めている騎士団でなんとか戦線を維持しております」

「犠牲者の数は？」

「幸いな事にゼロです。ただ、負傷者が増える一方であまりよろしくない状況とも言えます」

「分かった。王都から連絡があったと思うが、俺とギルが防衛に参加する。部隊を配置してもらいたい」

「では、第一部隊が今砦内で休息を取っていますので、次の出撃に参加させましょう」

「話が早くて助かる」

「いえ。こちらも猫の手も借りたいほどに切羽詰まっておりましたから、お二人の戦力追加はありがたい話です」

「ギルはともかく俺はあまりな……」

「バルバロトから聞いておりますよ。レオルド様なら何とかしてくれると」

「あまり期待しないで欲しいのだが……できる限りの手は尽くそう」

「よろしくお願いします。それで、そちらの使用人は？」

「ああ、イザベルは負傷者の手当てだ。人手が足りないと思ってな」

「おお！　それは有り難いです！　負傷者は増える一方で人手が足りませんでしたから！」

現在、負傷者が増え続けており看護する者が足りなくなっていたので騎士は大喜びだ。

しかし、イザベルの方は突然の事で困惑しておりレオルドへ小声で話しかける。

「聞いておりませんが？」

「仕方がないだろう。お前が戦えると言ってもどれ程なのかは分からないのだから連れて行く事はできん。なら、ここに残すしかない。分かるか？」

「それは、まあ……。

分かりました。レオルド様のご命令通り、私は砦に残り負傷者の手当てに回ります」

「聞き分けが良くて助かる」

そのあと、レオルドと連れの二人は頭を下げる騎士へ一言告げてから砦内を歩く。砦内を歩きながらレオルドはギルバートへと問い掛ける。

「ギル。俺はどうしたらいい？」

「どうしたらいいとは？」

「俺は実戦経験に乏しい。以前、水源の調査で森を散策した時に魔物と交戦したが、それ以降はお前とバルバロトとの模擬戦しかない。

だから、俺はどうすればいい？」

「ああ……でしたら、簡単な事です。レオルド様は自分がやりたいようにやればいいのです」

「だが、それだと他の者に迷惑がかかるだろう？」

「大丈夫です、レオルド様。私がおりますゆえ」

「……そうか。そうだな。ギル、お前を信じよう」

砦内を歩いてレオルド達は負傷者がいる広間へと行き、イザベルを残して立ち去る。

やがて、時は経ちレオルドとギルバートを新たに加えた第一部隊が再出撃する。

交代の為に第二部隊と入れ替わるように第一部隊は出撃した。

森を駆けている途中、何度もレオルドは魔物の死骸を目にした。グロテスクな光景に吐き気を催すが、ここから先にはもっと酷い光景が待っている。

こんな所で挫けるわけにはいかないと、レオルドは己に喝を入れて先へと進んだ。

第一部隊が前線へと向かっている最中に、後退してきた第二部隊を見つける。

「戦況報告！　現在、第三部隊が前線で魔物と交戦中。魔物の数は二百から三百と思われる。確認できたのは、ゴブリン、コボルト、オークの三種。中には上位種も含まれているので注意せよ！」

「了解！」

下がっていく第二部隊を尻目に第一部隊は前線へと向かう。

しばらく進むと騎士の怒号と魔物の鳴き声が聞こえてくる。この先で戦っているのだと、はっきりと分かる。

「総員。気を引き締めよ！」

『おう！！！』

「レオルド様。貴方はお好きなように動いてください。ただ、魔法を使う際は大きな声で指示をお願いします」

「分かった」

「では、我々は行きます！」

レオルドとギルバートを除いた第一部隊は戦線へ参加する。

出遅れた二人だったが、すぐに戦線へと合流を果たす。レオルドがそこで見たのは、返り血で真っ赤に鎧を染めて、鬼神の如く奮闘しているバルバロトだった。

「おおおおおおおおお！！！」

ザシュッとバルバロトは眼前にいるオークを両断した。魔物の咆哮に負けず劣らずの雄叫びを上げながら、バルバロトは次の敵へと向かう。

（ひえっ……映画とかなら迫力満点で大絶賛だけど、現実で見たらおしっこちびりそう。あっ、ここ現実だった）

少し股を濡らしてしまったレオルドは生き残る為にも戦いへと身を投じる。

思わず後ずさりそうになるレオルドだが、しっかりと役目を果たす為に前へと出る。

剣を抜いたレオルドに魔物が襲い掛かる。新しく現れた餌を前に魔物達は衝動を抑えきれない。

食欲に支配されている上に、多少は痩せたがまだまだ贅肉だらけのレオルドは魔物達からすれば極上の肉にしか見えなかった。

「悪いが俺を食っても美味くはないぞ」

襲い来る魔物をレオルドは一閃。そのまん丸な身体で、よくそれだけ動けるものだとレオルドを見ていた騎士達は感心している。

レオルドは一切気を緩めずに襲い来る魔物を次々と斬り伏せる。しかし、数が多すぎる。レオルドは僅かながら集中を乱してしまい、魔物の攻撃を許してしまう。

「しまっ――」

眼前にゴブリンの爪が迫ったと思ったら、あらぬ方向に爪は伸びていく。

一体何が起こったのかとゴブリンを見たレオルドは目を見開く。レオルドに襲い掛かったはずのゴブリンは首から上が存在しなかったからだ。噴水のように首から血を噴き出してゴブリンは倒れる。

どういう事なのかと疑問に感じたが、すぐにその疑問は晴れる。

「モンスターパニックは常に魔物が襲い来るのです。敵を倒したからといって気を緩める事なく常に引き締めるように」

「あっ、はい……」

戦場だというのにギルバートは集中を乱して魔物に攻撃を許してしまったレオルドを説教する。

ここが戦場だという事を忘れているのかと、怒鳴りつけたくなる光景なのだが先程から襲い掛かる魔物は悉く頭をギルバートに粉砕されている。

四方八方から絶え間なく魔物が襲い掛かっているが、ギルバートは涼しい顔で魔物を確実に殺しながらレオルドへの説教を続けた。

とんでもない光景に騎士達は目玉が飛び出るのでは、というくらい凝視してしまう。

勿論、魔物はそのような事情は知った事ないと襲い掛かるが簡単にやられるほどゼアトの騎士は弱くない。

次々と騎士達は魔物を殺し数を減らしていく。だが、騎士達が奮闘するも魔物の数はどんどん増えていく。

減っていく速度よりも圧倒的に増える速度の方が速く、騎士達の表情も曇っていく。

そして、戦い続けていた第三部隊に怪我人が続出する。疲労が溜まっていたところを狙われてしまったようだ。

怪我人の援護と救援に向かう人員を割いて、戦線が崩れかける。

「うわあああああっ！」

「ぐあああっ!?」

「ぎゃああああっ!!」

このままでは一気に戦局が傾き、不利になると判断したギルバートだが動こうとはしなかった。

何故ならば、ここにはもう一人頼りになる人間がいるからだ。

「はあああああああああっっ！！！」

大きく跳躍したバルバロトが剣を地面へと突き刺した。

すると、バルバロトを中心に地面がひび割れて魔物達は体勢を崩した。ここが好機だと全ての騎士が駆ける。

「おおおおおお!!」

「死ね！　死ね！　死ねぇぇぇ！」

「くたばれ!!」

魔物への恨み辛みを吐きながら騎士達は魔物を殺していく。

　その様子にレオルドは若干引いているが、ここが本物の戦場なのだと理解させられる。目を背ける事は許されず、目を瞑る事はできず、ただその光景を脳裏に刻みながらレオルドも魔物を殺し回る。

「ゴアアアアアア！！！」

　突如として戦場に魔物の咆哮が鳴り渡る。とてつもない声量にビリビリと空気が震えて、騎士達は耳を塞いだ。

「くっ……この鳴き声は！」

　バルバロトが憎らし気に振り向く先にいたのは、真っ赤な身体に人間の倍はある巨体を持ち二本の角を生やした鬼。

　ゴブリン、コボルト、オークなど前座に過ぎない。真の恐怖は絶望は惨劇はこれからが本番だとオーガは空に吠える。

　そして、他の魔物同様に正気を失って凶暴性を増しているオーガが走り出した。一歩一歩が尋常ならざる力で地面を陥没させている。

　我武者羅に走って迫る姿は恐怖そのものだ。ただでさえ、オークを上回る巨体を持つオーガだ。怖くないはずがない。

　現に多くの騎士とレオルドは恐怖に呑まれていた。どうしようもなく恐怖に怯えてレオルドは動けない。動こうにも足が言う事を聞かない。

　逃げなければいけないのに、逃げる事すらできないレオルドは助けを求めるようにギルバートに目を向けるが、ギルバートはゆっくりと腕を伸ばして前方へと指を差した。

前を見ろ、とギルバートは示している。ならば、疑う事などなくレオルドは前を見る。

そこには、剣を構えて威風堂々とオーガの前に立ち塞がるバルバロトがいた。

「我が武勇を見よ！！！　恐れるな！　前を見よ、俺がいる！！！　我が眼前にいかなる敵がいようとも悉くを斬り伏せてみせようぞ！！！　ならば、恐れる必要は無い!!　同胞よ、立ち上がれ……剣を取れ！　今こそ己が武勇を示す時だ！！！」

恐怖に呑まれていたレオルドはその言葉に、その背中に確かな勇気を感じた。

自身よりも強大な相手だろうと退く事をしないバルバロトは誰よりも格好よく見えた。

「バル……バロト……ッ！」

「うぅぅうおおおおおおおおおおっ！」

バルバロトがオーガと同じように咆哮を上げて駆け出す。オーガとバルバロトが遂にぶつかる。

ただ喰らう為に。

ただ殺す為に。

互いに一切の思考を捨てて、眼前の敵を喰らおうと、眼前の敵を殺そうと。

オーガは丸太のように太い腕を振るい、バルバロトは一条の閃きを繰り出した。

「ゴアアアアアッ!?」

オーガの腕が宙を舞い、バルバロトの剣がオーガの腕を斬り落とした事を証明する。

正気を失っていても痛みは分かるオーガは苦悶の雄叫びを上げている。

「終いだ……！」

「ガッ……アァ……」

痛みに悶えているオーガの首を斬り落としたバルバロト。血飛沫がバルバロトを濡らしている中、レオルドは見惚れていた。

（カッコよ！！！　怖いけどめっちゃカッコイイ!!　やばっ、興奮してきた）

バルバロトの勇姿に当てられたのか、レオルドは興奮してしまう。

自分もいずれあのようなカッコイイ男になりたいと願ってしまったのだ。なら、ここで怯えているわけにはいかない。

覚悟を示す時が来たのだ。

既に怯えはない。

バルバロトの勇姿をしかと見た。

ここは戦場。見渡せば周囲は魔物だらけで囲まれている。

だが、恐れる事はない。教えて貰ったのだ。ギルバートとバルバロトに戦う術を。

先程のような失態はもう許されない。見てくれているギルバートとバルバロトに落胆されたくないから。

だから、レオルドは自分の両頬を思いっきり打つと、気持ちを入れ替えた。

「行くぞ……！」

身体強化を施して戦場を駆け抜けるレオルドは、その勢いのまま剣を振り抜き、魔物を両断する。

上半身と下半身に分けられた魔物はドシャッと音を立てて倒れる。だが、死んではいない。

上半身だけになった魔物は這い蹲るようにレオルドへと手を伸ばす。レオルドはまだ生きている魔物に感心しながらも脳天へと剣を突き刺して止めを刺す。

（やば……っ！　真っ二つにしても死なないのか。横じゃなく縦が正解か。しかし、見た感じ腕を切っても足を切っても襲ってくるみたいだな。痛みを感じていても食欲が痛みを凌駕してるって事か……）

レオルドは魔物を斬り殺しながらも冷静に戦場を観察する。

騎士が魔物の腕を斬り落としているが、魔物は痛みに悶えながらも騎士へと襲い掛かっている。

普通なら、本能に従って逃げ出すような場面だが、これがモンスターパニックの恐ろしいところなのだと理解した。

確実に殺さなければ、敵は四肢をも失おうとも飢えを満たす為に襲い掛かって来るのだ。

本能が食欲で支配され理性を失った凶暴な魔物は脅威としか言いようがない。たとえ、油断していなくても一つのミスが命取りになりかねない。

「ちっ……」

忌々しいとレオルドは舌打ちをする。ギルバート、バルバロトの両名に毎日鍛えられているおかげでゴブリン、コボルト、オーク程度ならば相手にはならない。

だが、いくら実力が勝っていようとも数の上では圧倒的に不利なのは頂けない。

現に疲弊している騎士の魔物を殺す速度が落ちている。それに加えて魔物からの攻撃を受けて負傷者が増えている。

衛生兵として回復術士はいるが、負傷者の数が多くてカバーしきれていない。

このままだと、しばらく経たない内に撤退を余儀なくされるだろう。既に、戦い続けている第三部隊はバルバロトを除いて疲労がピークに達している。

今、戦っていられるのはバルバロトが見せた光景が大きく影響しているからだろう。体力ではなく気力で動いているに違いない。

それにとレオルドは共に応援として来た第一部隊に目を向ける。第三部隊に比べると、まだ動けてはいるが肩で息をしている者が増えている。

休息を取ったがまともに休めていなかったのだろう。仕方がない。今は、モンスターパニックという非常に厄介な災害が起こっているのだから安心して休めるはずもない。

「……バルバロト！　跳べっ！」

「御意！！！」

最前線で獅子奮迅の活躍を見せていたバルバロトにレオルドは指示を飛ばす。すかさず、バルバロトは跳躍をして空へと移動する。

バルバロトが空へと移動した事を確認してレオルドは詠唱を破棄して魔法を発動させる。

「ショックウェイブ！」

レオルドの手から扇状に電撃が放たれる。前方にいた魔物は避ける事もできずに電撃を浴びてしまう。

しかし、電撃を浴びた魔物は死ぬ事はなかった。詠唱を破棄したから威力が出なかったのかと騎士達は疑うが、レオルドは気にせずバルバロトへ指示を出した。

「バルバロト！　敵は麻痺して動けないはずだ！　今のうちに数を減らせ！」

「ッ！　はい！」

一瞬レオルドが何を言っているか理解できなかったが、レオルドが言う事に間違いはなかったと信頼を寄せて着地したバルバロトは麻痺して動けない魔物を斬る。

(本当に動かない！

やはり、レオルド様は凄い！

これなら戦局を変える事もできる！)

バルバロトは本当に動かない魔物を楽々と殺していく。一切の抵抗をしない相手を殺す事など、赤子の手を捻るよりも簡単だった。

だが、バルバロトが次の魔物へと斬りかかった時、魔物は動き出して抵抗してきた。だからと言って、バルバロトの敵ではない。

その様子を見ていたレオルドはバルバロトへと質問を投げた。

「バルバロト！　魔物はどれだけの時間、麻痺していた？」

「およそ十五秒！　今のところ個体差はありません！」

「良い情報だ！　助かる！」

レオルドはショックウェイブで麻痺させられる時間が分かると笑みを浮かべる。

ショックウェイブはゲームだと前方に扇状の波形で電撃を浴びせる魔法だ。範囲は広いが威力はほとんどない。しかし、その代わりに受けた相手を麻痺状態にして一ターン行動を阻害するといった効果がある。

だが、しかしここは現実であってゲームではない。つまり、一ターンという概念は存在しない。なら、ショックウェイブを撃てばどうなるかを検証するしかなかった。

人相手に試す真似(まね)はレオルドにはできなかったので、今まで効果があるのか、一ターンではなくどれくらい麻痺が続くのか分からなかった。

しかし、ようやく把握する事に成功した。

ショックウェイブは魔物を麻痺状態にして十五秒もの間動けなくするという事が分かった。

戦場でこの十五秒がどれだけ大事かはバルバロトが証明してくれた。

あとは、ショックウェイブを使い騎士と連携して戦局を覆すだけだ。

「この場にいる全騎士に告げる！　これより先、俺が魔法で魔物を止める！　止められる時間はおよそ十五秒！　十五秒を過ぎると敵は動き出すので注意せよ！　では、ゆくぞ！！！」

『はい！！！』

「ショックウェイブ！！！」

レオルドが放つ扇状の電撃は魔物達を襲う。電撃を浴びた魔物は次々と麻痺して行動不能になる。

最大の好機を得た騎士達は動けない魔物を殺していく。そして、十五秒が経過して動き出す魔物から騎士が離れると、見計らったようにレオルドがショックウェイブを放つ。

「勝機は我らにあり！！！　行くぞ、皆の者！！！」

バルバロトが最前線で剣を振り続け、レオルドがショックウェイブで活路を見出す。

「今の坊ちゃまを旦那様がご覧になったら、腰を抜かすでしょうなぁ……」

密かに笑みを零すギルバートの周囲には、首から上が存在しない魔物の死体が溢れていた。全て一撃で殺している上に返り血を全く浴びていないところを見ると、やはり伝説の暗殺者は伊達ではない。

魔物の殲滅は順調に行われていたのだが、ここで問題が発生する。

魔法で戦局をコントロールしていたレオルドが片膝をついてしまったのだ。

「くっ……！」

苦悶の汗を浮かべるレオルドは、ショックウェイブが効果的だと分かってから、ずっと連発していた。

そのせいで、レオルドの魔力は限界に近付いていた。他の魔法使いよりも圧倒的な魔力量を誇るレオルドも短時間で詠唱破棄の魔法を連発すれば魔力が底を突くのは目に見えていた。

だが、たとえ限界が分かっていたとしても一匹でも多くの魔物を殺そうとレオルドは必死になっていた。それを止める事ができようはずが無い。

レオルドが片膝をついて荒い呼吸を繰り返している様子を見て騎士達は、レオルドが魔力切れなのだと悟る。

騎士達はこれ以上の援護は期待できないと覚悟していたが、レオルドの目は死んでいなかった。

まだやれる、まだ頑張れる、まだ戦える、とレオルドは己を鼓舞して立ち上がる。

「空を引き裂く雷鳴、天を焦がす黒雲（こくうん）、我が呼び掛けに応え給（たま）え」

レオルドが詠唱を始めると空に黒雲が現れて、空を覆いつくす。ゴロゴロと雷鳴が響き渡り、レオルドの詠唱が完了するのを待っている。

「穿（うが）て一条の光よ、轟（とどろ）け雷（いかずち）！」

詠唱は終わる。レオルドが手を空にかざして叫ぶ。

「全員、避難せよ！！！」

レオルドがこれから何をするのか理解した騎士達は顔を真っ青にして、その場を離脱する。

全員が離脱した事を確かめるとレオルドは空にかざしていた手を振り下ろして魔法名を唱える。

「サンダーボルトッッッ！！！」

ズガガガーンッッと鼓膜を破壊するような轟音が鳴り渡り、視界を真っ白に染める光が目を覆いつくす。あまりの光量に目を開ける事はできず、ただ音だけで判断した。

光が収まり、目を開けるとそこには焼け焦げた魔物の死体で溢れかえっていた。

信じられない光景に度肝を抜かれて、戦々恐々と騎士達はレオルドを見詰める。

対してレオルドはあまりの威力と光景に意識が飛んでいた。

（はっ！　意識が飛んでた……！　ってか、やば！！！　俺がやったんだよね!?　凄くない!?　いや～、一度も試した事なかったけど、これは危険ですわ）

恐らく落雷で焼け焦げた魔物と大地を見て、レオルドはあまりの威力に今後は使用を控えようと決めた。

しかし、殲滅戦においては莫大な戦果を得られると分かった。だからといって、乱用するつもりはないが。

「よし。こっちから攻める――ぞぉ？」

意気込んで攻めようとしたレオルドはふらついて倒れてしまいそうになる。そこへ、誰よりも早くギルバートが駆け寄りレオルドを支えた。

「大丈夫ですか、坊ちゃま？」

「あ、ああ。すまない。少しふらついてしまった」

そう言って歩き出そうとするレオルドは、またふらついて倒れてしまいそうになる。そして、またギルバートがレオルドを支える。

「坊ちゃま。恐らくですが魔力を使い果たしてしまったのでは？」

「……そんな事はない」

「見れば誰でも分かるくらい消耗しております。隠したところで意味がありません」

「すまん……」

申し訳なさそうに俯くレオルドにバルバロトが近付く。

「騎士一同を代表して感謝します。レオルド様」

「一時しのぎに過ぎない。まだまだ魔物はいるだろう。だから、礼などいらん」

「確かに仰るとおりですが、一時でも休まる時間を貰えたのです。ならば、感謝の言葉を述べるのは当たり前ですよ」

「……そうか。なら、しっかりと身体を休めよ」

「はっ！」

バルバロトは第一部隊と第三部隊に休息を取るように指示を出す。流石は鍛えられた騎士だけあって、誰一人文句を言う事なく休息を取り始めた。

レオルドとしては、このような焼け焦げた死体が沢山ある中では休憩など考えられなかった。てっきり、砦に戻るものだとばかり思っていたから驚いている。

束の間の静けさが戦場に訪れる。つい、先程までは数え切れないほどの魔物を相手にしていたのに、今は静寂が世界を支配している。

これも全て、レオルドが放ったサンダーボルトのおかげだ。

しかし、サンダーボルトがここまで強力な魔法だとは露ほども思わなかったレオルドは首を傾げて考える。

元々、サンダーボルトはライトニングの上位互換のような魔法だ。単体に対してならライトニングが点の攻撃ならサンダーボルトは円の攻撃である。

ライトニングで、複数を相手にするならサンダーボルトが有効である。

ゲームだった時は円の範囲にいる敵へダメージを与えて、円の中心に近いほど大きなダメージを受けていた。

ただ、やはりここは現実なのでゲームとは違う。レオルドが放ったサンダーボルトは周囲一帯を雷で吹き飛ばした。

結果だけを見れば最上なのだが、下手をしたら騎士達も巻き込んでいたかもしれない。

そう考えると、やはりサンダーボルトの使用は控えようとレオルドは思った。

それにしても、このモンスターパニックはいつになったら終わるのだろうとレオルドはぼんやりと考えた。全滅させるまでは終わらないと聞いていたが、これではこちらが力尽きてしまう。

そもそも、ゼアトに駐屯している騎士団だけで対応しろというのが理不尽なのだ。仕方が無いとは言え、これではあまりにも惨い。

　万を超える魔物に数百人程度の戦力では太刀打ちできるはずもない。一人で百殺せばいけるかもしれないが、普段よりも凶暴になっている魔物だ。しかも、死を恐れずに飢えを満たそうと襲い来る姿と相対するのは精神的疲労も大きい。

　むしろ、よく持ち堪えている方だと褒めてやりたい。

　だが、残念ながら褒めて貰いたければモンスターパニックを終息させて生き残る他ない。中々に難しい案件ではあるが、レオルドとしてはシナリオどころかシナリオ外で死ぬなど以ての外だと鼻を鳴らした。

「ふん……気に食わん。何がなんでも生き残ってみせるからな」

　レオルドは今、使い果たした魔力の回復に専念する為、目を閉じて瞑想を行っている。


　さて、レオルドが瞑想を始めてからほんの数分。レオルドの魔力は僅かながら回復していた。瞑想を行えば魔力が回復するという設定はゲームには無かった。

　だがレオルドは、ものは試しだと一度瞑想を行ってみた時、それで魔力が微量ながらも回復する事を知った。だから今瞑想を行い、魔力を回復させている。

　ただ瞑想による魔力の回復量は本当に微量な為、回復薬や睡眠に比べると物足りない。

　しかし、今は文句は言っていられない状況なので、目を閉じて魔力を回復させる為に瞑想を続ける。

「ふう……」

魔力がどういったものかは理解できていないが、幼少の頃から、魔力とは目に見えぬ不可思議な力だという認識があるおかげで上手く扱える。

真人の記憶から読み取れば何とも都合の良い力だと思うが、この世界は異世界なのだからと割り切っている。

それに魔力という不可思議な力のおかげで、物理法則を無視した奇跡の所業とも言える魔法を扱えるのだから、これで文句を言っては罰が当たるというものだ。

しばらくの間休息を取っていた第一部隊と第三部隊だったが、森から魔物の咆哮が聞こえて来た為、臨戦態勢を整える。

「ちっ……もう少し休ませろ」

満足に休息をとれなかったレオルドは、思ったよりも魔力が回復しなかった事に愚痴を零すが、物理的にも精神的にも重たい身体を持ち上げて魔物の襲撃に備える。

そうして、レオルド達が臨戦態勢を整えて数秒後には魔物の大群が姿を現した。

相変わらず馬鹿げた数に辟易するが、ここで負けるわけにも、諦めるわけにもいかない。

「さてと、やるかね……！」

先陣を切ったのはバルバロトだ。津波のように押し寄せてきた魔物の大群へと真っ正面から突っ込んで魔物を斬り伏せた。

バルバロトに続くように騎士達も続々と斬り込み、魔物を減らしていく。

勿論レオルドも見ているばかりではなく、回復した魔力を消費して身体強化を施すと魔物の大群へと突撃した。

敵味方入り乱れた乱戦の中、レオルドは必死に戦う。ただ、やはりまだまだ実戦経験が少ないレオルドは、何度か危ない場面に遭ってしまう。

だがレオルドが傷つく事はない。なぜならば、レオルドを守るようにギルバートが立ち回っているからだ。

（ギルのおかげで周囲に気を配らなくてもいいけど、このままじゃいけないよな。俺はもっと強くならなくちゃいけないんだ。この身に待ち受けているであろう死の未来を変える為に）

ギルバートの力を借りながらもレオルドは魔物を次々と殺していく。

バルバロトやギルバートに比べればお粗末な戦い方ではあるが、普通の騎士達からすればレオルドも十分に凄まじい戦果を上げていた。

ただ、レオルドはどうしても二人と比べてしまうので自己評価が低い。傍から言わせれば嫌味な感じであるが、レオルドは口にはしないので誰にも文句を言われる事はない。

「おおおおおおお！！！」

バルバロトが最前線で吼える。相手はどうやらオーガのようだ。厄介な敵が出てきたが、バルバロトがいる限りは問題ない。

ただし、複数の場合は異なる。バルバロトがオーガを圧倒できると言っても複数のオーガに襲われればバルバロトも無事では済まない。

「ちぃっ！！！」

一体のオーガを斬り捨てるバルバロトに、五体ものオーガが襲い掛かる。流石に五体も同時に相手はできないバルバロトは、大きく舌打ちをしながら後方へと下がる。

それを見ていたレオルドは、側にいるギルバートへと指示を出した。

「ギル。バルバロトの援護に向かってくれ」

「それはできませぬ。私はベルーガ様より坊ちゃまを守るように言われてますので」

「頼む。お前だけが頼りなんだ！」

「……申し訳ありません」

動こうとしないギルバートに苛立ちを隠せないレオルドは歯軋りをする。ギリギリと苛立つレオルドは、襲い掛かってきた魔物を力任せに剣を振るって殺した。

「なら、俺が助けに向かう。それならば、問題はないだろう？」

「なりません！　今の坊ちゃまではオーガを相手にするのは危険です！」

「ふ……お前がいる。背中は任せたぞ、ギル」

レオルドはニヤリと口角を上げると、バルバロトの元へと一直線に駆け出した。

「お、お待ちください！　坊ちゃま!!」

手を伸ばすギルバートだがレオルドは魔物を斬り伏せてバルバロトの元へと向かった。

レオルドがバルバロトの元に近付くと、バルバロトと戦っていたオーガがレオルドへと標的を変えた。

バルバロトよりもレオルドの方が弱いと判断した結果だ。その事にレオルドは悔しくなるが、事実なので何も言えない。

（俺なら殺せると思ってるんだろ？　なら、後悔させてやるさ！　俺を狙わなければ良かったってな！）

オーガは猛スピードでレオルドへと飛び掛かる。オーガの手がレオルドの顔を摑むかと思われた時、レオルドへと伸ばしたオーガの腕が鮮血を撒き散らしながら宙を舞った。

突然の事にオーガは理解できなかったが、レオルドの後方に水の刃が浮かんでいるのが目に飛び込んできて理解した。自分の腕はあの水の刃で切り裂かれたのだと。

理解した時にはもう遅かった。レオルドの後方に浮かんでいた水の刃はオーガを細切れにする。

「バルバロト！　跳べっ！」

レオルドが何をするかも分からないのにバルバロトはレオルドの指示に従って跳躍した。

跳躍したバルバロトをオーガが追いかけようとしたが、オーガは突然下に落ちる。

何が起こったか分からないオーガは落下してくるバルバロトに脳天を貫かれて絶命した。

「察しが良くて助かる」

「レオルド様が何をしたいかなんて手に取るように分かりますよ」

「ありがたい事だ。では、続きと行こうか！」

ようやくバルバロトの元へと辿り着いたレオルドはオーガに囲まれてしまう。いつのまにか、数を増やしている事に苛立ちを見せたが、すぐに苛立ちは治まった。

レオルドとバルバロトを囲んでいたオーガは音もなく首を無くしたのだ。倒れるオーガの背後から、少々ご立腹であられるギルバートが姿を現す。

「坊ちゃま。私が何を言いたいか分かってますね？」

「……説教は後にして欲しいんだが」

「はぁ〜。分かっていますとも。まずはここを切り抜けましょう」

「ギルバート殿と肩を並べて戦える日が来るとは光栄ですな」

「バルバロト殿。無駄口は叩かないように」

「ははっ！　これは手厳しい。では、参るとしますか！！！」

朗らかに笑ったバルバロトは顔を引き締めると、一人飛び出して魔物と戦い始める。

オーガといった脅威になる魔物が確認され、全体的に数も増えてきた。

そんな中、レオルド、バルバロト、ギルバートの三人は次々と魔物を殺していく。

その光景を遠目に見ていた騎士達は息を呑む。三人が活躍する姿に。

「バルバロトは当然だが、あの執事は何者なんだ？」

「あの人はバルバロトが言っていた人だと思うが恐ろしく強いな……」

「それよりもレオルド様もあんなに強かったんだな。悪評ばかり聞いてたから、大した事はないと思ってたんだが……」

「昔は強かったらしいぞ。最近は悪さばかりしていたって話だが……」

噂(うわさ)とは当てにならないものだと騎士達は思ったが、後に噂は事実だと知って驚く事になる。

サンダーボルトを放ち、第二波と呼べるような魔物の大群と戦っていると、第一部隊と交代した第二部隊が応援に駆けつけてきた。

既に疲労がピークに達して、やっとの思いで動いている第三部隊は救援に来てくれた第二部隊に喜んだ。

「バルバロト！　第二部隊が到着した！　我々、第三部隊は一時後退し休息を取る！　急いで戻れ！」

第三部隊の隊長がバルバロトに向かって告げるが、バルバロトは戻ろうとしない。

「バルバロト！　聞こえないのか！」

「聞こえています！　私は残りますので、隊長は隊員を連れて先に行ってください！」

「馬鹿な事を言うな！　お前は確かに強いが無限に戦えるわけではないだろう！　いいから、戻って来い！！！」

「後で追いつきますから、俺の事は気になさらずに！」

レオルドは二人のやり取りを聞いていて、このままでは埒(らち)があかないと判断して口を挟んだ。

「バルバロト。上官命令には従え」

「しかし、レオルド様。俺が抜けては戦線は傾きますよ？」

「ほう？　俺がそんなに頼りなく見えるか？」

「そうは思っていませんが全体的に見れば、自分でも分かるでしょう？」

　実際、バルバロトの言うとおりで全体的に戦場を見渡せば多くの騎士が疲弊しており、息も絶え絶えで今を凌ぐのが精一杯という状況だ。

　もし、ここでバルバロトが抜ければ、今までバルバロトが抑えていた前線が崩れてしまい、一気に形勢は魔物側に傾くだろう。

「ははっ。強がりはよしてください」

「随分と俺を見くびっているようだな。俺が本気を出せばこの程度どうという事はない」

　少々、レオルドの言い方にバルバロトは苛立ったようで近くにいた魔物を乱暴に殺した。

「俺の魔法を見ただろう？　あれを見たのに俺を信じられないのか？」

「確かに凄まじい威力ではありましたが、あれはレオルド様も万全な状態だったからできた事。今のレオルド様にもう一度撃てますか？」

「はっ！　舐めてもらっては困るな。俺ができると言うのだ。できるに決まっておろう」

「……そこまで言うのならば見せて貰いましょうか」

　レオルドを信じてはいるが、虚勢を張るのは許せないバルバロトは怒気を含んだ静かな声でレオルドへと願う。

「ああ。なら、よく見ておけ」

レオルドは後方へと下がり、詠唱を開始する。

「母なる大地よ、我が意思に共鳴せよ。飲み干せ大地、暴食の晩餐は今ここに!!」

ゴゴゴッと地鳴りが響き渡り、魔物も騎士も立っていられないほどの揺れが起こる。

「グラトニーガイア！！！」

大地が裂けると、奈落が生まれて魔物が吸い込まれるように落ちていく。逃げようとした魔物も足元にヒビが入ると、地面が裂けて呑み込まれていく。

次々と魔物が奈落の底に呑み込まれる光景を見た騎士達は恐怖に震える。レオルドがまだこれほどの力を秘めていた事に。

そして、多くの魔物を呑み込んだ大地は抜け出そうとしている魔物を容赦なく潰した。引き裂かれた大地は元に戻り、残ったのは騎士達だけであった。

「ふ……」

鼻で笑い、バルバロトにドヤ顔でも見せてやろうかとしたが、レオルドはそのまま横に倒れた。

倒れたレオルドに慌ててギルバートが駆け寄り、レオルドを抱き起こすもののレオルドは完全に意識を失っていた。

「坊ちゃま!?　坊ちゃま！」

ただ事ではないと衛生兵が駆け寄り、レオルドの様子を確かめる。

脈も正常で心臓も機能しているのを確認した衛生兵はレオルドが魔力切れを起こした事を知る。

「落ち着いてください。恐らくレオルド様は魔力切れを起こしてしまったようです。しばらくは目が覚めないでしょうが、命に別状はありません」

「そうですか……よかった」

単なる魔力切れと知ってギルバートは安心する。ギルバートはレオルドを抱えると、バルバロトへと視線を向ける。

「坊ちゃまが稼いだ時間を無駄にするおつもりか？」

「っ！　直ちに砦(とりで)へと避難しましょう」

ギルバートの一言で正気を取り戻したバルバロトは第三部隊と共に砦へと避難する。レオルドが大規模な魔法を使ったおかげで、後退はスムーズに行われた。

砦内へと戻ったバルバロトとレオルドを抱えたギルバート。ギルバートはレオルドを医務室へと運び、ベッドに寝かせるとバルバロトと共に砦の外壁へと上る。

「静かですな」

「……」

「バルバロト殿。貴方(あなた)にしては珍しく坊ちゃまに腹を立てておりましたな」

「申し訳ない。分かっていたのですが、あの状況ではどうしても許せなかったのです。多くの騎士が疲弊しており、剣を振るうのもやっとという者もいる中、レオルド様の発言は不用意に希望を持たせるものでした。確かにレオルド様はサンダーボルトで一時は魔物を殲滅させせました。しかし、誰が見ても魔力が切れて立っているのも不思議なくらい消耗していた。にもかかわらず虚勢を張った。いくら少し回復したといってもサンダーボルトをもう一度撃てるほどではないだろうと私は思ってしまった。だから、虚勢を張るのはやめろと、無闇に希望を持たせるのはやめろと、怒ってしまったんです。もしも、レオルド様の発言が虚勢だけであったならば、気力だけで立っていた騎士は崩れ落ち、戦線は崩壊していたでしょう。そう考えると、怒らずにはいられませんでしたから」

「仰るとおりですな。正直、私も耳を疑いました。ほんの少し前の傲慢な坊ちゃまに戻ってしまったと落胆しましたから。ですが、坊ちゃまは強がりでもなく、純然たる事実を叩き付けてみせたのです。現に私は坊ちゃまが倒れるまで、目の前の光景に目を奪われておりました。これでは従者失格です」

「悔しいですね。レオルド様の事を信じていたと自分では思っていたはずなのに」

「本当にその通りです。自分が情けない」

落ち込む二人は同時に溜息を吐いた。

二人が落ち込んでいる間、レオルドは目を覚まさなかった。

日が暮れて夜が来る。夜は魔物の味方で人の敵であった。視界が悪い中、第一部隊と第二部隊は懸命に戦った。

だが、バルバロト、レオルド、ギルバートの三人が欠けたのは致命的であった。

負傷者が増えて、戦線を下げる事になってしまう。幸い、まだ死者が出ていない事だけが救いである。

レオルドが気を失っている間に事態は深刻になっていた。もうほとんどの者が疲労困憊で心身共に疲れ果てていた。既に砦のすぐ傍にまでモンスターパニックは進行していた。

このままでは砦が突破されるのも時間の問題だ。王都からの援軍を待っている間に砦は突破されてしまうだろう。そこで追い詰められた騎士団はとある決断を下す事にした。

それは決死隊を募る事だった。残された手はそれしかない。覚悟を決めた騎士達が名乗りを上げていった。

そして、出撃前。最期の休息を終えた決死隊が門の前に集まる。決死隊のメンバーはほとんどが死を覚悟している。その所為か、少し雰囲気が暗かった。

そこに決死隊のメンバーであるバルバロトが暗い雰囲気を払拭しようと声を上げる。

「案ずる事はない！　あと二日、いいや、一日もすれば王都から援軍が到着しよう！　それまで持ち堪えるだけでいいのだ。そう気負う事はない」

それは希望的観測である。王都からの援軍があと一日で来る保証などどこにもない。それでも決死隊にとってはその僅かな希望だけが頼りであった。

「さあ、行こう！　俺達の愛する者を守る為に！！！」

バルバロトを先頭に決死隊はモンスターパニックを食い止める為に砦から出ていく。

きっと必ず帰ってくると胸に誓いながら。


決死隊が出ていってからレオルドが目を覚ました。

「……気を失っていたのか」

レオルドが目を覚ましたのは、翌朝の事だった。

グラトニーガイアを発動してからの記憶は曖昧で、目が覚めたらベッドの上にいた事から自分は気絶したのだと分かる。

レオルドは物理的にも重いが、一層重くなった身体を起こして医務室を出る。医務室を出ると、恐らく医者と思わしき白衣を纏った初老の男性に出くわす。

「おや、レオルド様。お目覚めになられたので？」

「ああ。一つ聞きたいんだが、俺が気を失ってからどれだけ経過した？」

「レオルド様が魔力切れで意識を失っていた時間は十二時間といったところでしょうか」

「そうか……戦況は分かるか？」

「……戦線は押されて後退を余儀なくされました。今はゼアト砦から目視できる距離にまで魔物は迫ってきています」

「負傷者の数は？」

「死者はゼロ。負傷者は重傷、軽傷合わせて百三十二名です」

「分かった。ギルはどこにいるか分かるか？」

「ギルバート様でしたら、こちらに」

医者が案内してギルバートがいる場所へとレオルドを連れて行く。

医者に連れて来られた場所は、ただ広いだけの部屋だったが中は悲惨な光景が広がっている。

広い部屋に負傷者が雑魚寝させられているが、多くの者が包帯を巻かれて、血に濡れている。

四肢が欠けている者、生気を失い項垂れている者、痛みに悶えて苦しんでいる者。

悲惨な光景にレオルドは、目を覆いたくなるが前を歩く医者に付いていく。

「あちらに」

医者が指を差す方向にギルバートがいた。血の臭いが充満している中、一人だけ綺麗な燕尾服を纏っているギルバートへレオルドは近付く。

「坊ちゃま！　お身体はよろしいので？」

「ああ。心配を掛けたな。もう大丈夫だ」

「そうですか。それはよかったです。しかし、坊ちゃま。先日のような無茶はなりませんぞ。次にやろうとすれば力ずくでも止めますからな」

「分かっている。それよりもバルバロトの姿が見えないが？」

「……バルバロト殿は動ける騎士を集めて決死隊を編成し、出撃致しました」

「は？」

　ギルバートが何を言っているのかを理解できなかったレオルドは間抜けな声を出す。

「バルバロト殿から坊ちゃまへ伝言です。疑ってしまい申し訳ない。また、貴方に剣が教えられる日が来れば会いましょう、と」

「なんだ……それは！！！　そんなの遺言じゃないか！」

「……坊ちゃま。現在、モンスターパニックは砦付近にまで迫っており、いつ砦を突破されてもおかしくない状況なのです」

「それは聞いた！　だが、なぜ決死隊などを出す必要があるんだ！　ゼアトは堅牢な砦だ！　籠城に持ち込めば王都からの援軍も間に合うはずだろうが！」

「いくら堅牢な砦だろうとも昼夜を問わず襲い来る魔物を止める事はできません」

「そんな事は分かっている！　だが、時間稼ぎはできるだろう！」

「だから今、時間稼ぎをしているのです」

「ふざけるな！　時間稼ぎの為に死ぬ事など許される事ではない！」

「何を言っているのですか、坊ちゃま……？　国の為に身を捧ぐ。騎士にとっては名誉な事ではないですか」

「っ！」

レオルドはガツンと頭を殴られたような衝撃を受けた。

（そうだ……。そうだよ。ここは中世のヨーロッパ風な世界なんだ。国の為に死ぬ事は悪い事じゃない。名誉な事なんだ。おかしいのは俺で普通なのがギルの方なんだ。でも、だからって見過ごせるのか？　時間にしてみればたった数ヶ月の付き合いだけど、バルバロトを見殺しにするのか？　できない、できるわけがない！　確かに俺は死にたくない一心で今まで頑張ってきた。普通に考えれば、ここは砦に留まって援軍が来るまで耐える方が堅実だ。だけど、ここで逃げたら俺はきっとダメになる！　自分が死ななけりゃそれでいい？　ふざけるな！　理想を求めて何が悪い！！！　バルバロトがここで死ぬ運命だっていうのなら俺が変える。変えてみせる！！！　だって俺は運命に抗うって決めたんだから！　だから、俺は――――！）

真人の記憶が宿り、未来を知ったレオルドは死の運命に抗うと決めたのだ。

だったら、どれだけの理不尽が襲い掛かってこようとも抗うと、戦うと、立ち向かうと決めた。

ならば、ここで引くわけにはいかない。

運命を変える、変えてみせるとレオルドは瞳に闘志を宿す。

「命令だ、ギル。これから俺がする事に一切口を出すな」

「どういう意味でしょうか？」

レオルドの雰囲気が変わった事を察したギルバートはレオルドを威圧しながら言葉の意味を聞き返す。

「口答えするなと言ったはずだ」

「っ……!?」

今まで見た事がないレオルドの瞳にギルバートはほんの一瞬であるが怖気付いてしまった。

伝説の暗殺者ともあろう者が、成人も迎えていない子供に怖気付かされるとは思いもしなかった。

(これが坊ちゃま?　この数瞬に何があったというのだ……！　いや、そんな事はどうでもいい。父上であられるベルーガ様に負けぬほどの威圧を放てるようになるとは、立派になられましたな)

レオルドの成長に思わず涙ぐんでしまうギルバートだが、至って真面目なレオルドの前で唐突に涙を流すのはいけないと涙を引っ込めた。

ギルバートが沈黙して、レオルドは自分の命令を守ってくれた事に安堵する。

もし、ベルーガの名前でも出されたらレオルドは逆らえなかったからだ。

「聞け！　この場にいる騎士達よ！　我が名はレオルド・ハーヴェスト！　まだ戦う意思がある者は我が呼びかけに応えよ！　戦う意思がなくとも抗う気力がある者は耳を傾けよ！　これから俺は先に出撃した決死隊の応援に向かう。そこで、お前達の魔力を俺に貸して欲しい。どうか、頼めないだろうか！」

俯いていた騎士達は顔を上げて頭を下げているレオルドを見る。

「お、俺の魔力を使ってください……！　俺は見ての通り足を魔物に食われて動けません。だけど、まだ戦う意思はあります！　どうか、どうか俺の魔力を——」

レオルドに一番近かった足を失っている騎士がレオルドへと手を伸ばす。レオルドはその手を取ると、騎士の顔を真っ直ぐ見据えて首を縦に振る。

「お前の意思。確かに受け取った」

レオルドはスキルを発動して騎士と魔力を共有する。騎士も力になれる事が分かると歓喜の涙を流して礼を述べる。

「ありがとう……ございます！」

「礼を言うのは俺の方だ。俺の呼びかけに応えてくれてありがとう。必ず、モンスターパニックは食い止めてみせる」

二人のやり取りを見た大勢の騎士達がレオルドの元へと集まり、魔力を共有していく。動けない者にはレオルドが直接赴き、魔力を共有していった。

「準備は整った。出るぞ、ギル！」

「はい！」

ゼアト砦の森付近では、バルバロトを筆頭とした決死隊がモンスターパニックを食い止めていた。

夥しい数の死骸が転がっており、その上で魔物と騎士が戦っている。質では騎士の方が上であるが数は圧倒的に魔物の方が多い。

ゴブリンを始めとした魔物の集団は、どんどん膨れ上がっており決死隊だけでは持ち堪えられそうにない。

既に何体もの魔物がゼアトへと向かっている。砦が防衛拠点としての機能を発揮して、突破はされていないがゼアトの出入り口である門は魔物の攻撃により形を歪めていた。

「おおおおおおおっ！！！　これ以上は突破を許すな！　門が破られたらお終いだぞ！」

門を攻撃していた魔物をバルバロトが一掃する。しかし、どれだけバルバロトが奮闘しようとも魔物の数が多すぎる為、時間稼ぎ程度にしかならない。

最早、ゼアト砦が突破されるのは時間の問題である。

そこへさらに追い討ちを掛けるような報告が上がってくる。

「ゴブリンメイジとゴブリンナイトを確認しました！」

「何っ!?　ここに来て上位種だと……！」

「トロールです！　トロールが現れました!!」

「なあっ!?　くっ……ここまでなのか」

ゴブリンにも職業の名前を持つ種類が存在しており、職業持ちはゴブリンの中でも上位種として記録されている。

ゴブリンメイジは名前の通り、魔法を扱うゴブリンで格上の魔物すら殺せるが近接戦には滅法弱い。なので、発見した場合は魔法を撃たれる前に接近して殺すのがセオリーだ。

そして、ゴブリンナイトは騎士と同じく甲冑を身に纏い剣を携えているゴブリンだ。こちらは近接戦を得意としており、遠距離から弓矢で射るか、魔法で殺すのがセオリーとなっている。

「くっ、くそ！」

ゴブリンナイトと剣を打ち合う騎士は悪態を吐く。普通ならばゴブリンナイトは無謀な特攻はしてこないのに、今は理性を失い、ただ餌を求めて暴れている。

「グギャギャアッ!?」

「ぐわあああああ!?」

「なっ!?　味方ごと魔法を撃ちやがった！」

ゴブリンナイトと剣を打ち合っていた騎士は突如飛んできた火の玉に包まれて地面を転がる。そして、ゴブリンナイトの方は火に包まれて塵と化した。

「こ、こいつら……！」

あまりにも非道な行為に騎士達は怒りを感じていた。

だが、モンスターパレードとは違い、仲間意識すら無くした魔物がどれだけ残忍なのかを改めて思い知らされた。

「トロールだ！　囲め！！！」

別の場所では現れたトロールの対応に追われていた。

トロールは、オーガよりも弱いとされているが実際はトロールの方が厄介なのだ。トロールには再生能力があり、魔法以外では殺すのは難しい。

魔法以外だと、トロールの再生能力は魔力を消費するので、魔力が尽きるまで殺し続けるか、再生できないほど細切れにするしかない。

故に魔力がある限り不死身のトロールはオーガよりも相手にしたくない敵なのだ。

「足を切れ！　とにかく動けなくして時間を稼ぐしかない！」

懸命に戦う騎士を嘲笑うかのように次々とトロールが姿を現す。

最早、希望はない。ここにあるのは絶望だけだ。

そこへ更なる追い討ちとしてオーガが姿を見せた。一体、二体、三体と森の中から次々と出てくる。

決死隊は死を覚悟はしていたが、ここまでの事態になるとは想定していなかった。

自分達はここで魔物の軍勢に蹂躙されるのだろうと剣を落とそうとした。

だが、その時――

「諦めるな！！！　我らはアルガベイン王国の誇り高き騎士であろう！　魔物如きで我らが誇りが砕けてなるものか！　祖国の為、愛する者の為に剣を捧げたのだ！　なればこそ、誇りを胸に立ち向かう時だ！　この命、平和の礎となるならば喜んで差し出してやろう！

だが、貴様ら魔物如きに我が命はそう易々とくれてなるものかあああああっ！！！」

――門をたった一人で死守していたバルバロトが声高らかに飛び出した。

返り血で染まった鎧を身に纏い、血に濡れた剣を携え、バルバロトは魔物が集まる中心部に躍り出る。

「るぅぅぅおおおおおおおおおおお！！！」

修羅の如くバルバロトは暴れる。敵しかいない戦場はバルバロトに全ての枷を外させる。

縦横無尽にバルバロトが剣を振るうと鮮血が舞い、血飛沫が降り注ぐ。

全身が血に染まり真っ赤になったバルバロトの眼光はギラリと次の獲物に向けられる。

身体強化を施しているバルバロトのスピードは理性を失った魔物には捉える事はできない。

一つ、二つ、三つと魔物の首が宙を舞う。その光景は恐怖であっただろうが、騎士にとってはとても心強いものとなった。

折れかけていた心に再び火がつき、闘志を帯びた瞳で騎士達は魔物を見据える。

『我らはここに在り！　誇りを胸に！　剣を振るおう！　いざ、往かん！！！』

決死隊は自身の最期をこの場所と決めた。最初から決まっていた事だが、心のどこかに援軍を待ち望んでいる自分がいた。だが、バルバロトの奮闘を見て、その思いは消えた。

援軍など不要。

我らが強さをここに示そう。

理性を失った魔物と熱き闘志を宿した決死隊の最後の攻防が始まる。

獅子奮迅の活躍をしているバルバロトは複数のオーガを一人で相手にしていた。

オーガはバルバロトを殺そうとするが、バルバロトの速さに翻弄される。本気のバルバロトに手も足も出ないオーガは次々と殺されていく。

バルバロトは一旦オーガを狙うのを止めて、トロールへと向かう。

トロールは厄介な再生能力を持っているが、オーガほどの力はない。それでも、オークなどに比べれば力は強い。捕まったりすれば、忽ち握り潰されて殺されてしまうだろう。だが、今のバルバロトを捕まえるのは至難の業。トロールでは捕まえる事などできはしない。しかし、トロールも一筋縄ではいかない。

バルバロトがどれだけ斬り刻もうと、再生して元に戻るのだ。

「だから、なんだと言うのだ！　ならば、再生できぬ速度で斬り殺してくれる!!」

トロールがどれだけ再生をしようとも、バルバロトは再生を上回る速度でトロールを斬り刻む。何度も何度も斬り刻み、トロールの再生する速度を完全に上回ると、バルバロトはトロールを細切れにしてみせた。

有言実行とはまさにこの事である。バルバロトは速度を落とす事無く、次のトロールを細切れにした。

圧倒的な強さを見せつけるバルバロトに決死隊の騎士達も触発されていく。

魔物と決死隊の戦いは激しさを増していった。

激しい戦闘を繰り広げていた決死隊であったが、ついに限界が訪れる。

それは最悪の形で。

最前線で一騎当千の力を振るっていたバルバロトが地面に片膝を突いたのだ。

バルバロトが戦う事を放棄したわけではない。連戦に次ぐ連戦でバルバロトの身体は、疾うに限界を超えていた。

しかし、気力だけで動かしていた身体もバルバロトの意思に反して動かなくなってしまった。

「なぜ、なぜ、今なんだ！　頼む！　あと少しだけでいい！　動いてくれ……」

動く事ができないバルバロトは自分の足を殴るが、既に立ち上がる力さえも尽きていた。

精神的支柱となっていたバルバロトの離脱に決死隊の騎士達も釣られるように戦闘不能に陥っていく。

「ここまでなのか……！」

まだ心は戦えると叫んでいるのに、身体が応えてはくれない。

動けないバルバロトにジリジリと魔物が周囲を囲むように近付く。

だが、そんな絶望的な状況でもバルバロトは決して諦めない。

「来い……！　足は動かずとも腕は振るえるぞ！　剣の錆にしてくれるわっ！！！」

強気の発言をするバルバロトだが魔物には通じない。魔物からすれば瀕死の獲物が多少強がっている程度にしか見えていなかった。

だから、餓えていた魔物はバルバロトを食べようと一斉に飛び掛かった。

（さらばです。レオルド様！）

最後の力を振り絞ってバルバロトは飛び掛かってきた魔物へと剣を突き出したが、バルバロトの下から地面が盛り上がり円柱になる。円柱の上にいたバルバロトは窮地を逃れる。

「な、何が……？」

戸惑うバルバロトは周囲を見渡すと、他の騎士達もバルバロトと同様に土でできた円柱の上にいるのを確認する。

「これは……！　まさか!?」

このような芸当ができる人間は限られている。土属性を扱う魔法使いだ。そして、決死隊の全員を救えるような人物にバルバロトは心当たりがある。

見上げた先にいたのは、太陽の光に反射され煌めく金髪にずんぐりむっくりなシルエットの男。

レオルド・ハーヴェストである。

「危機一髪といったところか」

レオルドは砦の上から見下ろしている。最初は正面から向かうつもりだったが、門を開ける必要があったので急遽階段を必死に駆け上がった。

おかげで大分遅れてしまったが、ここ一番というところで間に合った。

「では、反撃と行こうか」

砦の上に格好付けて立っていたレオルドはギルバートを引き連れて飛び降りる。

身体強化を施しているレオルドはかなりの高さがあった砦から降りても平気であった。

華麗に着地して決まったと心の中で賛美を送ろうとしたが、尻の方からビリッと嫌な音が聞こえる。

恐らく、ズボンが破れてしまったのだろう。幸い、防具を付けているのでバレる事はないがギルバートには分かってしまうだろう。

チラリと後ろにいるギルバートを見ると、呆れたように溜息を零していた。羞恥に顔を赤く染めるレオルドは気を取り直して、立ち上がる。

「決死隊の騎士達よ！　よくぞ、ここまで持ち堪えてくれた！　お前達の奮闘がなければ今頃ゼアトは落ちていただろう。誇れ、お前達は偉業を成し得たのだ！　このレオルド・ハーヴェストが証人となろう！」

その言葉にどれだけの騎士達が感銘を受けただろうか。

自分達はここで死にゆく運命と覚悟をしていたのに、まさか生き延びるとは思いもしなかったのだから。

だが、まだ終わってはいない。確かに決死隊の命は救われただろうが、戦いは終わってはいないのだ。


「我が双肩には多くの想いがある。

我が背中には多くの願いを託された。

ならば、この想い、この願い！

俺が叶えてみせようぞ！！！」


レオルドが天高くに向かって声を出す。

そして、詠唱を始める。

「審判の時来たれり、雷を司りし神よ。

その鉄槌を以て、我が敵に判決を下せ！」

快晴だった空に暗雲が現れると空を覆い尽くす。雷鳴が鳴り渡るかと思えば、静かな空で不気味な雰囲気だ。

そして、レオルドが魔法を紡ぐ。

「ジャッジメントサンダー！！！」

天から雷が降り注ぐ。

それは神が下した罰の証。

幾百、幾千と雷は降り注ぎ魔物を殲滅していく。サンダーボルトとは比べものにならな

い圧倒的な光の量に熱量であり、発動したレオルドもビビッて動けないでいる。ゲームではマップ内にいる指定した敵全てに雷を落とす仕様で、敵の数だけ雷が降り注ぐ魔法だ。まさか、これ程とはレオルドも予想していなかった。

その光景はまさに神罰という言葉が相応しい。

やがて、雷が収まり、暗雲が晴れて太陽が世界を照らす。

レオルドの眼前には焼け焦げた魔物の死体が溢れている。ようやく、終わったとレオルドは一安心したが、探査の魔法にはまだ沢山の魔力反応があった。

勿論、それが人か魔物かは区別ができない。ゲームならば判別できたが、現実世界ではそれができなかった。

一安心していたレオルドも警戒をして、こちらへと近付いて来る魔力反応に備える。

そして、森の中から出てきたのは想定を遥かに上回る魔物であった。

「ジェネラルオーガだとはな……」

ジェネラルオーガは通常のオーガよりも何十倍も強い。例えるならば、赤子と大人くらいの差がある。

先頭にジェネラルオーガを確認して、後ろにはオーガに加えてオーク、コボルト、ゴブリンの軍勢がいた。

ぐちゃぐちゃと仲間であっただろう同族を口にしている魔物は次なる獲物を見つけたと、レオルドを見て喜んでいる。

「さすがにもう一発は撃てそうもないか」

そうは言うがまだまだ撃てる魔力をレオルドは保有している。現在、多くの騎士と魔力を共有しているレオルドの魔力は数百人分である。

大規模な広範囲魔法で殲滅する方が早いのだが、そうそう連発はできない。

甚大な被害を土地に与えてしまう事もあるが、モンスターパニックの終わりが見えない状況では魔力を大量に消費する事はよろしくない。

後先考えずに撃ち続ければ、先日のように魔力切れで意識を失ってしまうかもしれない。

それに、ここでレオルドが倒れてしまえば決死隊の努力も、レオルドへ想いを託した騎士達の気持ち全てが無駄になってしまう。

それだけは絶対にあってはならない事だ。

「ふう……いい運動になるかもしれないな。

ギル、背中は任せたぞ！」

「お任せください。何人たりとも坊ちゃまへは指一本触れさせませんから」

「頼もしい限りだっ！」

ギルバートの返事を聞いたレオルドは飛び出す。ジェネラルオーガを相手にするのは危険だと判断したレオルドはジェネラルオーガを無視して魔物の軍勢へと飛び込んだ。

魔物の軍勢の中心へと飛び込んだレオルドは、魔法を味方に誤射してしまう恐れもなくなった為、思う存分その力を発揮した。

「アクアエッジ！」

詠唱を破棄してレオルドは魔法名だけを唱える。レオルドの背後に水の刃が形成されると、レオルドが脳内で指定した方向へと飛んでいく。

本来ならば動作を加えて魔法を発射するのが当たり前だが、レオルドは動作をする事なく魔法を放つ事ができる。

常日頃から、魔法の鍛錬を欠かさなかったレオルドが身に付けた得意技の一つだ。

レオルドは魔法で遠くの魔物を殺し、近くの敵を剣で斬り殺す。同時に二つの事を行うレオルドの頭の中は一杯一杯だった。

必死に頭で考えて、体を動かして並列作業を行っていた。冷静な顔を見せてはいるが、心のなかではヒイヒイ言っている。

ただ、それでもレオルドは戦わねばならない。多くの騎士達から託された願いの為に。

「うおおおおおおお！！！」

雄叫び（おたけ）びを上げながらレオルドは跳躍すると、オーガに向かって剣を突き立てる。

「ゴアアアアアアア!?」

痛みに悶（もだ）えるオーガが暴れるがレオルドは突き立てていた剣を振るい、首を刎（は）ねる。

ピューッと噴水のように血を流すオーガ。その血を浴びてしまったレオルドの自慢の金髪が赤く染まった。

だが、一切気にする事はなく、次なる魔物を殺す為にレオルドは戦場を駆ける。

戦場を駆け回るその姿は畏怖すべき対象なのだが、いかんせんレオルドの体形がどうしても別の物を想像させてしまう。

「るぅぅぅあああああああ！！！」

勇ましく咆哮（ほうこう）を上げながらレオルドはバッサバッサと魔物を斬るのだが、その光景を見ていた一人の騎士がボソリと呟（つぶや）く。

「女を前に発情したオークみたいだ……」

思わず口に出してしまった騎士は、仮にも公爵家の人間に、ましてや助けに来てくれた相手に対する評価ではなかったと口を塞いだが、時既に遅し。

他の騎士も同意見だったようで頷（うなず）いている。確かにその通りだ、と。

かくしてレオルドの評価は上がったのだが、侮辱された名前を授かる事になる。

レオルドが今はまだ知る事はないが、知った時どのような反応を見せるかは誰も分からない。

対してレオルドはそんな評価を下されているとは知らずに、今も懸命に戦っている。

そして、意図してやっているわけではないがレオルドはブフーブフーと息を荒らげている。これのせいでレオルドへの印象に余計な拍車が掛かってしまう。

荒ぶる金色オークと。

勿論、レオルドとしてはわざとやっているわけではない。返り血の所為（せい）で顔にまで血が付いてしまったので口呼吸をしたら、血を飲んでしまうかもしれないとレオルドは鼻で大きく呼吸をしているだけだ。

ただ、傍から見れば鼻息を荒らげて女を前に発情したオークにしか見えないそうだ。悲しき評価である。

「ロックインパクト！」

レオルドが地面を踏みつけると、地割れが走り魔物の足元が爆発したように吹き飛ぶ。巻き込まれた魔物は動けなくなる。だが、這いつくばってでも前に進もうとしている。

そこへレオルドは近付いて剣を突き刺して止めを刺す。剣を引き抜いたレオルドは飛び掛かってきた魔物を一閃。バラバラと真っ二つにされた魔物はレオルドの魔法で埋葬される。

「……数が減っている？」

探査魔法を使っていたレオルドだからこそ気がつけた変化だった。先程までは、どんどん増えていたのに今は数が減りつつあった。

もしかして、これが最後なのではと希望的観測を胸に抱いたが、現実はいつも非情で残酷だという事を思い出して頭を振る。

「考えるのは止そう。今は目の前の敵に集中しなければな」

レオルドは一旦考えるのを止めて、襲い掛かってくる魔物を迎え撃つ。

そして、レオルドが無視したジェネラルオーガはレオルドを追わずに満身創痍で動けない騎士に注目していた。

円柱の上にいるがジェネラルオーガからすれば、大した高さでもない。それに破壊する事も可能だろう。

醜悪な笑みを浮かべるジェネラルオーガは、飢えを満たそうと動き出す。

しかし、その歩みは一人の人物によって止められる事になる。

「やれやれ、坊ちゃまは年寄りの使い方が荒いですな……」

ジェネラルオーガは首を傾げる。先程まで、目の前には誰もいなかったはずなのに、どうして人間が立っているのだと。

まあいい。この目の前にいる人間も喰らえば腹は多少膨れるだろう。そう思い、ジェネラルオーガはギルバートへと手を伸ばす。

「悲しい事です。平時のジェネラルオーガならば力量を測れていたでしょうに」

ギルバートは悲嘆の息を吐く。モンスターパニックで理性を失っていないジェネラルオーガだったら、相手の力量も確かめずに手を伸ばす事などしないというのに。

嘆かわしい事だとギルバートは、ジェネラルオーガが伸ばした腕を蹴り上げた。

「ガ……ア？」

伸ばしたはずの腕が、どうしてダランとして垂れ下がっているのだろうと理解ができていないジェネラルオーガ。

そんなジェネラルオーガの眼前に影が飛び込んできた。影が何だったのか分からないジェネラルオーガは、いつの間にか視点は横を向いており地平線を眺めていた。そこで初めてジェネラルオーガは自分の首が地面に落ちたのだと理解する。

「眠るがいい。永遠（とわ）に」

立ち去っていくギルバートの後ろ姿を見て追いかけようとするが、ジェネラルオーガはゆっくりと瞼（まぶた）を閉じて絶命する。

圧倒的な強さを見せ付けるギルバートに見ていた騎士達は開いた口が閉じなかった。

レオルドの奮闘にも目を見張るものがあるが、ギルバートはそれ以上だ。

ジェネラルオーガはオーガよりも何十倍も強く強靭（きょうじん）な肉体を持っている。

それを単独で討伐、しかも無傷の勝利。これには騎士達も言葉が出てこない。

万全の状態のバルバロトでさえもジェネラルオーガが相手だと厳しいものがある。それを自分達の倍は歳（とし）を取っているギルバートが倒すものだから、驚くのも当たり前だろう。

とは言ってもジェネラルオーガはゲームだと中盤以降に良く出てくる雑魚になる。多少、防御力と攻撃力が強いだけで他に特筆すべき点はない魔物なのだ。

ゲームでは悲しき存在かもしれないが、ゲームの中だけだ。現実ではジェネラルオーガは十分脅威である。それを易々（やすやす）と倒せてしまう運命48（ディスティニー・フォーティーエイト）の主人公ジークが異常なだけだ。

レオルドの奮闘により魔物の数は激減していた。続々と現れていた魔物も、今では数える事ができるくらいにまでなっている。

だがその反面、生き残っている魔物は強靭なものばかりで、レオルドも手を焼いていた。

「くそっ……ハイオークにレッドゴブリンか」

上位種である二体はレオルドを追い詰める。レオルドも魔力は健在だが、体力は底を突きかけており精彩を欠いていた。

(くそ～～～！　大分減ってきたのに、残ったのが上位種ばっかりとか、ふざけんなよ！　ただでさえこっちはへとへとだっていうのに！　魔法で一気になぎ払えればいいんだけど、探査に引っかかってる魔力が気になるんだよな～)

レオルドは魔物を相手にしながらも冷静に戦場を分析していた。

今も剣を振るう片手間に探査魔法で魔物の行方を追っている。レオルドが現在感知している魔力の数は数百は下らない。

動いてはいても、ゼアトに向かってはいないので放っておいてもいいのだが、不安な要素は潰しておきたい。

しかし、大規模な魔法を放てば大量の魔力を消費してしまう。多くの騎士達と共有しているとは言え無茶な事はできない。

魔力はレオルドにとって生命線と言っても過言ではないからだ。

「鬱陶しい！！！」

素早い動きでレオルドを翻弄していたレッドゴブリンにレオルドは苛立ちをぶつける。

ピョンピョン飛びはねるように動き回っていたレッドゴブリンの足元に小さな落とし穴を作って体勢が崩れたところを一気に攻める。

レッドゴブリンは素早い動きも特徴なのだが近接戦闘も得意としており、中々に厄介な魔物だ。

ただ、体勢が崩れた上にレオルドの身体強化を施した力任せな剣には勝てなかった。

レッドゴブリンに集中しているところへハイオークは突撃してきた。手に持っている棍棒をレオルド目掛けて振り下ろす。

レッドゴブリンに集中していたレオルドはハイオークが振り下ろした棍棒に気がつかず、ハイオークの棍棒によって叩き潰される。

「ブオ？」

しかし、ハイオークは何の手応えも感じなかったので振り下ろした棍棒を持ち上げてみると、そこには何もなかった。

「気付いてないとでも思ったか。愚か者め！」

レオルドはハイオークの背後へと回っており、首を一閃する。ゴロゴロとハイオークの首が地面に転がるのを一瞥したレオルドは、振り返って虎視眈々とこちらを狙っている魔物に溜息を零す。

「はあ～～～。休む暇がないな」

愚痴を零しつつも、レオルドは自分を囲んでいた魔物へと仕掛ける。

剣で斬り伏せ、魔法で穿つ。シンプルであるが最も効率的な方法だ。

とは言っても敵の数はまだまだ多い。幸いなのは増える数が減ってきている事。このままのペースならば今日中に片が付くかもしれない。

しかし、そんなレオルドの淡い希望を打ち砕く事が起こる。

「ん？　魔力反応が減っている？」

探査魔法で感知していた魔力反応が一気に消滅した。怪訝に思うレオルドは周囲の魔物を一掃して探査魔法に集中する。

（さっきはなかった魔力反応があるな。馬鹿でかい……！　あっ……また複数消えた。この馬鹿でかい魔力反応が原因か……敵か味方か）

不確定要素が生まれてしまった事を知ったレオルドが、一度ギルバートと合流しようかと考えた時、巨大な魔力反応はこちらへと猛スピードで近付いてきた。

「何っ⁉」

巨大な魔力反応の方へとレオルドが振り向くと、木をバキバキとへし折りながら、巨大な影が姿を現した。

レオルドがゆっくりと影を見上げると、そこにいたのは――

「バジリスクッ⁉」

咄嗟に目を伏せたレオルドは脂汗がぶわっと流れ出す。

（嘘だろ、嘘だろ、嘘だろ！！　どうして、こんな所にバジリスクが⁉　いや、そんな事はどうでもいい。今こいつと戦って勝てるかどうかだ……）

レオルドが焦っているのはバジリスクの戦闘力にである。

ジェネラルオーガでさえも簡単にあしらってしまう力を持ち、なおかつ牙には強力な毒を持っており、さらには目が合った者を石化させる魔眼を宿している。

ゲームではバジリスクはイベントに出てくる中ボスの役目を担っている。人々が石にされているという話を聞いたジークフリートが討伐に向かうイベントだ。

強さは先程述べたとおりで、今のレオルドには荷が重い。勝てる勝てないの話であれば勝てない。

だからこそレオルドは焦っている。ただでさえ疲弊しているのに、そこへバジリスクという強力な魔物が現れたのだ。レオルドでなくとも焦るに違いない。

（ここは一度後退して、ギルと合流するのが一番だが……バジリスクに背中を向けて逃げるのは厳しいか。だが、目を合わせれば石にされてしまうし……どうすればいいんだ！）

目を合わせないようにバジリスクを観察するレオルドはジリジリと後ろに下がる。

その時、バジリスクもモンスターパニックの影響を受けていたのだろう。レオルドを襲おうとしていた魔物を丸呑み（まるの）にした。

食事に夢中になっているのを見たレオルドは、これを好機だと判断して駆け出す。

しかし、バジリスクは逃げ出したレオルドを追いかける。背後から近付いて来る気配にレオルドは肝を冷やすが、すぐに安心する事になる。

「バジリスクとは珍しい。坊ちゃまには触れさせませんよ」

レオルドを飛び越えてギルバートはバジリスクに飛び蹴りを喰らわせる。

　あまりの威力にギルバートの何倍も大きな身体を持つバジリスクは、木を薙ぎ倒しながら吹き飛んでいく。

「む……」

　対して、ギルバートは一撃で仕留める事ができなかった事に声を漏らす。

「歳は取りたくないものですな」

　やれやれといった感じでギルバートは肩を落とす。

　ギルバートの何気無いぼやきは、レオルドや近くにいた騎士達にとっては驚天動地の言葉だった。

（いやいや、歳取ったとか言ってるけどバジリスクを飛び蹴りで吹き飛ばすような人間の言う台詞じゃねえだろ！）

　しかし、彼のおかげで助かったのも事実だ。だから、レオルドは複雑な気持ちになりながらもきちんと感謝の言葉を述べる。

「助かった、ギル。ありがとう」

「いえ、大した事ではありません。それよりも、まだ敵は生きています」

「ああ、分かっている。ギル、勝てそうか？」

「目を潰せばというところでしょうか」

「やはり、石化の魔眼が厄介か……」

「ええ。目が合えば問答無用で石にされてしまいますから、まずは目を潰さなければなりません。しかし、目を合わせる危険がありますので難しいかと」

「……俺が魔法でなんとかしよう。その後は頼めるか？」

「いつもならば反対していたでしょうが、今は坊ちゃまが頼りです」

「いつも心配かけてばかりだな」

「そう思っているなら、この老骨を安心させてください」

「最大限の努力はしてみせよう！

　行くぞ、ギル！！！」

「はい、坊ちゃま！」

　レオルドが駆け出し、ギルバートが並走する。二人が並んで走り、バジリスクへと対峙する。

　バジリスクはギルバートに蹴られた事に怒りを覚えて、怒号のような鳴き声を上げる。

「キシャアアアアアアアアア！！！」

　バジリスクはギルバートへと標的を定めて、巨体を唸らせながら突撃する。大きな口を広げて、飲み込まんとするバジリスクにギルバートは飛び込み、バジリスクの鼻を蹴って跳び上がると急転直下のかかと落としを叩き込む。

　くの字に曲がるバジリスクの身体。堪らずバジリスクが苦悶の咆哮を上げる。

　ギルバートは大道芸のように宙返りでバジリスクから離れると、着地した瞬間に爆発的な加速で地面を踏み砕き、痛みに苦しんでいるバジリスクに拳を放つ。

「ふんっ！」

大地を踏み砕く、尋常ならざる踏み込みで打ち放つ拳は最早破壊兵器だ。ギルバートの拳を受けたバジリスクの身体は凹んで、バジリスクは堪らず吐血した。のたうち回っているバジリスクへギルバートはさらなる追撃を行う。連撃を叩き込み、バジリスクを追い詰めるギルバート。

レオルドはその様子に格ゲーのコンボでも見ているかのような気分だった。

「惚けてる場合じゃないな。ギルが稼いだ時間は無駄にはできん」

しかし、バジリスクは絶命にまでは至らない。ギルバートが怒濤の連撃を叩き込んだにもかかわらず、バジリスクは死ななかった。

「ふむ……やはり、タフですな」

対してギルバートも一切を焦る事なく、バジリスクの強靭な生命力に感心していた。そして、驚くべきはギルバートがあれだけの激しい動きを見せていたにもかかわらず汗を全くかいていない事だ。

流石は伝説の暗殺者として恐れられた男である。

「キシャアアアッ！」

「むっ!?　毒か！」

完全に怒っていたバジリスクは口から緑色の液体をギルバート目掛けて吐いた。ギルバートは瞬時に、その液体が毒だと判断して避ける。

毒がギルバートがいた場所に掛かると、草木は腐食して煙を立たせる。

「当たれば即死は免れないか……」

冷静なギルバートに対してレオルドは目を見開いていた。何故なら、レオルドが持つゲームの知識ではバジリスクは毒を持っていても吐く事はなかったからだ。

新たな行動パターンにレオルドは驚愕していたが、バジリスクはギルバートしか眼中になく、レオルドが狙われる事はない。

バジリスクは毒を連射してギルバートを仕留めようと必死になっているが、ギルバートは軽やかな動きで避けていく。

ここでレオルドにギルバートなら単独で倒せるのではという邪な思いが浮かんで来る。目を潰さずとも、ギルバートは支障をきたす事もなく戦えているのだから、レオルドが手を貸す必要は確かにない。

(俺、必要なのかな?)

余裕そうなギルバートにレオルドは自分は要らない子なのでは、とネガティブな思考になっていた。

「坊ちゃま!」

だが、ギルバートの呼ぶ声にレオルドは正気に戻る。ギルバートは確かに強いが、ギルバートが攻撃していた箇所は頭から離れた場所ばかりであった。

つまり、攻めあぐねているのだ。本来のギルバートなら頭に一発、渾身の一撃を叩き込めば終わらせる事ができる。

しかし、石化の魔眼がそれを許さない。目を瞑(つぶ)れば問題ないように思えるが、目を瞑った状態で仕留めるのは至難の業。

ちなみに運命48(ディスティニー・フォーティーエイト)には心眼を持っているキャラもいる。ただ、ギルバートは心眼を持っていないが気配で相手の場所を探せるほどの実力はある。

（ああ、そうだ。ギルは俺を信じてくれてるんだ。それに応えなきゃいけないよな）

レオルドは魔法を発動させる。それは最も鍛錬を積んだ魔法、アクアスピア。水で形成された針が二本、レオルドの眼前に浮かび上がる。

「その目、貰(もら)うぞ！！！」

レオルドはアクアスピアを撃った。二本の針は宙を自在に舞い、バジリスクの目へと迫る。バジリスクはギルバートに夢中で気がついていない。

バジリスクがギルバートを飲み込もうと巨体を持ち上げた時、バジリスクの瞳に水の針が映った。

これはなんなのだ、とバジリスクが思った時には既に遅かった。レオルドが撃ったアクアスピアは見事にバジリスクの両目を突き刺して潰す事に成功する。

「ギシャアアアッ!?」

両目を潰されたバジリスクは頭を振り回して、痛みに悶(もだ)えている。これで石化する恐れが無くなった。最早、バジリスクは単なる大きな蛇に過ぎない。

だから、レオルドは油断していた。ゲームの知識が邪魔をしていたのか、蛇はピット器官という熱を感知する生態を持つ事を。

バジリスクはピット器官で感知した熱を辿った。その先にいる熱源は、完全に油断していたレオルドだ。

恐ろしい速さで迫るバジリスクにレオルドは動けずにいた。

迫り来るバジリスクにレオルドは固まってしまい、動けないでいた。

目が潰れたバジリスクはピット器官で感知したレオルドを飲み込もうと大口を開いている。レオルドはただ見ている事しかできない。

（あっ、死んだ。これ死んだわ）

なんとも呆気ない感想だが、レオルドの世界はスローモーションになっていた。死ぬ瞬間、例えるなら交通事故の瞬間に世界がスローモーションになると言われるような感覚にレオルドは陥っている。

「坊ちゃま――！」

「レオルド様――！」

眼前にバジリスクの大きな口が迫る中、レオルドは遠くからギルバートとバルバロトの声が聞こえている事に気がついた。

最期にお別れを言う事もできないレオルドは、完全に諦めて死を受け入れていた。

（ははっ……頑張ってたのに、最期は結局バジリスクに食い殺されるのか。嫌だな〜、死

にたくないな〜）

呑気な言い様だが、レオルドは静かに目を閉じて、己の最期を迎えようとする。

しかし次の瞬間、聞き覚えのない声がレオルドの耳に届く。

「まさか、バジリスクまでいるとは思わなかったな」

レオルドは頭上から降り注いだ声に反応して、上を向いたら人影が見える。太陽に照らされているから顔は確認できないが、光に反射した鎧と剣を見て騎士だというのだけは分かった。

その騎士が剣を一つ振るうと、レオルドに迫っていたバジリスクは真っ二つに斬り裂かれる。物凄い勢いでレオルドへと突進していたから、ズザザザッと二つに分かれた体は見事にレオルドを避けるように進んで止まった。

中央にいたレオルドはバジリスクの血で全身が染まる。口にまで入ってしまった血を吐き捨てると、水魔法で全身に浴びた血を洗い落とす。

（ぺっぺっぺ！　汚ねえ！　いや、それよりも生きてた！　ありがとう！　誰かは知らないけどありがとう！）

そんなレオルドの思いに応えたのか、謎の騎士が地面に降り立つ。レオルドは水で視界が滲んだ目を擦って降り立った騎士の顔を確認する。

「なあっ!?」

「ん？　どうかしたか？」

「アルガベイン王国騎士団、団長ベイナード・オーガサス……！　どうして、貴方がここに!?」

レオルドが驚愕するのも無理はない。

ベイナード・オーガサス。レオルドが説明した通り、アルガベイン王国の騎士団を纏める騎士団長である。つまりは、騎士団のトップとも言える男なのだ。

その団長が自ら前線に来るなど本来有り得ない事だ。普通は後方から指揮を執るのが団長のはず。

それが前線にいるのだからレオルドのこの反応は当然なのだ。

「どうもこうも、モンスターパニックが起きているのだから俺が出るのは当たり前だろう？」

「いや、確かにそうかもしれませんが、団長が直々に来る事はないのでは？」

「細かい事を気にするな。それに俺は後方で指揮を執るよりも前線で暴れたいんだ」

「は、はあ。じゃあ、今は誰が指揮を執っているんです？」

「決まっている。セシルだ」

「ああ、副団長が……」

「それよりも……お前は誰だ？」

「……レオルドです。レオルド・ハーヴェストです」

「は？　お前が!?　あのレオルド・ハーヴェスト？　ぶっ！　はははははははは！

随分と真ん丸になったなー！　最初見た時は全く分からなかったぞ！」

「……噂をご存知ないので？」

「知らん。興味がなかったからな」

「そうですか……」

豪快に笑うベイナードにレオルドは呆れる。思い返せば、ベイナードは豪放磊落という言葉が似合っている人間だからだ。小さい事は気にしない性格だ。

レオルドの噂は知らなかったが、レオルドが過去の武術大会で少年の部の最年少優勝者という事は覚えている。なので、昔に比べて太っているレオルドが分からなかったのもその所為だ。

二人が話しているところにギルバートがやってくる。

「坊ちゃま。お怪我はございませんか？」

「ああ。ベイナード団長のおかげでな」

「よかった。ベイナード団長。この度はレオルド様をお救い頂きありがとうございます。この事はベルーガ様に報告して、後日改めてお礼の程を」

「構わん。俺は騎士として成すべき事を成したに過ぎないのだから礼を言われるほどの事じゃない。だが、公爵家の礼を無下には断れないので、ギルバート殿。ベルーガ様には酒を頼めませんかな？」

「なるほど。では、ベルーガ様にはベイナード団長が酒を所望していたと伝えましょう」

「おお！　感謝します。これで戦の後の楽しみができました！」

「ところで、ベイナード団長はどうしてここに？」

「国王陛下のご命令ですよ。騎士二千名を引率して来ました。現場は任せると仰られたので、俺自らが先陣を切り、魔物を殲滅していたところです」

「では、モンスターパニックは終息を迎えたという事でしょうか？」

「それは判断できませんが、既にゼアト周辺の魔物は殲滅している。恐らくはここが最後だったのかもしれん」

　ベイナードの言うとおり、既に魔物の気配は感じなくなっている。

　レオルドもベイナードの言葉を聞いて再度探査魔法を使って魔力を検知すると、大量の魔力反応が確認されたが、軍隊のように規律が取れているので騎士団だという事が分かる。

　レオルドは生き残れた事と、ようやく終わったという安心感で足から力が抜けてその場に倒れ込む。

　突然倒れたレオルドにギルバートが驚いて、慌てて駆け寄る。

「坊ちゃま!?」

「すまん。やっと終わったと思ったら気が抜けて倒れてしまった」

「そういう事でしたか……びっくりさせないでください」

「はは、悪かった」

　ギルバートに叱られてもレオルドは笑っていた。長く続いたモンスターパニックが終わった事で、レオルドはやっと安心して休む事ができると。

第五話　✧舞台は再び王都へ

モンスターパニックが終息を迎えて、やっと平穏な日々が訪れるかと思ったが、レオルドは事後処理に追われていた。

ゼアトの周辺に散乱している魔物の死体を集め、使える部位を解体し、残りは焼却処分。魔物の体内には大なり小なり魔石というものが存在する。

魔石はエネルギー源にもなるので運命48の世界で重宝されている。

レオルドが手伝う必要は無いのだが、自分が放った魔法のせいで土地が荒れているのを指摘され、せっせと事後処理に励んでいた。

ちなみにその様子を見守っていたベイナードはレオルドの魔法に感心していた。

「レオルドよ。俺と一戦どうだ？」

「とんでもない。王国屈指の剣士となんて戦えませんって」

「安心しろ。手加減してやるし、魔法を使ってもいいぞ」

「いや、無理ですから」

「そうかたい事を言うんじゃない。俺と戦えるなんて滅多にない事なんだぞ？」

「そうかもしれませんが、特に魅力はないのでお断りします」

諦め切れないベイナードはレオルドにしつこく食い下がる。しかし、レオルドは一向に首を縦に振らない。そこへ、天の助けと呼べるギルバートがベイナードとレオルドの間に割り込む。

「その辺で良いでしょう。ベイナード殿。あまり、無理を言わないでください」

「むう……では、ギルバート殿はいかがです？」

「ご冗談を。この老い先短い老人を殺すおつもりですか？」

「はっはっはっは。それこそご冗談を。ギルバート殿からは歴戦の猛者が持つ匂いを感じますよ。それこそ、俺などよりよっぽど……」

二人とも笑っているが、側（そば）にいるレオルドは気が気じゃなかった。二人から陽炎（かげろう）のようなオーラが立ち上るのを見たレオルドは股間がヒュンッと縮こまる。

そんなレオルドの様子を察したのか、二人から立ち上っていたオーラは霧散してレオルドは解放されて一息つく。

（び、ビビったー！　なんだよ、さっきの！　アレが王国内最強に近い男か……）

言うまでもないが、ギルバートは伝説の暗殺者（アサシン）として大陸に名を轟（とどろ）かせたほどの猛者であり、今はレオルドの執事だ。

対してベイナードは、アルガベイン王国の騎士団の団長という肩書きを持つ剣士である。実力は王国では二番目とされている。そう、最強ではない。王国最強は他にいるのだから。

しかし、二番目と称されても実力は確かなもので、実際にバジリスクを一刀の下に両断している。勿論（もちろん）、ギルバートとレオルドがバジリスクを弱らせたからというのもあるが、たとえそれが無くとも、ベイナードであればバジリスクを一撃で殺せる実力は持っているだろう。

ただ、団長という立場の人間なので前線には滅多に出てこないのだが、今回はモンスターパニックという災害だった為、国王アルベリオンが王命を出してベイナードを現地投入したのだ。

ベイナードは騎士団の団長なのだから、王都の守りはどうなるのだという疑問が生まれるのだが、王都には王族を守護する、騎士団とは違う騎士が存在する。

王国騎士団が王国の守護者なら、彼等は王族の守護者である。

ちなみに、ゲームだとベイナード団長と戦う事ができる。ジークフリートがとあるヒロインとのルートに突入するとイベントで戦う事になる。

王国で二番目に強いとされるベイナードはゲームでも強い。魔法は身体強化しか使わないのだが、剣術による攻撃が馬鹿みたいに強い。そんなベイナードが持つスキルは、剣士ならば大半は持っている斬撃強化というありふれたスキルである。

斬撃強化は刀剣類によるダメージを1・2倍、クリティカル率を10％上げる能力だ。クリティカルは相手に倍のダメージを与える事ができる。背後からならば確定で決まる。

簡単に計算すると100のダメージが1・2倍で120になり、クリティカルが決まると240になるという代物。

ただし、これはあくまで斬撃強化が未熟な場合であり、斬撃強化は熟練度が上がるスキルとなっているので、最高値はダメージ3倍とクリティカル率100%である。つまり、最大6倍ものダメージを与える事ができる仕様だ。

ただ、この最高値を叩き出せる人間は一人しかいない。これはジークフリートではない。運命48（ディスティニー・フォーティーエイト）に存在する最強の一角である剣士だ。

ここでは名前を明かす事はないが、近接戦闘ならば最強と、運命48を作った制作陣が断言している。

公式が認める強さで、ユーザーからはチートキャラとして認識されている。

「うーむ……俺としてはもう少し骨のある奴とやってみたかったのだがな」

恐らくベイナードは、モンスターパニックでは満足する事ができなかったのだろう。普段は王都に押し込められて書類仕事に追われている為、ベイナードは久しぶりの戦闘で昂っていた。

だからこそ、今回のモンスターパニックで満足できなかった分の埋め合わせとして、レオルドやギルバートにしつこく戦いを求めてしまった。

「そんなに戦いたいんです？」

「むっ!?　もしかして、やる気が出たのか？」

「いえ、違います」

「なんだ……つまらない」

「どんだけ戦いたいんですか……」

呆れるレオルドは、よくこんなので騎士団を纏められるなと思ったが、基本的に纏め役を担っているのは副団長の方である。

残念ながら今回副団長は同行しておらず、ベイナードを制御できる者がいない。

おかげでレオルドやギルバートはいい迷惑なのだが、レオルドは命を救われている手前、無下には扱えないので結構困っていた。

（一度だけ稽古っていう形で戦ってあげるか？　いや、でも、怖そうだしな。バルバロトやギルバートとは違った怖さあるし……。でも、王国騎士団の団長と戦える機会は滅多にないから、本人の言うとおりではあるんだよね？　どうしたもんかなー）

ほんのちょっぴりレオルドは模擬戦くらいならと、思い始めてしまった。

この後、どうなるかも知らないで。


レオルドは全ての仕事を片付け終わり、しつこく戦おうと誘っていたベイナードの元へと向かう。

ベイナードは暇を潰していたようで、剣の素振りをしていた。汗を大量にかき、足元には水溜り（みずたま）ができている。一体、何時間剣を振り続けていたのだろうかと気になったが、レオルドは考えていた事を口にする。

「ベイナード団長。先程の件ですが――」

レオルドが言い終わらない内にベイナードは何を言いたいかを察し、目を輝かせながらレオルドの言葉を食い気味に遮る。

「やる気になってくれたか！！！」

ぐぐっと暑苦しいベイナードが近付いて来たので、レオルドは手で押し返しながら答える。

「ええ。俺なんかでよければ」

「構わん！　さあ、戦おう！」

「まずは条件があります」

「む、なんだ？」

「俺は魔法の使用ありでベイナード団長に一撃でも入れた場合は勝利、そして俺が気絶、もしくは戦闘が続行できない状態になったら、その時点で終了とさせてください」

「うむ！　それくらいなら全然構わんぞ！」

「では、とりあえず戦いやすい場所に移動しましょう」

「おお！」

やる気満々のベイナードはレオルドに付いて行く。レオルドは審判としてバルバロトとギルバートに声を掛ける。

二人はベイナードとレオルドが戦うと知って、大いに驚いたが止める事はしなかった。

ギルバートなら止めるかと思っていたのだが、レオルドの意思なので止める事はしなかった。

　四人はゼアトから出て、レオルドが魔法で直した場所に着く。

　流石に焼け焦げた木やへし折れた木をレオルドは直せなかったので、丁度いい空き地になっていた。

　ここならばレオルドとベイナードが戦っても問題はないように思えるが、それは二人の匙加減によるといったところか。

「じゃあ、ルールはさっき説明した通りで始めます」

「よし！　いつでもいいぞ！」

「それでは、始め！」

　審判としてレオルド、ベイナードの二人の間に立っているギルバートが手を下ろして合図を出す。

「うおおおおおおお！」

　ギルバートが手を振り下ろして開始の合図をした瞬間、レオルドはベイナードへと突撃する。対するベイナードは、雄叫びを上げながら突撃してくるレオルドに笑みを浮かべる。

　一体どんな攻撃を見せてくれるのだろうと、ベイナードは楽しみで仕方がなかった。

　待ち構えるベイナードはレオルドを迎え撃とうとしていたが、突然バックステップで下がる。

　バックステップで下がったベイナードの前に雷が落ちる。

無詠唱で発動されたから威力は低いが、ベイナードは一撃でも当たれば敗北する。

「ほう！　ライトニングか！　しかも、無詠唱ときた！　ふはははは！　これは楽しくなってきたぞ！」

豪快に笑うベイナードにレオルドはヒクヒクと顔が引き攣っている。レオルドが放ったのはライトニングで最も得意な魔法である。

それを無詠唱で発動し、雄叫びを上げながら突撃するように見せて気付かせないようにしていたのに、それをあっさりと避けるのだから顔が引き攣るのも仕方ない。

（うっそだろ、おい……！　そりゃ、ギル並には強いと思ってたけど……。アレ、避けるのかよ！　どんな反射神経してるんだよ……）

レオルド自身、先程のライトニングで決まると思っていた手前、避けられると自信が無くなってしまう。

（ふう、落ち着け。ベイナード団長は性格はあれだが、実力は間違いなくある。今の俺じゃどうやっても勝てないのは確かだ。でも、一撃を入れるくらいなら可能性はある。ただ、それでもとんでもなく難しいけど）

レオルドは次の作戦を練り始める。ベイナードはレオルドが次の手を考え始めている事に気がついたが、あえて手は出さなかった。

どのような方法で攻めてくるのか期待していたから。

それに手加減すると言ったのだから、それくらいは当然である。

「アクアスピア！」

レオルドはライトニングの次に鍛錬を積んだ水魔法のアクアスピアを発動させる。自身の後方に浮かばせると、レオルドはベイナードへと駆け出す。

距離を詰めてくるレオルドに対し、ベイナードは剣を構えて微動だにしない。

「さあ、どこからでも来るがいい！」

ベイナードの言葉に応えるようにレオルドは剣を繰り出す。力強い踏み込みで剣を振るうがベイナードに軽くあしらわれる。

だがそれは織り込み済みで、レオルドはすかさず後方に浮かばせていたアクアスピアをベイナード目掛けて撃ち放つ。

しかし、レオルドが魔法を使うだろうと予見していたベイナードはアクアスピアを避けてみせた。

「弾けろ！！！」

だが、レオルドは避けられる事も想定していて、次の手を打った。避けられてベイナードの後方へと飛んでいくアクアスピアを破裂させて、水飛沫を放つ。

これにはベイナードも驚いたが、有り得ないほどの速さで剣を振って水飛沫を風で弾き飛ばした。

「なっ！」

「ははははは！　今のが決まっていれば、一撃だと言うつもりだったのだろう？」

「くっ……！」

図星をつかれてレオルドは顔を歪める。自分ではいい作戦だと思っていただけに悔しいのだ。

そして、改めて思い知る。これが王国で二番手とされている強者だと。

だからこそレオルドは高揚する。自分の力はどこまで通用するのかと。今の自分なら、どこまで戦えるのかと。

レオルドはいずれ来る運命の時に備えて力を蓄える必要がある。だから、この数ヶ月でどこまで自分が成長したのか確かめる為に、レオルドはベイナードへ挑むのだ。

闘志に火が付いたレオルドがベイナードへと踏み込む。

「今度は剣か！　いいぞ、俺を楽しませろ！」

ベイナードは間合いへと踏み込んできたレオルドに対して、獰猛な笑みを浮かべる。レオルドは、歯を剥き出しにして笑っているベイナードへ斬りかかる。

両者の剣が交わり、カンッと乾いた音が鳴り響く。それは途切れる事なく鳴り続ける。次第に響く音の間隔が短くなっていき、両者の剣速が増しているのが分かる。

「ははははは！　いい太刀筋だ！　誰に教わった！」

余裕があるベイナードは高らかに笑い声を上げながらレオルドへ問いかける。しかし、レオルドの方に答える余裕はない。一瞬でも気を抜けばベイナードに斬られてしまうから。

カカカッと木剣がぶつかり合う。レオルドはバルバロトに教えて貰った剣術で必死にべイナードに喰らいつくが、ベイナードはまだまだ余裕があるのか楽しげに笑っている。

その笑みを見たレオルドは悔しそうに歯噛みするが、今の状況が自分の限界なのだと思い知らされる。

ゆえにレオルドは剣を振るいながら魔法を行使する。無詠唱で繰り出すのは土魔法で、ギルバート、バルバロトに何度も試した魔法。

「ぬっ⁉」

ベイナードは突如として現れた落とし穴に嵌り、体勢を崩す。レオルドは見事に落とし穴が決まった事に喜びつつ、体勢が崩れたベイナードへと猛攻を仕掛ける。

「中々に面白い作戦だ！　だが、俺とお前の間には決して覆せない差がある！」

体勢が崩れたままのベイナードへ振り下ろした木剣は弾き返され、反対にレオルドの腹にはベイナードの木剣が突き刺さる。

「ごっ……がっ……⁉」

突き刺された腹を押さえながら後方へと下がるレオルドは嘔吐き、苦しそうにしながらベイナードを睨んでいる。

「先程の小細工は良かったぞ。魔法使いは派手な魔法ばかりを好むが、お前のは面白い。いや、実戦的で素晴らしい！」

まともに呼吸ができずに苦しんでいるレオルドの気持ちなど知らずにベイナードはレオルドを褒め称える。

褒められるのは嬉しいのだが、それは今じゃないだろうと、レオルドはベイナードを恨めしそうに睨み付ける。

「ははっ！　そう怖い顔をするでない。俺は純粋にお前の戦い方を評しているだけなのだから」

やっと呼吸をまともにできるようになったレオルドは、木剣を構え直してベイナードを見据える。ベイナードはレオルドの意思が折れていない事を知り、ますます嬉々とした笑みを浮かべる。

「うむうむ。男児たるもの、そうでなくてはな！」

嬉しそうに木剣を構えるベイナードへレオルドは近付き、剣を振るう。しかし、あっさりと受け止められてしまう。

だが、そんな事は最初から分かっている。力も技量も経験も、何もかもが上なのだから。だからレオルドは、今持てる力を全部出し切り、それを限界まで振り絞らなければいけない。だって、そうでもしないと一撃入れる事なんて到底できやしないのだから。

「あああああああ！！！」

「力任せは良くないぞ」

狂ったように叫ぶレオルドは力任せに剣を振るうがベイナードには通用しない。

分かりきっている事だが、レオルドの剣術なぞベイナードと比ぶべくもない。

だからこそ、レオルドは手段を選ばなかった。

自滅覚悟の魔法を発動する為にレオルドは詠唱を紡ぐ。

「空を引き裂く雷鳴、天を焦がす黒雲（こくうん）、我が呼び掛けに答え給（たま）え。
穿（うが）て一条の光よ、轟（とどろ）け雷（いかずち）！」

「なっ!?　詠唱!?」

「いけません、坊ちゃま！」

既に詠唱は完了した。頭上に広がる空がレオルドの詠唱に応えるかのように晴天から曇天へと変わる。審判を務めるギルバートが止めに入ろうとするが、それよりも先にレオルドの口から魔法名が飛び出す。

「サンダーボルト！！！」

雷光が落ちる。それはベイナードを貫かんとして。

レオルドと剣を交わらせていたベイナードは、サンダーボルトから逃れる為に後方へと下がり、直撃を免れる。

しかし、ベイナードの超人的速度があったからこそ回避はできたが、レオルドは回避する事ができなかった。

サンダーボルトが落ちた場所はもくもくと土煙があがり、レオルドの安否は分からない。

これは、流石に不味（まず）いと思ったのかベイナードはレオルドの安否を確かめようと駆け寄る。

その次の瞬間ベイナードの足元が崩れる。

「もらったぁ！！！」

　完全に気を抜いていたベイナードへ土煙の中から飛び出したレオルドが剣を突き出していた。

「見事だ……！　だが、まだ甘い！」

　突き出された剣をベイナードは強引に身体(からだ)を捻(ひね)って避ける。だが、まだベイナードの体勢は崩れたままだ。レオルドはその絶好の機会を逃す事なく追撃を仕掛ける。

「うおおおおおお！」

　苛烈に攻め立ててベイナードへ剣を叩(たた)き付けるが、その悉(ことごと)くが捌(さば)かれる。全く通じない事にレオルドは別の手立てを考える。

　やはり、魔法しかないと剣に加えて魔法を使い、ベイナードを攻撃する。

「実に素晴らしい！　だが、まだ未熟！　お前は弱い！　世界を知れ、レオルド・ハーヴェスト！」

　崩れた体勢からベイナードはレオルドの木剣を弾き飛ばした。武器を失ったレオルドにベイナードが迫る。レオルドは迫り来るベイナードへ向けてアクアスピアを撃つが、全て避けられる。

（まだだ……！　まだ終われない！　終わるわけにはいかない！　一撃、たった一撃だ。必ず決める！）

　諦める事をしないレオルドは、最後の力を振り絞る。

武器は弾き飛ばされ、残ったものは己の身体のみである。しかし悲嘆にくれる事はない。醜く太った身体ではあるが、日々ギルバートと組み手を行っている身体だ。

大地を踏みしめ、レオルドは迫り来るベイナードへ体当たりをぶちかます。レオルドの突拍子もない行動にベイナードは一瞬判断が遅れてしまい、巨体に吹き飛ばされる。

対するレオルドも、ベイナードへ無茶な体当たりをしたおかげで、ベイナードの木剣が直撃していた。

（ぐうっ！　真剣だったら死んでたけど、これはあくまでも模擬戦！　多少の痛みは耐えればいい！）

グッと歯を食いしばり痛みを我慢するレオルドは、吹き飛ばしたベイナードへ視線を向ける。

吹き飛ばされたベイナードに大したダメージはなかったが、レオルドに吹き飛ばされたという事実に固まっている。

「……これはどう見る、審判？」

「……難しいところですね。先程の体当たりは一撃と判断してもよさそうなものですが……」

最初取り決めたルールに則るならば、レオルドがベイナードに一撃を入れると勝利となる。ただ、体当たりを一撃と認めるか否か。

ベイナードはその事に戸惑い、固まっていた。審判であるギルバートにベイナードは問いかけたが、ギルバートも難しい顔をしている。

「無効に決まっている。せめて一太刀入れるか、魔法の一発でも当てられなければ全て無効だ」

「ほう……？」

　レオルドの物言いに興味を惹かれ、ベイナードの片方の眉が上がる。

「いいのか？　体当たりも一撃と認めれば勝利だというのに」

「確かにその通りなのだが……俺が納得できない」

　先程の体当たりはラッキーパンチに過ぎない。しかも、向こうの攻撃も受ける事を想定しての事だ。模擬戦だからできた行為で、本当の戦いならば死んでいてもおかしくはない。だから、レオルドは納得ができなかった。

「ぶっ！　はっはははははは！　そうか、そうか！　納得できないか！　はははははははは！　いい心掛けだ、レオルド。お前の全てを俺にぶつけて見ろ！」

　ひとしきり笑い終わったベイナードの雰囲気がガラリと変わる。レオルドはあまりの変わりようにゴクリと喉を鳴らした。

「来るがいい。レオルド・ハーヴェスト」

　ブワリと鳥肌が立つレオルド。今のベイナードからは、先程まで感じられていたお遊びのような空気とは異なる、本気で相手をするという空気が感じられるようになり、レオルドは自然と震えが止まらなくなる。

これが武者震いなのかと、レオルドは震える己の手を見詰めてグッと握り拳を作る。相手は剣でこちらは素手。

恐らく、徒手空拳も相手が上なのだろう。だけど、知った事ではない。

今はただ、己の全てを出し切ればいいのだから。

レオルドはダンッと地面を蹴ってベイナードへと距離を詰める。懐に侵入したレオルドはそのままの勢いでベイナードの腹部に拳を叩き込もうとする。

だが、ベイナードは当然それを許さず、レオルドの腕を片手で弾く(はじ)と、もう片方の手に握っていた剣でレオルドを突く。

レオルドは身を捻ってそれを避けようとするが、無駄についた贅肉(ぜいにく)が邪魔をする。

「づぅ！」

ベイナードの突きは贅肉を抉り(えぐ)取るのではと思うほどの威力であった。だが、手加減をしてくれていたのだろう。レオルドの贅肉が抉り取られる事はなかった。

思っていたよりも動けているが、想像以上に脂肪が邪魔をする。憎たらしい身体ではあるが、今はどうする事もできない。

「ふっ、無駄に身体が大きいと苦労するな」

「本当に、なっ！！！」

その場で回転して回し蹴りを放つが、これもベイナードに受け止められる。そのまま軸足を蹴られて転倒するレオルドに、ベイナードは剣を叩き付けてくる。

レオルドは転がるように剣を避けて立ち上がるが、ベイナードはそれに素早く対応してレオルドの喉を突いた。

「こっ……かぁ……!?」

喉を押さえて後ずさるレオルドに、ベイナードは容赦なく蹴りを放つ。苦しそうに悶えていたところに蹴りを浴びたレオルドは、堪らず後ろへと転がって逃げる。

泥だらけになっているレオルドを見下ろすベイナードは、確実にレオルドを戦闘不能にする為、剣を振り上げた。

だが、レオルドもまだ負けたわけではない。苦しさを我慢しながらもベイナードの足場を土魔法で崩す。

しかし、何度も同じ手は通用しない。ベイナードは崩された足場から瞬時に移動して避けたのだ。

「それではダメだ。もっと、考えろ」

分かっている。言われなくとも分かっているんだ、とレオルドは目で応える。振り下ろされる剣にレオルドは、無詠唱で土魔法を使い、自身を土で覆って防ぐと同時に、土中に潜って逃げ出す。

土竜のように土の中を移動してベイナードから離れた所で顔を出したら、そこには既にベイナードが待ち構えていた。

「昔、お前と同じように逃げた魔法使いがいてな。その時も先回りして頭を叩きわってやった」

その言葉を聞いたレオルドは真っ青に顔を染めると、再び土の中を移動し始める。ただし今度は、逃げるのではなく攻勢へと転ずる為だ。

ベイナードは土中を移動するレオルドの気配から出口を先読みして待ち構えている。ならばレオルドは、土魔法で自分を勢い良く押し出して人間砲弾となってやろうと、それを実行に移した。

「うおおおおおお！」

「ぬおっ!? は、ははははは!! まさか、そのような手を使ってくるとはな！」

突然土の中から猛スピードで飛び出してくるレオルドにベイナードも驚いてしまい、飛び退いて避けた。

勢い良く飛び出したレオルドは上空へと舞い上がる。そして重力に引かれて落下を始める。レオルドは空中で身を翻して、ベイナードへアクアスピアを撃つ。

しかし、どれだけ撃ってもレオルドの魔法は当たらない。だけど、それでいい。これで準備は整ったとレオルドは笑う。

レオルドが笑っている事に気がついたベイナードは怪訝そうな顔を見せる。そしてすぐにレオルドが笑った理由を理解する。

「ん？ 水溜り……!? まさか！」

レオルドは放つ。練りに練った作戦通りに。

「ショックウェイブ！」

ベイナードが飛んで避けようとも、高速移動して避けようとも、地面にできた水溜りがそれを許さない。

レオルドが放ったショックウェイブは水を通し、ベイナードへと直撃する。

「ぐわあああっ！」

しばらく、麻痺(まひ)で動けないベイナードにレオルドは決着の一撃を決めようとしたが――

「アクアスピアの水を導電体に使うとは、見事なり……！　だが、見誤ったな」

確実にショックウェイブが決まった事で、ベイナードは麻痺して動けないはずだった。だが、ベイナードは動いており、着地したレオルドの背後へと回り込むと首筋に剣を叩き込んだ。

「がっ……あ……な……んで……？」

そこでレオルドの意識は暗闇に落ちる。

レオルドが意識を失った事で、勝負はベイナードの勝利で幕を閉じる。

気絶して倒れているレオルドへギルバートが駆け寄り抱き起こす。レオルドに大きな怪(け)我(が)はなく、ベイナードが手加減してくれたのが分かると、ギルバートはベイナードへと顔を向ける。

「実に見事な試合でした。恐らく、坊ちゃまも多くの事を学べたでしょう」

「ははは。それはこちらも同じ事だ。久しぶりに面白いと思った」

それはお世辞ではなく、先程の戦いを純粋に面白いと思ったからこその言葉だった。多くの敵と戦ってきたベイナードがそう評価したのだ。

これは諸手(もろて)を挙げて喜んでいいほどの評価であるが、残念ながら評価されている本人は気絶してしまっている。

「剣を教えたのはギルバート殿ではないな。バルバロトか？」

「は、はい。私がレオルド様に指南しております」

「そうか。なら、苦労しているだろう。レオルドの才能に」

「ええ。それはもう。指南役として日々負けじと励んでいます」

「はははは。羨ましい限りだ。俺もこれ程の男を育ててみたいものだ」

チラリとレオルドを見て、ベイナードが話を続けようかとした時、一人の騎士がゼアトから走ってくる。

「こ、ここにいらっしゃいましたか……」

息を切らしている騎士は恐らくベイナードを探し回っていたのだろう。

ベイナードは何事かと騎士へ振り返る。

「何かあったのか？」

「いえ、報告がございまして、周辺地域を調査した結果、モンスターパニックは完全に終息したとの事です」

「おお！　そうか。では、王都へ帰還するとしようか」

「はっ！」

騎士は礼儀正しく敬礼すると、踵を返してゼアトへと戻っていく。

騎士を見送った三人は続くようにゼアト砦へと帰還する。

ギルバートは抱えているレオルドを医務室のベッドへと寝かせると、医務室を後にした。

しばらくしてレオルドの目が覚める。見上げた先には以前から見た事のある天井がある。レオルドは自分が敗北した事、気絶して運ばれた事を理解する。

上体を起こして周囲をぼんやりと見回す。自分以外誰もおらず、レオルドはもう一度ベッドに寝転がる。

少しの間天井を見続けていたが、次第にレオルドの視界は滲んでいく。

(悔しいな～。本気でやったのに、まるで通じなかった。ギルやバルバロトとは違って俺の手の内を知らない相手だったのに、何も通じなかった。手加減されてたのがよく分かる……。頑張ってきたのに、まだまだだな。俺は)

今まで必死に頑張ってきたのに、その努力が全く報われなかった事にレオルドは悔しくて涙を流しそうになる。

だが、その時、医務室に誰かが入ってくる。レオルドは慌てて目元を擦り涙を拭う。

「誰だ？」

「坊ちゃま。起きられたのですか」

「ギルか……」

医務室にやってきたのはギルバートだった。レオルドは上半身を起こして、ギルバートと向かい合う。

「一人だけか？」

「はい。あの二人からは目が覚めたら教えてくれと頼まれてますので」

「そうか」

二人とは恐らく、バルバロト、ベイナードの二人の事だろうとレオルドは予想する。ギルバートはレオルドと少し話をすると、レオルドが完全に目が覚めた事を二人に知らせに戻った。

やがて、ギルバートが二人、バルバロトとベイナードを引き連れて医務室へと戻ってくる。レオルドが二人に声を掛けようかとした時、ベイナードがレオルドが声を掛けるよりも先に近付いて声を発した。

「起きたか、レオルド！」

「は、はい。ご心配をお掛けして申し訳ない」

「そんな事はどうでもいい。俺としては、先程の模擬戦で見せたお前の戦いっぷりを語り合いたくて仕方がないのだ！」

「は、はあ。えっと、どこを説明すれば？」

「うむ。やはり、サンダーボルトが直撃したところだな！」

「ああ、あそこですね。あの時は魔法障壁と物理障壁の同時展開、及び土の壁を形成して衝撃を防ぎました」

「なんと！　器用な事をするのだな！」

　単純に器用な事だと褒めているが、実のところレオルドが行った魔法障壁と物理障壁の同時展開は至難の業である。

　運命48（デスティニー・フォーティーエイト）の世界では、魔法を防ぐ魔法障壁と物理攻撃を防ぐ物理障壁の二つが存在する。これらはどの属性にも分類されない魔法で誰でも習得可能だ。ただし、両方を同時展開となると途端に難しくなる。

　なぜなら、異なる障壁を二つ同時に展開し、それを維持し続けなければならないのだから。

　ゲームでの場合は一ターン毎（ごと）に使用ができる。同時に展開できるキャラは一人しか存在していない。勿論（もちろん）、レオルドではない。

　ただ、レオルドができるようになったのは魔法の鍛錬中に起きたアクシデントが切っ掛けであった。

　たまたま暴発した魔法を防ぐ為、反射的に障壁を張ったら二つ同時にできたのだ。その時は咄嗟（とっさ）にやった事でどうやったのかは分からなかったレオルドだが、一度できたのならまたできるはずだと猛特訓した成果が、異なる障壁の同時展開だ。

「それよりも、ベイナード団長は最後に俺の魔法を受けましたよね？　なんで効かなかったんですか？」

「あれか？　あれはレジストしたに過ぎんよ」

「あ、ああー！　そうか。レジストがあったか……」

レオルドはやっと気がついた。元々、運命48では魔法に対して抵抗する事ができる事を。

ショックウェイブは格下の相手には確定で決まるが、同格には半分程度で、格上には一割程度しか決まらない。

そして、ベイナードはレオルドにとって間違いなく格上の相手である為、レジストされたのだ。

「まだまだ甘かったわけですね……」

「まあ、そうだな。だが、お前の戦いは見事なものだったぞ。今後も怠る事なく鍛錬に励めば俺を超える事もできよう」

「～～～ッ！」

王国で最強に近い男から、評価された事にレオルドは感動に震えた。

自分の努力は確かに実を結ぶ事はなかったが、それでも認めてもらう事ができたのだ。

レオルドは涙を我慢するのが精一杯であった。

ベイナードとの闘いも終わり、やっと無事に屋敷へと帰還して一息吐けたレオルドは、自室に籠り、今回の件で思い出した事をマル秘ノートに書いていく。

マル秘ノートとは、レオルドが持つ真人の記憶から思い出せるだけの知識を記したノートだ。

基本的にはエロゲの攻略知識しか載っていない。あとは、中途半端に持っている現代日本の知識だ。

レオルドが活かせるかどうかは不明だが、脳内で保管しておくよりもノートに纏めておいた方が便利だろう。

「ふ〜む……レジストされるのを忘れるとは」

ベイナード戦で魔法が効かなかった事には驚いたが、理由が分かればどうと言う事はない。単なる自分のミスに過ぎないからだ。

まあ、レオルドがレジストをされる可能性を覚えていたとしてもベイナードには勝てないが。

レオルドは思い出した事を一通りマル秘ノートに記載すると、一息入れてマル秘ノートを厳重に隠した。

ちなみにこのマル秘ノート、レオルドの部屋を掃除している使用人にはバレている。ただし、内容があまりにもぶっ飛んでいるので、そういうお年頃なんだと思われ、生温かい眼差しを向けられている。

しかし、そんな事は知らないレオルドは今日も呑気に食堂へと向かっていた。食堂からは食欲を刺激する香ばしい料理の匂いが漂ってくる。

テーブルには既に料理が並んでおり、後は主人であるレオルドを呼ぶだけとなっていたのだろう。レオルドが食堂に来た事で使用人達が一瞬驚くものの、すぐに仕事へと戻る。もう慣れたのだろう。呼ばなくても勝手に食堂へと来るレオルドに。

「ギルはどこに？」

「執事長でしたら執務室にいらっしゃいます」

「ん、そうか。まあ、先に頂くとするか」

レオルドは席に着き、料理へと手を伸ばす。一つ、一つ噛み締めるように料理を楽しんでいるとギルバートが食堂に入ってくる。

レオルドは口の中に含んでいる料理を飲み込んで、ギルバートへと口を開く。

「どうかしたか？」

「大変です、坊ちゃま！」

「おお、お前がそんなに慌てるとは珍しいな。何があった？」

珍しいものを見たとレオルドは笑いながら、次の料理を口にすると、ギルバートからとんでもない一言が飛び出す。

「国王陛下から呼び出しでございます！」

「んぐっ！！！」

ギルバートの言葉にレオルドは口の中の物を噴出しそうになったが、既のところで耐えた。

慌てて口の中の物を水で流し込むと、レオルドは口を開く。

「な、何かの間違いでは!?」

「私もそう思いましたが、旦那様からのお手紙と共にこれが」

ギルバートが懐から取り出したのは封が切られている手紙と封がされたままの手紙である。レオルドは封がされた手紙を見て、思わず目を剝いた。

「そ、その手紙に押されている印璽は王家の!!　父上が絡んでいるという事は間違いなく本物！　ど、どどどどうしよう！　ギル！　お、俺はどうすればいい!?」

ギルバートが取り出した手紙は間違いなく国王からのものだった。封蠟に刻まれているのは王家が使うもので疑いようのないものだ。

しかも、レオルドの父親ベルーガが絡んでいる以上、レオルドに断るという選択肢は存在しない。むしろ、断れば今度こそ死刑である。

「なんで俺が呼ばれたんだ!?　まさか、今更死刑とは言わないよな!?」

「落ち着いてください、坊ちゃま。旦那様からのお手紙によりますと、今回ゼアト砦の防衛に貢献した功績を称えてとの事です」

「え？　でも、俺は陛下にお呼ばれされるほどの功績は挙げていないが？」

「坊ちゃまは自己評価が低いようですね。坊ちゃまは魔法による多大な戦績を挙げておりますよ。それにゼアトの騎士を誰一人として欠く事なくモンスターパニックを終息に導いたのです」

「そこまで大袈裟ではないだろう？　俺は確かに魔法で魔物を大量に殲滅はしたが、モンスターパニックを終息させたのはベイナード団長率いる騎士団じゃないか」

「はあ……いいですか？　ベイナード団長率いる騎士団も多大な功績を挙げましたが、ここゼアトにおいては坊ちゃまを上回る者は誰一人としていないのです。もちろん、私もバルバロトもです」

「いやいや、そんな事はないだろう。バルバロトもギルも俺なんかより強い魔物を沢山倒したじゃないか」

「そうですね。しかし、求められるのは質より量なんです。モンスターパニックは。だから、その点で言えば坊ちゃまが一番なのですよ」

「む〜……そうか？」

「そうです。ですから、王城へと向かう準備をしてください」

「え？　今から？」

「はい。今からです」

怒濤の展開にレオルドは目を回す。しかし、止まっている暇はない。国王陛下からの呼び出しとあっては断れるわけもないので、レオルドは急いで支度を整える。

支度を整えたレオルドは馬車に押し込まれて王都へと向かう。ギルバート、シェリアにイザベルと共に四人で、実に半年ぶりの王都への帰還である。何が待ち受けているのかレオルドには何一つ分からなかったが、もしかすると運命48の物語に触れるかもしれない。

ただ、そんな事は今のレオルドには知る由もない。

内心ビクビクと震えながら、レオルドは馬車の窓から外の景色を眺めていた。

（帰りたい……）

ようやく辿り着いた王都にレオルドは不安しかなかった。真人の記憶が目覚めてから久しぶりの王都である。

運命48の主人公こと、ジークフリートとの決闘から実に半年ぶりの帰還である。しかし、レオルドは久しぶりに見る王都に何の感情も湧かなかった。

（ホントならもっと喜ぶべきなんだろうけど、陛下に呼ばれてるからな～。手紙の内容だと褒賞を与えるとか書いてたけど、正直いらない。はあ～、できるだけ早く終わらせてゼアトに帰ろう）

「坊ちゃま。このまま真っ直ぐに王城へ向かいますよ」

「え？　父上や母上に会うんじゃないのか？」

「国王陛下への謁見が先ですよ。既に連絡は済ませてありますので、後は坊ちゃまが王城へと向かうだけです」

「そ、そうか……」

王都への入場手続きを行っている時にギルバートから説明を受けてレオルドは驚く。

まさかこのまま真っ直ぐに王城へと向かうとは思わなかったからだ。まず先に両親へ顔を見せに行くものだと思っていたのにと、レオルドは溜息を吐く。

レオルドを乗せた馬車は真っ直ぐ街道を進み、その先に聳(そび)える王城へと向かっていく。

レオルドは車窓から外を眺めて、街並みや歩いている人に見入っていた。

ゼアトよりも綺麗(きれい)な街並みや大勢の人に、レオルドは改めて王都へと戻ってきた事を思い知る。

やがて人の数が減っていき、見上げた先には城が見えた。これからあの中に入るのかと考えたら、レオルドは胃が痛くなる。

(うぅ、お家(うち)に帰りたいよ～)

最早(もはや)、レオルドがどれだけ喚(わめ)こうが帰る事はできない。むしろ、帰ろうものなら物理的に帰れなくなるだろう。とは言え、首と胴体が分かれた状態で帰る事ならできるだろうが。

流石(さすが)にそのような蛮勇は、レオルドにはない。

うだうだ考えている内に馬車は王城へと進み、レオルドはいよいよかと覚悟を決める。

粗相があっては首を刎(は)ねられるかもしれないという怯(おび)えと緊張に、レオルドは肉体的にも精神的にも震えが止まらない。

実際には余程の事を仕出かさない限り、首を刎ねられる事などありえないのだが、真人の記憶とレオルドの記憶が合わさっている所為(せい)で、レオルドの被害妄想が激しくなっている。

やがて馬車が止まり、扉が開く。外にいたのは案内役の人間だろう。レオルドは馬車から降りると、ギルバートとシェリア、イザベルを引き連れて城の中へと踏み込んでいく。

城内の豪勢な造りについ見惚れて立ち止まりつつも、先へと進んでいく案内人に置いていかれないように早足で進む。

道中、執事であるギルバートと使用人であるシェリア、イザベルと別れ、レオルドは案内人の後ろで一人孤独に苛まれながら、玉座の間へと進んでいく。

これから相対するのは、この王国で最高の権力を持つ人物、国王陛下だ。レオルドの記憶では父親と仲のいい友人という認識だが、真人の記憶として油断ならない恐ろしい人物という認識もある。

国王自身の戦闘能力は全く無いに等しいけれど、こと政治においては、凄まじい才覚を惜しみなく発揮しているそうだ。

ただ残念ながら、素人目には何が何だか分からない。

そしてついにレオルドは、玉座の間の入り口前へと辿り着く。案内人に軽く説明を受けてレオルドは襟を正した。

巨大な扉に圧倒されるが、レオルドは扉を見上げつつ首を傾げていた。

(どうして、こういう所の扉は大きいのか。威厳を見せる為か？　だとしても、無駄に大きすぎるだろ。費用とんでもない事になってそう)

案内人はレオルドに説明を終えたあと、巨大な扉とは別にある小さい扉から玉座の間へと入っていく。むしろ、あちらの小さい扉が正しい入り口なのでは、とレオルドは苦笑いを浮かべる。

そうして、しばらくすると巨大な扉が大層な音を立てながら開いていく。レオルドは案内人から受けた説明通りに巨大な扉が開き切るまで待機する。

そして、玉座の間へと続く巨大な扉が開き切るとレオルドは歩を進める。両側に並んで立っているのは名だたる貴族、その中には父親の姿もある。そして後方に控えているのは騎士の精鋭部隊。

一挙一動が注目を集めるレオルドは内心ガクガクと震えながら、中央の玉座に腰掛けている国王の前へと進む。

国王の前まで進んだレオルドは片膝を突き、胸に手を添えながら頭を垂れる。

そこで、静寂に支配されていた玉座の間に声が鳴り響く。

「これより、此度(こたび)のモンスターパニックで多大な功績を残したレオルド・ハーヴェストに褒賞を与える！　レオルド・ハーヴェストよ、面を上げよ」

「はっ！」

国王の傍(そば)に控えている初老の男、宰相が紙を広げて読み上げる。

レオルドが残した功績についてを。

モンスターパニックの最前線となっていたゼアト砦を騎士達と共に防衛した事を述べた。

宰相が紙に書かれていた報告を読み上げると、国王が満足そうに頷(うなず)いてレオルドへと問い掛ける。

「レオルドよ。この報告に偽りはないか？」

「恐れながら国王陛下。私はハーヴェスト家当主であられる父の言葉に従ったまでの事。此度の功績は全て騎士団のものと思います。ですから、私のような者には陛下からのお言葉だけで満足でございます」

「ふむ。なるほど。お前の言い分は分かった。だが、言葉だけでは足りぬだろう」

「いえ、私は貴族にあるまじき過ちを犯した愚者でございます。故にこうして、陛下の御前に喚ばれた事だけでも、大変な褒美と思っております！」

とにかくレオルドは早く終わらせて帰りたかった。だから自分を卑下して国王に満足してもらおうと、足りない頭を必死に回転させて言葉を並べていた。

「確かにそうではあるが、歴史を辿ればお前の過ちは可愛い方だろう。ただ、婚約者を他人に傷つけて貰おうとした事は許せんがな」

「……」

ダラダラとレオルドは汗を流し始める。正直、土下座しながら泣き喚き、すぐにこの場から立ち去りたいとすら考えていた。

多くの貴族に見られながら、しかも父親もいる中、国王との問答をこれ以上続けるのは、レオルドには耐え切れそうになかった。

一刻も早くこの場を立ち去らなければと懸命に脳の回路をフルに酷使して言葉を発する。

「陛下、やはり私には過ぎたるものかと……」

もうダメだ。脳がショートした。これ以上、上手い言葉は出てこない。思わず、目を逸らす為に顔を伏せてしまったレオルド。

(アパー)

完全に使い物にならなくなってしまったレオルドは、頭を下げて国王からの言葉を待つのみ。

どれだけの時間が経過したのだろうか。既にレオルドの体感時間は狂っていて全く分からなかった。

ポタリ、ポタリと、汗がレオルドの顎から床に落ちていき、染みを作る。

その染みを数えながら、レオルドは国王からの言葉を待つ。ある意味、死刑宣告を待つ囚人のような気持ちになっているレオルド。白髪が増えたのではないだろうか。

「面を上げよ、レオルド」

「はっ！」

嫌な汗を流しているレオルドは、背中に服が張り付いている感触に嫌悪しながら国王の言葉に従い顔を上げる。

レオルドが見上げた先には、微笑(ほほえ)ましいものを見ているかのような表情をした国王の顔があった。一体何があったというのだろうかと、レオルドは生唾を飲み込む。

(もしかして、死刑宣告なのでは？)

などとレオルドは邪推するが、国王の内心は違う。国王は以前までのレオルドとの違いに喜んでいるのだ。友人の息子なので何度も会った事があり、その性格はよく知っていた。

だから、今のレオルドの変わり様に驚きつつも、人としての成長が見られて嬉(うれ)しいのだ。親子ではないのだが、世間で屑(くず)人間と評されていた友人の息子が立派に成長しているのだから。

「レオルドよ、お前の言い分は理解したが、やはり褒美は与えねばならない。何故(なぜ)ならば、お前は多くの騎士の命を救った。話は私の耳にまで届いておる。ゼアトの騎士を纏(まと)め上げて、モンスターパニックの対応に尽力したとな。だから、レオルド。お前には受け取る権利があるのだ。今は黙って褒美を受け取るといい」

「は……はい。その、光栄でございます」

何が何だか分からないがレオルドは死ぬ事はないと分かった。だが、意外にも褒められたので戸惑っている。慌てながらも、礼儀を尽くしてレオルドは頭を下げる。

そして、国王の出番は終わったのか、横に控えていた宰相がレオルドの褒賞について話す。

三千万B(ベイン)をレオルドに与えるとの事だ。

Bとは運命48(ディスティニー・フォーティーエイト)でアルガベイン王国で使われている通貨の事である。1Bは日本円で一円だ。

つまり、レオルドは日本円だと一軒家が建てられるほどの大金を受け取る事になる。

基本的に運命48は中世ヨーロッパ風の世界観だが、製作陣は日本人なので日本に近い部分が存在する。

レオルドは大金を貰える事になったが大した喜びはない。確かに日本でならば三千万という数字は両手を上げて喜ぶほどの金額だが、レオルドは腐っても公爵家の一員なのだ。今更、三千万では喜ばない。ただ、このお金はレオルド個人のものとなる。だから、それを知ったら喜ぶ事になるのだが、今はまだ知らないので喜ぶ事はない。こうして国王への謁見が終了して解散となる。

レオルドは案内された部屋へと赴き、待機していたギルバートとシェリア、イザベルに合流する。

「はあ～～～！　死ぬほど緊張した！」

帰ってくるなり、大きな溜息を吐いてレオルドは服のボタンを外して楽になる。そしてソファに腰掛けると、足を伸ばして天井を見上げる。

そうしていると、疲れているであろうレオルドを気遣ってシェリアが紅茶を用意してイザベルがお菓子を差し出した。レオルドは差し出された紅茶を一口飲んで、また天井を見上げる。

「ああ～～～、うめえ～～～」

「あのレオルド様？」

「ん？　なんだ？」

「謁見というのはそこまで緊張なさるものなのですか？　レオルド様は公爵家ですから、何度も国王陛下には会っていると思うのですが」

「ああ。まあ、その通りなんだが……ほら、俺は色々とやらかしているだろ？」

「ああ～……そうですね」

「ゼアトに幽閉されて以来の謁見だったから緊張が凄くてな。はっきり言って死刑宣告でもされているような気分だったよ」

　笑いながらお菓子に手を伸ばすレオルドだが、対照的にシェリアは顔が引き攣っていた。なんとなく気持ちが理解できたから。

「あ、あはは～、そうなんですね～」

　悟られまいと必死に笑みを浮かべるシェリアだった。

　レオルドがシェリアに淹れてもらった紅茶を飲んでいるとギルバートが話しかける。

「レオルド様。本日の昼食なのですが、奥方様から久しぶりに家族水入らずで食べましょうとの事です」

「ぶっ!?」

「きゃっ！」

　鼻から勢い良く紅茶を噴出したレオルドに驚くシェリア。その光景を見ていたイザベルは必死に笑うのを我慢しており肩が震えていた。

　その様子を見ても一切動じる事なくギルバートは話を続けていく。

「既に店を予約しているので時間が来たら、お店に来るようにとの事です。あと、遅刻厳禁ですと」

「おう……母上がそう言ってたんだな？」

「はい。まだ、しばらく時間はありますがどうしましょうか？」

「そうだな……しばらくは休んでおきたいから、ここで過ごすとしよう。ああ、それとシェリア、イザベル。ゼアトで待機している使用人に土産を買っておいてくれ。ギル、シェリアに土産代を」

「ええ!?　いいんですか？」

「よろしいので？」

「構わん。いいだろう、ギル？」

「ええ、問題ありません。たまには、そういうのがあってもよろしいでしょう」

「そういう事だ。あっ、それとバルバロトのも頼む」

「分かりました！　ご期待に応えるよう選んできます！」

「かしこまりました。こちらはお任せください」

「シェリア。イザベルの言う事に従うのだぞ」

興奮しているシェリアをギルバートが窘めてから、土産代を渡す。お金を受け取ったシェリアは使命感から、いつも以上にやる気に満ち溢れていた。その様子が微笑ましくイザベルは小さく笑っていた。

シェリアとイザベルが買い物へと出かけている間は特に何かをするわけでもなく、レオルドはギルバートと他愛もない話を続けていた。

「そういえば、二人で行かせてよかったのか？」

レオルドは買い物に出かけた二人を心配してギルバートに尋ねてみた。

「心配ありません。ここは王都ですし、シェリアの格好は貴族に仕える使用人ですから、おかしな輩に捕まる事はないでしょう。それにイザベルも付いていますから」

「まあ、確かにそうだな。イザベルがいるなら余計な心配はいらなかったか」

ただレオルドは少し心配らしい。シェリアは運命48でサブヒロイン枠として存在し、あまりパッとしないキャラだったが、普通に可愛いのだ。

真人の記憶を持つレオルドは、シェリアなら現代日本でアイドルとしてもやっていけるほどの美貌の持ち主だと思っている。それに加えてイザベルという美人まで付いているのだ。

容姿端麗な二人が揃って買い物に行っているのだから心配で仕方がない。王都だからとギルバートは安心しているが、王都だからこそ変な輩はいるのだ。

「ギル。俺の事はいいから今からでも二人に付き添ったらどうだ？　イザベルはともかくシェリアは心配だ」

「坊ちゃまは心配性ですなぁ」

レオルドの予想は当たる事になる。このときのレオルドとギルバートは知る由もないが。


「ふんふふ～ん」

シェリアは王都でも有名な商店街を回っていた。とてもご機嫌らしく、鼻歌を歌いながら道を歩いている。

何せ、レオルドからお土産代と称してお金を貰ったから。

その少し後ろをイザベルが可愛い妹を見守るかのように微笑みを浮かべて歩いていた。

「あっ！　このお菓子、新作だ！　美味しそう～」

商店に並べられているお菓子を見つけては、足を止めて吟味するシェリア。シェリアに限らず、多くの人がお菓子を見ている。どうやら有名なお菓子のようだ。

シェリアが美味しそうなお菓子を見つけては駆け出す姿を見てイザベルはクスリと笑う。

「ふふ。まだまだ可愛らしい子供ですね」

口元に手を当てて笑っているのを隠しながらシェリアの純粋な姿を見て心温まるイザベルはゆっくりとその後を追いかける。

「うう～ん。どれにしようかな～？」

あれもいいな、これもいいな、とシェリアは贅沢な悩みに頭を捻る。

それを見ているイザベルは何も言わない。ただ黙ってシェリアの可愛い姿を見て微笑んでいるだけ。それにイザベルは自分が選ぶよりシェリアが選んだ物が最善と考えている。自分では当たり障りのない物を選ぶだけだから。

レオルドから渡された金額は、ゼアトの屋敷に勤めている使用人、バルバロトの土産を買っても余るほどある。

本来なら無駄遣いはダメなのだが、シェリアはレオルドが絶対に怒らないであろうという確信がある。

だから、悩みに悩んだシェリアは少しだけ欲を出した。自分の分を多めに買った。しかし、一緒に来ているイザベルもいるのでシェリアは賄賂という名のお菓子を購入。

それをイザベルに渡して禁断の技である上目遣いでお願いした。

「あ、あのイザベルさん。この事は二人に内緒にしてくれる?」

ウルウルと目を輝かせながらイザベルを見詰めるシェリア。それを見たイザベルは可愛らしいお願いをしてくるシェリアに少しだけ意地悪をしたくなってしまう。

どのような反応を見せてくれるのだろうかとイザベルは期待しながらシェリアのお願いを断る。

「申し訳ございません。流石に主のお金を横領するような真似はとても私にはできません」

「え……。で、でも今のレオルド様ならきっと許してくれると思うんだけど、だめ……かな……？」

まさかイザベルが断るとは思いもしなかったシェリアはオロオロと焦りながら説得しようとするが最後の方は声が小さくなっていく。

「レオルド様はお許しになるとは思いますがギルバート殿の方は厳しいかと」

「うっ……」

自分の分だけ余分に買った事がバレたとしても確かにレオルドならば許してくれるだろうがギルバートはきっと怒るに違いない。怒られる未来を想像してしまったシェリアは悲しくてしょぼんとした表情を浮かべてお菓子を返却してこようとする。

その愛らしい姿にイザベルはこれ以上はやり過ぎだと判断して、お菓子を返そうと店に戻ろうとしているシェリアに声を掛ける。

「この事は二人だけの秘密にできますか？」

「えっ？」

「ですから、この事は二人だけの秘密にできますか？　できるのなら、私は二人だけの秘密として黙っててあげますよ」

イザベルは人差し指を口に当てて秘密だよというジェスチャーをしながらウインクをする。それを見たシェリアはパアッと花が咲くような笑みを浮かべて頷いた。

「うん！　できるよ！」

「でしたら、この事は二人だけの秘密という事で」

「うん！　えへへ、ありがとう。イザベルさん」

そのような一幕があり、二人は仲良くお土産を選んでいった。

これで用事は済んだと、二人は満足してレオルド達の元へと帰ろうとする。

だが、ここで問題が発生する。二人が帰ろうとしたら、目の前を三人組の男に塞がれてしまう。

ニヤニヤと厭らしい笑みを浮かべて二人を見る三人組は、一歩ずつ二人へと近付く。すかさずイザベルがシェリアを庇うように前へ出る。

「そう道を塞がれては迷惑です。今すぐに退いてください」

「ああん？　使用人風情が口の利き方がなってないんじゃないのか～？」

イザベルが三人組に道を空けるように注意したが三人組の内の一人がチンピラのように二人を脅す。その物言いに思わず驚いてしまうシェリアを睨み付ける男はさらに脅すような事を言う。

「俺は男爵家の三男だぞ。お前らのような使用人など、父上に言えばどうとでもできるんだからな～」

逆らえばどうなるか分かっているかと脅すように二人へ迫る三人組に怯えるシェリアだが、前に立っているイザベルが全く動じていないのを見て震えが止まった。

「そうですか」

「あ？　お前、状況分かってないのか？」

「そういう貴方(あなた)こそ、このような往来の場で自分が何をしているのか分かってらっしゃるので？」

「ああ？　何が言いたいんだ、お前！　さっきから使用人の分際で生意気な事を言いやがって！」

「はあ。いいですか？　そもそも貴方は男爵家の三男と言いましたが、貴方自身は偉くはないのですよ？　男爵家の三男というのはただの肩書です。だから、貴方には私達をどうこうする権利はありません。理解していますか？」

「はっ！　何を言うかと思えばそのような事か。お前は俺の事を三男だと馬鹿にしたいようだが俺には男爵家の権力があるんだよ。それを使えばお前のような生意気な使用人を黙らせる事くらい造作もない！」

「そう来ますか。では、私達はこう言いましょう。ハーヴェスト公爵家の使用人に手を出すつもりですか？」

「な、何っ!?」

　これには三人組も驚いてしまう。まさか、ナンパしようとした相手が公爵家の使用人だとは思わなかった。しかし、男爵家の三男だと自称した男は少しだけ怯(ひる)んだがすぐにニヤリと厭らしい笑みを浮かべる。

「はん！　それが本当だったとしても、たかが使用人の為(ため)に公爵家が動くわけないだろ！」

　その言葉を聞いて男の仲間はそれもそうかと頷いて強気になる。

「呆れてしまいますね。もう少し考えたらどうですか？　確かに貴方の言うとおり、たかが使用人の為に公爵家は動かないかもしれません」

「ははは！　そうだろう！」

そらみろと言わんばかりに笑い声を上げた自称三男。

「ですが、果たして本当にそう言い切れますか？」

しかし、イザベルが不穏を煽るような事を言うので自称三男は笑い声をピタリと止める。

「何が言いたい……？」

「ハーヴェスト公爵閣下が使用人の為に動かないと貴方は断言できるのですか？」

「そ、それは……そう！　俺がそうだからだ！　たかが使用人の為に主である俺達貴族が動くわけないだろう！　だから、公爵も同じさ」

「それは貴方の考えですよね？　ハーヴェスト公爵閣下が本当に貴方と同じ思考の持ち主だと思っているのですか？」

「そうだ！　間違いない！」

「……ふう。どうやらこれだけ言っても理解できないようですね。止むをえませんが――」

これ以上は交渉の余地がないと判断したイザベルが三人を排除しようと戦闘態勢に入ろうとしたところに救世主が現れる。

「おい、そこで何をやってるんだ！」

「あ？」

睨み合っていた両者は突然の乱入者に振り向く。そこには真っ赤な髪にツンツン頭の男が立っていた。

「誰だよ、お前。今、いいところなんだから邪魔するなよ」

「そうなのか？」

三人組に声を掛けたのはジークフリート。運命48（ゲーム）の主人公であった。正義感の強いジークは、二人が三人組に無理やり迫られて困っているのだと思って助けに入ったのだが、一応確認する為に二人へ顔を向けた。

「ち、違います！　この人達が無理やり——」

「ああっ!?　てめえ、何言ってんだ！」

「ひっ!?」

イザベルの後ろに隠れていたシェリアは助けに来てくれたジークフリートに状況を説明しようとしたが、自称三男に怒鳴られてしまいビクリと肩を震わせた。

「おい！　彼女が怯えているだろ！　女の子に寄って集（たか）って恥ずかしくないのか！」

「うるせえよ！　お前、俺が男爵家の三男だって知っても同じ事言えるのか！」

「男爵家？　それがなんだ？　偉いのは親父（おやじ）さんであってお前は偉くないだろ。それに、俺も男爵家の人間だ」

「なぁっ!?　口からでまかせ言ってんじゃねえぞ！　どうせ、その辺の平民だろうが！」

「嘘（うそ）じゃない。俺はジークフリート・ゼクシア。ゼクシア男爵家の嫡男だ」

「えっ！　ゼクシアだと!?」

ゼクシア男爵と言えば今は有名な貴族だ。何せ、ジークフリートは学園で行われた決闘でハーヴェスト公爵家の嫡男であるレオルドを倒した事で一躍有名となった。

「お、お前がジークフリートだと……」

「ああ、そうだ」

「あ、う……くそ！　おい、行くぞ！」

流石に相手が公爵家の嫡男レオルドを倒した相手では分が悪いと三人組の男達はジークフリートから逃げるように立ち去った。ジークフリートは三人がいなくなったのを確認してから、怯えて動けないでいるシェリアと事の成り行きを見守っていたイザベルの元へ近寄る。

「大丈夫だったか？　何かされてないか？」

「え、あ、だ、大丈夫です！　あの、助けていただきありがとうございます！」

「危ないところを助けていただき、ありがとうございます」

イザベルの後ろに隠れていたシェリアは三人組がいなくなった事で安心したようでジークフリートの前に出て礼を言う。そして、イザベルも余計な争いをせずに済んだので頭を下げた。

「別にお礼なんていいさ。放っておけなかったからな」

「ほんとにありがとうございます！　あのままだったら、私達どうなっていたか……。せめて何かお礼をしたいのですが……。あっ、よかったらこのお菓子受け取ってください！」

　シェリアは助けてもらったお礼にと、後で食べようと買っておいたお菓子をジークに渡す。押し付けられるように渡されたジークは返すのも悪いと思って素直に受け取る。それを見ていたイザベルは複雑な気分であった。本来ならば、いつか一緒に皆には内緒で談笑しながら食べていたはずなのにとちょっぴり寂しさを感じるイザベルであった。

「あっ、さっきの奴らがまた来るかもしれないから、俺が一緒にいようか？」

　心強い一言に、シェリアはどうしようかとイザベルに目を向ける。これがジークフリートでなければ一緒に来て貰ったかもしれないがイザベルは主であるレオルドの事を思い断る事にした。

「非常に嬉しい提案なのですが、ジークフリート様もご予定があるのでは？」

「え？　あー、まあ、あるけど二人を放っておくのも危ないと思ってなんだけど」

「でしたら、問題ありません。私はこう見えて戦えますのでご安心を」

　軽くスカートの端を摘まんで会釈するイザベルにジークフリートはそれなら問題ないかと判断した。

「そっか。それなら俺も待ち合わせがあるから先に行くよ。じゃあ、またどこかで！」

　そう言って爽やかな笑顔を見せるジークフリートは手を振って二人と別れる。そして、残された二人は帰路につく。

　城へ向かって帰っている途中、シェリアがどうしても聞きたい事がありイザベルに質問した。

「あのどうして断ったんですか？　イザベルさんが戦えるって聞いて驚いたけど、ジークフリートさんと一緒の方がよかったんじゃないですか？」

「そうですね。でも、それは無理なんです」

「どうしてですか？　何か理由があるなら教えてください」

「シェリア。よく聞いてくださいね。先程のジークフリート・ゼクシア様はレオルド様がゼアトに幽閉される原因となった御方なのです。ですから、私達と一緒にいればレオルド様と鉢合わせしてしまうかもしれないので断らせていただきました」

「そ、そうだったんだ。私、全然知らなくて……」

「気にしないでください。恐らくジークフリート様に会う事はないと思って、シェリアには知らせなかったのでしょう。気に病む事はありませんよ」


その後、二人は他愛もない話を続けながらレオルド達が待っている城へと帰っていく。

王城の前まで二人が辿り着くと、迎えに来たギルバートが出てくる。

「迎えに来たぞ、シェリア。少し遅かったが何かあったのかね？」

「お爺ちゃん！」

ギルバートに駆け寄るシェリアを見て、イザベルはお土産を買っている最中に何があったかを説明した。それを聞いたギルバートは後悔する羽目になる。

レオルドの言うとおり付いていけばよかったと。しかし、同時にイザベルが付いてくれていて良かったと安堵した。孫娘を救ってもらったのでギルバートはイザベルに頭を下げる。

「イザベル。ありがとうございます。貴女がいなければシェリアは今頃決して癒えぬ傷を負っていた事でしょう。心からの感謝を」

「いえ、構いません。それに私がいなくてもどうにかなっていたでしょうから」

「それはどういう意味で？」

「実はジークフリート・ゼクシア様に助けて頂きまして」

「それはなんと……なんとも奇妙な縁ですな」

「はい。まさか、レオルド様の使用人である私達と関わる事になろうとは思いませんでしたわ」

「それで彼は？」

「予定があるそうなので、そこで別れる事になりました」

「そうか。それはよかった。万が一にもレオルド様と会うような事態だけは避けねばならんからな」

「そうですね。決闘の事がありますし、恐らくジークフリート様の方はレオルド様を見れば摑みかかるかもしれませんから」

「うむ。話を聞く限り彼も悪人ではないのだが……」

「あ、あの二人とも。お話は中に入ってからしませんか？」

「む。そうだな。では、レオルド様の元へ戻ろうか」

会話を切り上げて三人は城の中へと入っていく。

一人残って三人を待っているレオルドが待っているので天井を見上げていると、扉をノックする音が聞こえてくる。三人が帰ってきたのだろうとレオルドは返事をして三人を中に入れる。

「ただいま戻りました。レオルド様！」

元気良くシェリアが部屋の中へと入ってくる。その後ろにギルバートとイザベルが続いた。三人を見てレオルドは労いの言葉を掛ける。

「ご苦労様。いい土産は買えたか？」

「はい！　やっぱり王都なだけあって凄いですね！　ゼアトなんかよりよっぽどお菓子とか美味しそうでしたよ！　それに可愛いお洋服も沢山ありました！」

「ははっ、そうかそうか。じゃあ、また今度連れて来てやろう」

「ホントですか⁉　じゃあ、その時はレオルド様も一緒にお買い物しましょうね！　約束ですよ！」

「ああ、いいぞ。約束だ」

「やった！」

嬉しくてピョンピョン跳ね回るシェリアを見て連れて来てよかったと微笑んだ。

「あ、そうそう！　レオルド様。実は私達とっても危ないところだったんですよ！」

「ん？　何かあったのか？」

「はい。お土産を選び終わって帰ろうとしたら意地の悪そうな三人組が私達を連れて行こうとしたんです！」

「何？　ナンパされたのか……。それでイザベルが撃退したのか？」

そう言ってレオルドはイザベルの方に目を向けるが。彼女はフルフルと首を横に振って否定した。

「ん？　じゃあ、どうしたんだ？」

「あっ……えーっと……それは……」

興奮して喋っていたシェリアだったがジークフリートの事はレオルドには禁句だという事を思い出して言葉に詰まる。どう誤魔化そうかとシェリアが困っていたらギルバートが助け舟を出した。

「近くにいた衛兵が対応してくださったそうです」

「ほう。そうなのか。まあ、無事でよかった」

「は、はい。本当そう思います……」

ホッとするシェリアだったがギルバートから厳しい目を向けられてシュンと肩を落として落ち込んでしまう。流石に今のは自分が悪いとシェリアは反省するのであった。

急に落ち込んでしまったシェリアを見てレオルドは首を傾げる。一体どうしたのだろうかと。色々と考えてレオルドは、きっとシェリアは欲しい物が買えなかったのだろうという答えに辿り着いた。

なのでレオルドはゼアトへ戻る前にシェリアを買い物に連れて行ってやろうと決めた。

二人が帰ってきてから、丁度いい時間になったのでレオルドは母親が予約したというお店に向かう事にした。

思えば、真人の記憶が宿ってから家族に会うのはこれが初めてなのだ。父親とは会っているが、母親と双子の弟と妹には会っていない。

勿論家族と会うのは楽しみではあるのだが、同時に不安も感じるレオルド。母親は問題ないのだが、双子の弟と妹には嫌われているのだ。

それはどうしてかと言われれば、過去のレオルドの行いが原因である。双子の弟と妹は兄であるレオルドと血が繋がっている事が恥ずかしいと言っている。

それもそうだ。金色の豚と馬鹿にされた兄を持った弟と妹の気持ちを考えて欲しい。公爵家という由緒ある立場の人間なのに、やっている事は外道そのもの。

両親が咎めても表向きは反省しているが、裏ではやりたい放題。

そんな兄に心を痛める両親を見ては、弟と妹が愛想を尽かすのも当然と言えるだろう。

「着いたか……」

レオルドが見上げる先は、オリビアが予約したという王都でも有名なレストランだ。

これから向かう先には、両親と自分を嫌う双子の弟と妹が待っている。

まだ、家族には会ってもいないというのに、既に胃がキリキリと痛みを訴えている。

（もしかして精神的に殺しに来てるのかな？　だとしたら大成功ですよ！　もう胃がキリキリしてるもんね！）

「はあ～～～」

「どうかなさいましたか、坊ちゃま？」

「いや、なんでもない。それよりも中で皆が待っているかもしれないから早く入るぞ」

レオルドは予約されていた時間の五分前に到着している。家族が中に入っていくのを見ていないので分からないが、もしかしたら先に入っているかもしれない。

そう考えると、レオルドは待たせるわけにはいかないと思い、唯一連れて来たギルバートと共にレストランへと入る。シェリアとイザベルも連れて行こうかと考えたのだが、四人も必要ないだろうと判断して二人は城に残してきた。

レオルドとギルバートが中へ入るとウェイターが歩み寄る。

「レオルド・ハーヴェスト様でいらっしゃいますか？」

「ああ、そうだ」

「それではこちらへご案内致します」

連れて行かれた先は最奥の部屋だ。煌びやかな装飾が施された扉が見える。レオルドはこの扉の先に家族が待っているのだと分かると、大きく深呼吸をした。

ウェイターは案内が終わると下がり、ギルバートが扉を開ける。

開いた扉の先には、中央に長方形の長テーブルがあり、壁際には絵画や花が飾られていた。そして長テーブルには、既に四人の男女が腰掛けている。

上座にいるのは父親のベルーガ、母親のオリビア。そして、レオルドとは違って細身のイケメンである双子の弟、レグルス。そして、これまた美少女のレイラ。

最後に来たレオルドは、正直離れた場所に座りたかったが、ご丁寧に父親の近くがわざと空けられていた。

現在レオルドは、長男というだけで次期当主というわけでもない。だから離れた席でも良かったのにと心の中で愚痴りながらも席に着いた。

「ご無沙汰しております。父上、母上」

「うむ。久しいな、レオルド。お前がゼアトに行ってから半年程か。しかし、此度の件は公爵家として、そして父として喜ばしい事だ」

「ありがとうございます」

「しかしな、レオルド。一つ、どうしても聞きたい事があるのだ」

「はい。なんでしょう？」

「いったいお前に何があったというのだ？　聞けば、ゼアトに行く前から様子がおかしいとギルから報告を受けてな。しかも、ゼアトに着いたらダイエットがしたいと言い出して、今も頑張っているそうじゃないか。だから、気になってしまってな。お前が何故、急に心変わりをしたのかと」

「あ、あ～……」

完全に不意をつかれたレオルドは、どう返答しようかと困ってしまう。視線を上下左右に動かしては乾いた笑い声を上げて、誤魔化そうとしているが、ベルーガの目は誤魔化せない。

流石に真人の記憶が宿って人格に変化が生じたなど信じては貰えないだろう。いや、両親なら信じてくれるかもしれないが、受け入れてもらえるかどうか自信が無い。

「えっと、あははは～……」

「何か後ろめたい事でもあるのか？」

「い、いえ、そんな事はありません！」

「どうせ、兄さんの事ですから、何か企んでるんですよ」

変な勘違いをされても困るのでレオルドは必死になって否定する。

「そうですね。私もそう思います。父様も母様も、今まで兄さんが何をしたか見てきたでしょう？　今更、真面目になったところで信じられません」

ピキッとレオルドは動かなくなる。何かしら言われるだろうと覚悟はしていたが、まさかここまで露骨に言われるとは思わなかったからだ。

真人の記憶からも、二人からは嫌悪されている事は知っていたが、この場でこれほど露骨に言われるとは予想しなかった。

「あ、あははは……」

レオルドはもう涙が出てきそうだった。いくらレオルドの過去の行いが酷かったとしても、今のレオルドが成した事までは否定して欲しくはない。

真人の記憶が宿って別人格になってしまったが、根本的な部分には本来のレオルドがいるのだから。

最愛の家族からここまで言われたら、性格が歪んでもおかしくはない。

確かにレオルドは自分の才能に増長して胡坐をかいて慢心していたが、今は違うだろう。

(来なければ良かった……！　こんな気持ちになるなら、来なければ良かった!!)

ジワリと視界が滲む。ここで泣いてはダメだ。

泣くなら、せめて誰もいない所で泣くべきだ。

レオルドは涙を堪えてベルーガの質問に答えようとした時、今まで黙っていたオリビアが口を開いた。

「よく頑張りましたね、レオルド。母は貴方を誇りに思いますよ。レグルスとレイラが言った事は間違ってはいないけれど、でも、過去は過去で今は今なの。過去の事は無かった事にはできないけれど、今は貴方の選択次第で変える事ができる。だから、レオルド。貴方が己の身を顧みず、ゼアトの騎士達を守り抜いた事を私は誇りに思います」

「は、母上……」

我慢していた涙が零れ落ちそうだった。父親からは疑いの目を向けられ、弟と妹からは否定されていたのに、唯一母親のオリビアだけは何も言わずにレオルドを信じたのだ。

これが無償の愛。一切の見返りを求めず、ただ愛を与える。オリビアにとってはレオルドも掛け替えのない一人の息子。

ならば疑う事も否定する事もない。ただ、受け入れる。だって、愛しているのだから。だから、それが母親たる自分の役目だとオリビアは信じていた。

「ベルーガ。何があったかなんてどうでもいいでしょう？　今は、ただこうして元気な姿を見せてくれた事を喜ばなきゃ。だって、私達の子供なんだから」

「ん……む、そうだな。すまない、レオルド。無粋な質問だったな」

「ち、父上……」

「僕は間違った事を言ったつもりはありません。今までの兄さんの事を考えれば、十分にあり得る事ですから」

「私もです。どうしても信じる事はできません」

久しぶりの食事会はレオルドにとっては苦い思い出になったが、それ以上の救いがあった。両親が信じてくれた事だ。

結局、双子の弟と妹とは和解できなかったが、失ってしまった信頼は今後の行いを積み重ねて取り戻そうとレオルドは誓うのだった。

食事会も終わり、レオルドは解放されるかと思いきや、なぜか家族と共に実家へと戻る事になった。

いったいどういう事なのかと言えば、モンスターパニックを無事に乗り切った事を祝う為、王城で祝賀会を開く事になっていた。

そんな事を全く知らなかったレオルドは、驚きつつもギルバートに尋ねた。

「どういう事だ？　聞いてないぞ。それにシェリアとイザベルはどうするんだ？」

「申し訳ございません。二人に関しては事前に伝えておりますので御安心を」

「それならいいが、何故俺に黙っていた？」

とりあえず城に残してきた二人には事前に伝えているという事なので安心したが、どうして自分には黙っていたのか気になるレオルドは声を大きくしてギルバートを問い詰めた。

「ギルを責めるな。ワザと伝えていなかったんだ」

レオルドがギルバートを責めるように質問していたら、ベルーガがレオルドを諌める。

「それは……その……何か理由が？」

しかし、納得のいかないレオルド。私がお願いしたの」

「……ごめんなさい、レオルド。私がお願いしたの」

ベルーガに尋ねたら、オリビアが謝るのでレオルドも困惑する。

「母上が？　何か理由があるのですよね？」

流石に先程の食事会で母親の想いは分かっているから、意地悪という事はないだろう。

だが、やはり事前に何も知らされていないというのにはどうしても不安を感じてしまう。

「実はレオルドが痩せたって聞いたから、新しいお洋服が必要だと思って、私呼んでおいたの」

「……まさか、デザイナーを？」

「ええ！　だから、レオルド！　帰ったらお着替えしましょうね！」

「は、母上。俺はもう十六です。母上に服を選んで貰わなくても大丈夫です」

心苦しいが、母親のセンスとは子供の想像を超える時がある。思っていた物よりも酷い事はざらにある。ならばここは断って、自分で選んだ服を着るべきだと、レオルドはオリビアの願いを断る。

「そんな……折角の親子の再会だというのに……母のお願いは聞いてくれないの？」

よよよと泣く演技をする母親にレオルドの顔が引き攣る。しかし、先程の食事会では心を救われた手前、断るのは忍びない。

だから、レオルドは母が喜んでくれるならと羞恥心を捨てる。

「分かりました、母上。俺に似合うものを選んでくださいね」

レオルドがそう言うとオリビアは顔を覆い隠して泣いていた演技を止めて、満面の笑みでレオルドの手を取り大いに喜んだ。

「ええ、ええ！　私に任せて、レオルド！　貴方にピッタリのお洋服を選んであげる！」

「ははっ……ははは……」

　着せ替え人形が確定したレオルドは、聖母のようなオリビアにもお茶目な一面があるのだと知る。ただ、乾いた笑いしか浮かばなかったが。

　久しぶりに帰ってきた公爵邸にレオルドは感動していた。そして、同時に自分が今まで何をやってきたかを思い出してもいた。

（思えば半年程しか離れていなかったが、久しぶりに実家に帰ってきたんだよな……。ああ、覚えている。ゲームではあまり語られなかったレオルドの思い出。そう、そうだよな。幼少期、少年期と、ここで色んな事をしてきた。不当な理由で使用人を解雇したり、癇癪を起こして使用人に八つ当たりしたりと、本当に碌な思い出はないな！　そりゃ嫌われますね！　でも、中には綺麗な思い出もある。剣術の才能を父親に褒められたり、魔法の才能も母親に褒められたりと。武術大会少年の部で最年少優勝者になった事を両親がとても喜んだ事を。まあ、その後に自分は特別なんだ凄いんだと自惚れた結果次期当主の座を失ったんですけどね！）

　オリビアに連行されたレオルドは、夜に開かれるパーティ用の服を何度も着せ替えられる。

　一応、双子の弟と妹もオリビアに誘われていたが、恥ずかしいと言って断っていた。残念がっていたオリビアだが、久しぶりに再会したレオルドがいるので今回は我慢した。

その反動からか、オリビアは楽しそうにレオルドの服を選んでいる。新しいのを手に取ってはレオルドに勧め、それをレオルドが苦笑いしながらも受け取って着替えると、オリビアは喜びの声を上げる。

「ふふっ！　似合っているわ、レオルド！　次はこれなんてどうかしら？　今着ているデザインのもいいけど、レオルドにはこっちも似合うはずよ」

「うっす……」

もう返事が適当になっていた。レオルドがおかしな返事をしてもオリビアは咎める事はない。だって、レオルドが自分の我が儘に嫌々ながらも付き合ってくれているのだから。

次々と新しい服を選んではレオルドに渡すオリビア。無我の境地にでも至りそうなレオルドは黙々と着替える。

そんな時、オリビアがレオルドに話しかける。

「私の我が儘を聞いてくれてありがとうね、レオルド」

「そんな、俺の方こそ……ずっと我が儘ばかりで……母上や父上にはいつも迷惑ばかりで……」

「いいのよ。だって貴方は私達の子供なんだから。迷惑を掛けていいの。度が過ぎるのはちょっと困っちゃうけどね」

そう言って笑うオリビアに、レオルドはやるせない気持ちで一杯になる。

過去の自分と今の自分が違うとは言え、これまで無償の愛を惜しみなく注いでくれる母親を傷つけていた。

　これ以上、屑（くず）な息子に愛情を注いでくれるオリビアを傷つけてはならないと、レオルドは強く決心する。

　生き残る以外にも目標ができてしまった。レオルドはこのどこまでも優しい母親（オリビア）に胸を張って誇れるような人間になろうと、新たな目標を立てた。

「どうしたの？」

「いえ、なんでもありません。それより、どうですか？　似合っていますか？」

「それはもう！　素敵よ、レオルド！　うふふ！　今日のパーティでは目立つ事間違いなしだわ！」

　オリビアが心底嬉（うれ）しそうに笑うものだから、レオルドもつられるように笑う。

「そうそう、レオルド。その笑顔がいいの。私はその笑顔が好きよ」

「……恥ずかしいのであまり見ないでもらえるとありがたいです」

「まあ！　どうして、隠すの？　もっと、母に見せて頂戴。貴方とは滅多に会えなくなったんですから、今くらいはいいでしょう？」

「うっ……分かりました」

　それからもオリビアによるレオルドのコーディネートは続く。

　嫌々ではあったが、母親と過ごすこの時間は、確かに穏やかなものとなった。

　レオルドが着せ替え人形と化している一方で、王城の方で留守番を任されている二人は優雅にお茶会をしていた。

「サプライズは成功したのかな～？」

「今頃、慌てふためいている頃でしょう」

「イザベルさんて結構物怖じしないよね。レオルド様が相手でも」

「それはシェリアも一緒でしょう？」

「え～、私は違うよ。だって、私がレオルド様と話せるようになったのは最近だもん。でも、イザベルさんは最初からレオルド様と普通に話せてたでしょ？」

「そう言われるとそうかもしれません」

「もしかしてイザベルさんはレオルド様の事を知らなかったの？」

「いえ、存じておりましたよ。悪い噂ばかりですが」

「あー、やっぱり？　でも。それならどうして怖いなーとか思わなかったの？」

「まあ、私は使用人として多くの方に仕えてきたので今更レオルド様のような小悪党程度は怖くありませんよ」

　そう言って余裕そうに笑うイザベルはお菓子を摘まんで紅茶を飲んだ。

「ほえ～、大人の余裕ってやつだ……」

「経験を積めばシェリアもレオルド様程度の小悪党なら簡単にあしらえるようになります

よ」

「なれるかな？」

「ええ。なれますとも。だって、貴女はあのギルバート様のお孫様なのですから」

今では憧れの存在となっているイザベルにそう言われるとシェリアは嬉しくなる。せめて、自分も今日ナンパしてきた男達をあしらえるくらいにはなりたいとシェリアは思った。

しばらく、お茶会を楽しんでいた二人だったが、イザベルが用事があると言ってシェリアに後を任せる事にした。

「シェリア。申し訳ありません。少々、用事がありますのでしばらくの間留守をお任せしてもよろしいですか？」

「え、いいけど……。用事ってどれくらいかかるの？」

「そうですね。一時間はかかりませんよ」

「そっか……。一人だと心細いから早く帰ってきてね」

「はい。なるべく早く終わらせますね」

なるべく用事を早く済ませようとイザベルは部屋を出ていく。シェリアを一人にするのは心配なのでイザベルは騎士を呼び、シェリアを守るように命じた。

騎士にシェリアの守りを任せてイザベルは、とある場所へと向かう。そこに辿り着いたイザベルは扉をノックする。

「姫様。イザベルにございます」

イザベルが訪れた場所は、前の主であるシルヴィアの部屋だった。

「入ってきて」

「はい。失礼します」

中へ入るとシルヴィアは今夜開催される祝賀会のドレスを使用人に着せて貰っている最中であった。

「久しぶりね。元気にしてたかしら？」

「はい。姫様もお変わりないようで安心しました」

「それで、貴女がここに来たという事はレオルド様は貴女に留守を任せて王都のどこかに観光にでも行っているの？　それともご家族との再会で話に花を咲かせているのかしら？」

「はい。恐らく今頃は久しぶりに再会されるご家族との時間を楽しんでる頃だと思います」

「そう。では、早速聞きたいのだけど、貴女の目で直接確かめたレオルド様について聞かせてくれるかしら？」

「はい。まず、言える事は一つ。レオルド様はかつての面影が全くないほど豹変しておりました。噂に聞いていた性格とは正反対と言ってもいいでしょう。それから、ダイエットですが一日も欠かす事なく頑張っておいでです。ただ、癖なのかわざとなのか分かりませんが豚のような泣き声を上げる事があります。流石にそれを聞いた時は笑いを堪えられませんでした」

その時の事を思い出したのか、イザベルは笑いがこみあげそうになったが咳払いをして一度落ち着いた。

「それから、気がかりなのは私室に入れてくれない事ですね。掃除をさせて欲しいと言っても頑なに断られます」

「それは貴女だけ？」

「はい。私の事を疑っているようです。恐らくは既に私が王家直属の諜報員だという事を見抜いているのではないかと」

「へえ、それは面白い話ね。何か見られたくないものがあるんでしょうね、きっと。だけど、イザベルだけというのはおかしい話ね。それほどまでに見られたくないなら、他の使用人も断ればいいのに。本当に見抜いているのかしら？」

「確証はありませんが、可能性は大いにあります。何度かギルバート殿に監視されましたので」

「ボロは出さなかったのよね？」

「勿論です。しかし、完璧とは言えません。私が見るにギルバート殿は只者ではありません。同業者のような気配を感じましたので」

「それは厄介ね……。じゃあ、最後に聞かせて。貴女が思うにレオルド・ハーヴェストは王家の敵になりうるか、なりえないか。どちらだと思ってる？」

「……なりえないでしょう」

「理由は？」

「今回の件もそうですが、レオルド様の近くでずっと見てきましたが何かを企んでいる様子はありません。もっともそれら全てが演技だというならレオルド様は稀代の詐欺師になれますね」

「それが貴女の考えなのね……。ふふっ、ますます興味が出てきたわ。今夜のパーティで会える事を楽しみにしておりますよ。レ・オ・ル・ド様？」

語尾にハートマークでも付いていそうな事を言いながら妖艶に微笑むシルヴィア。果たしてレオルドはどうなるのか。それはまだ誰にも分からないがレオルドの胃に穴が開くかもしれない。


オリビアによるレオルド着せ替え大会が終わり、レオルドはベルーガが用意した馬車に乗り込む。

馬車には両親と双子の弟と妹。そして、ギルバートを含めた使用人。

これから、馬車に乗って向かうのは王城である。モンスターパニックを無事に乗り切った祝いだという事。

（猛烈に帰りたいな～）

馬車の中では両親と会話はしているが、双子の弟と妹は目を合わすだけで舌打ちをされる始末だ。レオルドはそれを悲しむが、こんな態度を取られるのも自業自得なのでどうしようもない。

今は弟と妹がこれ以上不機嫌にならないように努めるしかない。

無限にも感じた馬車の移動時間は終わった。レオルドは今、朝方に訪れた王城を再び見上げている。中からは明かりが漏れており、パーティが始まろうとしているのが分かる。

これから向かうのは高位の貴族が待ち構えているパーティ会場だ。権謀術数に長けた魑魅魍魎が跋扈している世界だ。

レオルドも公爵家の一員ではあるが、歴戦の猛者に比べれば赤子に等しい。

とは言っても、レオルドは次期当主から外れており、ゼアトに引きこもっている身だ。レオルドを手中に収めても旨みはない。

なので、擦り寄ってくる相手はいないと言ってもいいだろう。

ただ今回は、モンスターパニックの終息を祝っての催しだ。そして、レオルドは国王に褒賞を貰えるほどの活躍を見せている。つまり、モンスターパニックを終息に導いた立役者なのだ。

注目されているが、中にはこれまでのレオルドの素行から見て信じていない者もいる。

しかし、騎士団長であるベイナードがレオルドについて触れ回っていた。勿論、レオルドとの模擬戦の事を。

つまり、レオルドが何か汚い手を使ったわけでもなく、自分の力で得た結果だという事が判明している。

それでも、半信半疑のようではあるが。

いざ往かんと意気込んで、レオルドは会場へと入場する。

視界に広がるのは立派なシャンデリアに大理石でできた綺麗な床。そして、パーティ会場に広がっている数多くの丸テーブルに並べられている豪華な料理。

使用人達がお盆にワイングラスを載せて歩き回り、そこから好きなのを手に取っていく貴族達。

フィクションの中でしか見た事がないような光景が目の前に広がっている。レオルドは目を輝かせたが、すぐに思考を切り替える。

自分は今からこの中へと赴き、無事に帰らなければならないのだと。

過去の所業から嫌味を言ってくる者もいるだろう。だけど、弱気な姿は見せられない。今日は自分が主役の一人でもあるからだ。

そして、公爵家の人間として恥ずべき行動をしてはならないとレオルドは息を吐き、気を引き締める。

ハーヴェスト公爵家一行が会場に入ると、早速他の貴族が集まってきて各々挨拶をする。

一応主役とあってか、レオルドにも挨拶をして来た。挨拶が終わると囲んでいた貴族達はいなくなり、レオルドは一安心する。

（何も言われなかったな～。まあ、明らかに馬鹿にしているような視線は向けられたけど）

レオルドへと向けられた視線は半数以上が見下したような視線であった。恐らくは内心で馬鹿にしているのであろう。

だが、レオルドは特に気にはしていない。多くの人間に馬鹿にされても真に理解してくれる人が少数でもいてくれるなら、自分は大丈夫だとレオルドは思っている。

しばらくは家族と共に過ごしていたが、各々別れて仲の良い友人のもとへと散る。

そしてレオルドだけが一人残された。何せ、王都にレオルドと仲のいい友人などいないのだから。学園ではよく一緒に行動していた人間はいたが、それらは公爵家の権力が目当ての寄生虫のようなものだ。

レオルドという圧倒的な権力者に縋りつき、甘い蜜を吸うだけの寄生虫だ。

（う～ん！　ぼっち！）

悲しくはない。だって、今は美味しい料理があるのだから。会話はないが、胃袋は喜んでいるので他の事は気にならない。

「見ろ、金色の豚が卑しくもフォークやナイフを使っている」

「くくっ。本当だ。味が分かっているのだろうか」

（聞こえてるからな？　陰口なら聞こえない所で言えよ。それとも俺が反撃しないと思って、ワザと聞こえるようにしてるのか？）

美味い飯も不味くなるからと、レオルドは離れた場所で一人料理を食べる。陰口を言ってきた人間を叩き潰すのは簡単だが、そんな事をすれば両親に迷惑が掛かってしまう。折角、自分を信じてくれた二人の思いを裏切る事はできないとレオルドは耐え忍ぶ。

そんな風にレオルドが一人で料理を食べ進めていると、いきなり肩を叩かれる。振り返ってみると、そこには騎士団長ベイナードが、はにかみながら立っていた。

「ベイナード団長！」

「よく来たな、レオルド！　また会えて嬉しいぞ！」

「俺もです。とは言ってもそんなに時間は経ってませんが」

「ははは！　確かにな！」

「それより聞きたいんですけど、もしかして陛下に俺の事を話しました？」

どうしてもレオルドは気になっていた。あまりにも国王がレオルドの情報を知っている事に。これは、誰かが話したに違いないと。

そしてその誰かは、陛下が信用するに値する人物に違いないと感じていた。

「うむ！　部下からお前の過去を聞いてな！　これは陛下にお伝えせねばなるまいと、俺が話しておいた！」

「道理で……」

レオルドは過去の所業からあまり信じては貰えないだろうと思っていたのに、割とあっさり信じてくれたのだから戸惑うのも無理はない。

しかし、答えが分かってしまえばどうという事はない。

今、目の前にいる、王国でも信頼が厚い騎士団長の言葉だ。国王も疑うはずがないだろう。

「それより楽しんでいるか？　先程から一人で寂しそうにしているが」

「料理は美味しいですよ。ただ、他の方とは気が合わないので」

「ああ、そうか。確か、お前は悪さばかりして嫌われていたのだったな！　ははは っ！すっかり忘れていた。まあ、お前が仕出かした事など可愛いものだがな。だが、婚約者を他の男に襲わせたのは見過ごせんが」

「うっ……はぃ」

「しかし、分からんな〜。今のお前を見る限りではそのような事をする人間には思えん。もしかして、悪魔にでも魂を乗っ取られていたのか？」

「いえ、そんな事はないです。ただ、強いて言うなら決闘で思いっきり殴られた衝撃で、色々と思い出しただけです」

「ぷっ、ははは っ！　そうかそうか！　殴られた衝撃か！　それなら、もっと早くに父親かあの執事にでも殴られるべきだったな！」

「ええ、全く……」

気心の知れた相手というわけではないが、一度剣を交えて戦った相手だ。他の貴族を相手にするよりもよっぽど気分がいい。

レオルドは笑いながら、ベイナードとの会話を楽しんだ。

レオルドはベイナードとの会話を楽しんでいたが、ベイナードはレオルド以外にも交流がある。

区切りのいいところでベイナードはレオルドに別れを告げて、他の所へと移動していった。また一人になったレオルドは使用人からワインを受け取り、壁際で会場を眺めながら呑む。

その時、主催者である国王がパーティ会場に姿を現して盛り上がった。

何やら大層な事を言っているがレオルドは興味が無いので聞き流していた。

近くに来た使用人に空いたグラスを渡して、レオルドは国王から離れた場所へと移動する。

遠目で見ると、国王以外にも王妃、王太子、王子、王女と、王族の面々が揃っている。気に入られようと必死なのか、王族の周りは多くの貴族で一杯だ。そんな事をして何の意味があるんだろうと、レオルドは鼻で笑う。

取り入ったところで王族は全員が怪物、傑物という恐ろしい集団だ。武芸に長けている者、政治に長けている者と区別はあるが、中でも一番の化け物は第四王女だろう。

運命48では王都襲撃イベントが存在している。王都にモンスターパレードが押し寄せてきて騎士団が対応するのだが、数が尋常ではない為に学園からも応援が出る事になる。

そこでは主人公のジークフリートも応援として参加する事になるのだが、大した活躍はできない。

理由はただ一つ。第四王女が持つスキルのおかげで王都は無傷の勝利でモンスターパレードを終わらせるからだ。

第四王女が持つスキル。その名は神聖結界。

能力は極めて強力で、魔物の侵入を一切許さず、魔法をも弾(はじ)く鉄壁の守りを見せる。

そして何よりも重要なのが、その効果範囲と持続時間だ。

効果範囲は分かっているだけで王都全域、持続時間は使用者が生きている限り。ただし、発動時間は本人の意識がある時に加えて任意で発動するタイプだ。

単純に第四王女が気絶、もしくは睡眠といった状態になれば発動していたスキルは消える。

魔法や魔物相手なら無敵なスキルである。

しかし、残念な事にサブヒロイン扱いで死ぬ運命(さだめ)にある。

主人公(ジークフリート)が王女ルート、ハーレムルートを選ぶと魔王が現れて、脅威となる第四王女を暗殺してしまうのだ。

今のところ、その兆しはないので死ぬ事はない。それにジークが王女かハーレムルートに進まない限りは死なないので問題はない。

ただし、何度も言ったがレオルドは全ルートで死ぬ。

「はあ～」

溜息を吐いてレオルドは新しい飲み物を貰い、窓際へと避難する。何も考えずに窓から夜空を見上げていると、周囲が騒がしくなる。

視線を会場へと戻すと、国王がレオルドの方へと近付いていた。レオルドは国王が近付いてきたのを見て慌てて礼儀正しく振舞う。

「国王陛下。本日はこのような催しに呼んでいただき、ありがとうございます」

当たり障りのない挨拶をしてレオルドは退散しようと試みたが、国王は許してはくれなかった。

「良い。今日はお前が主役だ。そのように畏まる必要はない」

そんな事を言うが国王が相手なのだ。下手な発言などしようものなら、罪に問われるのはレオルドだ。だからレオルドは、謙虚な態度を崩さずにその場から立ち去ろうとする。

「いえ、私のような罪人が主役などとは恐れ多い事です。大人しくゼアトに閉じ籠っている方が世の為、人の為です」

「何を言う。お前はこの国の為に素晴らしい働きをしてくれたではないか」

「命令に従ったまでの事です」

「なるほど。つまり、本心は別にあったという事か？」

「い、いえ！　決してそのような事は！」

（やばい！　ミスった～！）

これは不味い事を言ってしまったと焦るレオルド。先程の発言だと、まるで命令されなければ何をしていたかは分からないような言い方だ。

これでは不興を買ってもおかしくはない。

「はっはっはっは。すまん、すまん。少し意地悪だったな」

「は、はは……」

（心臓に悪いわ！　くそ！　お茶目なオジサンって呼ぶには抵抗がありすぎる！）

これ以上は身が持たないので、レオルドは二言、三言、言葉を交わすと、早足で国王の元から逃げ去った。

エピローグ

やっと一息つく事ができ、束の間の平穏が訪れると思ったレオルドの背後に忍び寄る影。

「久しぶりですね。レオルド様」

「ふぁっ!?」

振り返ると、先程までいなかったはずの女性がレオルドの背後にニコニコと笑いながら立っていた。

「し、失礼しました。シルヴィア王女殿下!」

「お気になさらず。私が驚かせてしまったのがいけないのですから」

「いえ、そのような事はございません。私が第四王女であるシルヴィア殿下に気がつかなかったのが悪いのです!」

「そうですか？　でも、背後から忍び寄って声を掛けた私の方が悪いのではなくて？」

「決してそのような事はありません!」

（くそう。滅茶苦茶可愛いな～）

レオルドの目の前にいるのは第四王女ことシルヴィア・アルガベインである。

破格のスキル、神聖結界を所持し、政治に関しても強いという才色兼備な女性である。

見た目は綺麗な金髪、肌はシミ一つない美しい陶器のようで、空を彷彿とさせる青いパッチリとした大きな瞳。

瑞々(みずみず)しい唇は果実のようで、男ならばむしゃぶりつきたくなるだろう。

まだレオルドよりも若く、十四歳でありながらも、既に女性らしい体つきになっている。

将来は絶世の美女と称される事は間違いないだろう。

「それより、どうして挨拶に来てくれなかったのですか？」

運命48のゲーム世界ではレオルドとシルヴィアは関与しない。だが、ゲームでは語られていないがレオルドとシルヴィアは僅かながらも交流があった。

王族の誰かが誕生日を迎えればパーティが開かれる。高位の貴族だけが呼ばれるので公爵家であるレオルドも呼ばれていた。

その際、シルヴィアの誕生パーティの時にレオルドはシルヴィアと少しばかりではあるが会話をしている。

とは言ってもその頃にはレオルドは屑(くず)人間になっていたのでシルヴィアとは打ち解ける事はできなかったが。

そう、打ち解ける事はできなかったのだ。だから、シルヴィアが自らレオルドに挨拶しに来るなど本来であれば有り得ない。

「私のような卑しき罪人が、恐れ多くも第四王女であられるシルヴィア殿下に挨拶などできようはずもありません」

「うふふ。やはり、イザベルの言ったとおりですね。以前お会いした時とはまるで別人。

ねえ、レオルド様。貴方は何を隠しているのですか？　私、貴方に興味が湧きましたの。是非、仲良く致しましょうね」

（あへ？）

本日三度目のフリーズである。関わりたくないと思っていた王族に目をつけられてしまったレオルド。

しかも、サブヒロインのシルヴィアにだ。死を惜しまれ、メインヒロインよりも人気を博していたシルヴィアがだ。

これは一体何の間違いなのだろうかと、レオルドの思考は停止するのだった。

あとがき

小説家になろうで活動を続けて7年経ちました。

ついに念願叶って書籍化という夢を実現させる事ができて、大変喜んでおります。

最初本作品を投稿した時、人気がなくてランキング外でした。

それでも『エロゲ転生』を読んでくださっている読者の方がいらっしゃったので、コツコツと連載を続けていました。

すると、ある日突然作品のアクセス数が増えてランキングに載ったのです。

そのおかげで、さらに多くの方に作品を読んでもらうことができ、こうして書籍化に至ることができました。

それもこれも、本作を支え、読んでくださった読者の皆様のおかげでございます。本当にありがとうございました。

そして、数々の素敵なイラストを描いてくださった星夕様にも感謝を。本当に本当に、ありがとうございました。

名無しの権兵衛

作品のご感想、
ファンレターをお待ちしています

あて先

〒141-0031
東京都品川区西五反田8-1-5 五反田光和ビル4階
オーバーラップ文庫編集部
「名無しの権兵衛」先生係／「星夕」先生係